T0283857

EL ASESINATO
DE SANTA CLAUS

MAVIS DORIEL HAY

EL ASESINATO
DE SANTA CLAUS

....

Traducción de Montse Triviño

Duomo ediciones

Barcelona, 2023

Título original: *The Santa Klaus Murder*

Publicada en 2013 por The British Library, 96 Euston Road, Londres, NW1 2dB, y originalmente por Skeffington & Son en 1936.

© del texto, 2013 de herederos de Mavis Doriel Hay
© de la traducción, 2023 de Montserrat Triviño González
© de esta edición, 2023 por Antonio Vallardi Editore S.u.r.l., Milán
Todos los derechos reservados

Primera edición: octubre de 2023

Duomo ediciones es un sello de Antonio Vallardi Editore S.u.r.l.
Av. de la Riera de Cassoles, 20. 3.º B. Barcelona, 08012 (España)
www.duomoediciones.com
Gruppo Editoriale Mauri Spagnol S.p.A.
www.maurispagnol.it

ISBN: 978-84-19521-07-1
Código IBIC: FA
DL: B 14.203-2023

Diseño de interiores y composición:
Emma Camacho

Impresión:
Grafica Veneta S.p.A. di Trebaseleghe (PD)
Impreso en Italia

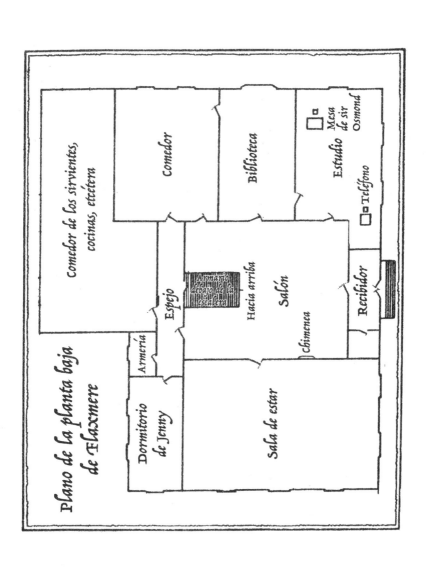

Plano de la planta baja de Flaxmere

Comedor de los sirvientes, cocinas, etcétera

Comedor

Biblioteca

Estudio

Mesa de sir Osmond

Teléfono

Armario debajo de la escalera

Hacia arriba

Salón

Chimenea

Recibidor

Espejo

Armería

Dormitorio de Jenny

Sala de estar

Índice

Personajes de la historia

Sir Osmond Melbury de Flaxmere, en el condado
   de Haulmshire
George Melbury, su hijo
Patricia, esposa de George
Los hijos de ambos: Enid, 9 años
                          Kit, 8 años
                          Clare, 5 años
Hilda Wynford, hija mayor de sir Osmond, viuda
Carol, su hija
Edith (Dittie) – lady Evershot, segunda hija de sir Osmond
Sir David Evershot, su esposo
Eleanor Stickland, tercera hija de sir Osmond
Gordon Stickland, su esposo
Los hijos de ambos: Osmond, 6 años
                          Anne, 4 años
Jennifer, la hija más pequeña de sir Osmond
Señorita Mildred Melbury, la hermana de sir Osmond
Oliver Witcombe, un invitado de Flaxmere
Philip Cheriton, otro invitado
Señorita Grace Portisham, secretaria y ama de llaves
   de sir Osmond
Henry Bingham, chófer de sir Osmond
Parkins, ayuda de cámara de sir Osmond
John Ashmore, antiguo chófer de Flaxmere
Coronel Halstock, jefe de la policía de Haulmshire
Inspector de policía Rousdon
Señor Crewkerne, abogado de sir Osmond
Kenneth Stour, actor

1
La familia de Flaxmere

POR PHILIP CHERITON

Conozco a la familia Melbury desde la época en que Jennifer —la hija menor— y yo trepábamos juntos a los árboles y construíamos cabañas en el jardín de Flaxmere. Sé lo suficiente de ellos, pues, como para dejar por escrito todo lo necesario acerca de la historia de la familia y arrojar luz sobre la situación general de la Navidad de 1935, cuando se cometió el crimen de Flaxmere. En ese momento yo llevaba tres meses prometido con Jennifer, pero su padre, sir Osmond, no nos había dado aún su bendición, por lo que el compromiso no se había anunciado oficialmente. Por suerte para nosotros, no me prohibía poner los pies en su casa ni nada parecido. Unos diecinueve años atrás, sir Osmond había probado la táctica del estricto padre victoriano con su hija mayor, Hilda, después de que esta se enamorara de un joven artista. Como resultado, Hilda se había fugado... con la connivencia de su madre, se dijo entonces. Así que, esta vez, sir Osmond había probado un nuevo método.

Lógicamente, sir Osmond me consideraba una criatura patética y estaba convencido de que Jennifer no tardaría en «calarme», sobre todo si se me comparaba desfavorablemente con un pretendiente más apto. Así que se limitaba a no tomar en serio nuestro compromiso; se burlaba de nosotros porque éramos demasiado jóvenes para saber lo que queríamos; insistía en que, en cualquier caso, debíamos esperar; que Jennifer debía quedarse en casa para cuidar a su padre durante los pocos años de vida que le quedaban; que no era posible que estuviera pensando en marcharse de casa, etcétera. Mientras, animaba a Oliver Witcombe a dejarse caer por la mansión y ganarse las simpatías de Jennifer.

Oliver y yo habíamos ido juntos al colegio y siempre lo había considerado un buen tipo, aunque su aspecto de estrella de cine me desalentaba bastante. Siempre tuve la sensación de que era extraño que un hombre pudiera tener un perfil tan perfecto y unos rizos rubios tan antinaturalmente naturales. Lógicamente, la actitud de sir Osmond —siempre animándolo para que alardeara, por así decirlo, y tratándolo como si fuera un perrito muy listo y muy bien entrenado— provocaba una situación bastante tensa. Creo que tanto Oliver como yo intentábamos olvidarlo, pero en mi caso, me sentía tremendamente incómodo cada vez que nos encontrábamos en Flaxmere. Era típico de sir Osmond, que tenía un don para la incomodidad: estoy convencido de que, en menos de veinticuatro horas, era capaz de despertar envidias, odio y crueldad en cualquier grupo de personas que convivieran en perfecta armonía.

De todos sus hijos, Jennifer era la única que aún vivía con él en Flaxmere. La mansión, sólida y bastante ostentosa, la había construido el tatarabuelo de sir Osmond, que había mandado demoler una antigua casa isabelina porque le parecía anticuada y pequeña. A mí Flaxmere me parece uno de los productos más desafortunados del siglo XVIII, pero sir Osmond la considera un excelente ejemplo de la arquitectura georgiana.

El padre de sir Osmond perdió mucho dinero en las carreras de caballos, hasta el punto de que se habló de vender la propiedad, pero entonces el joven Osmond provocó un escándalo en la familia al ponerse a trabajar. Cuando ganó una pequeña fortuna con las galletas, su familia se dio cuenta de que el trabajo —la parte de la producción, claro— era muy respetable y podía despertar el interés de las personas de bien. En fin, que nadie debía avergonzarse de sacar el máximo provecho a su cualidades y todo eso. Pero cuando Osmond Melbury, tras la temprana muerte de su padre, se retiró del mundo de las galletas y ocupó su lugar en el condado, no tenía intención de compartir los beneficios de su burguesa ocupación con sus nobles hermanos y tíos. Invirtió parte de su fortuna en donaciones cuidadosamente planificadas que, con el tiempo, le valieron el título de baronet que tanto deseaba. Hizo instalar la corriente eléctrica en la vieja mansión, construyó lujosos cuartos de baño, y le fue muy bien. También hizo saber a sus hijos que recibirían generosas rentas si se casaban de acuerdo con su posición.

Sus planes, sin embargo, no salieron como esperaba cuando su hija mayor, Hilda, se casó a los diecinueve años con el artista Carl Wynford. Intuyo que sir Osmond no habría puesto objeción alguna al compromiso de su hija siempre y cuando no se casara con Wynford hasta que este hubiera obtenido el reconocimiento y la fama. Sir Osmond incluso le habría ofrecido encargos y lo habría ayudado a encontrar otros. Pero Hilda estaba enamorada y no le apetecía someterse a esa especie de trato. Carl murió unos tres años más tarde y dejó a Hilda con una hija de corta edad y un montón de cuadros. Los críticos de arte ya se habían fijado en Carl y su muerte causó una especie de furor por sus cuadros, cosa que al final de la guerra, cuando la gente empezó a tener dinero, ayudó bastante a Hilda. Pero antes de eso había trabajado muy duro para criar a su hija, Carol, y sir Osmond no la había ayudado nunca, a excepción de invitarlas a ella y a la niña a pasar alguna que otra temporada en Flaxmere.

Lo más curioso de todo esto es que Hilda, que al principio era la favorita de su padre, sigue teniéndole mucho aprecio. O, por lo menos, eso es lo que parece, por increíble que resulte. Hilda debe de rondar los cuarenta y los aparenta, probablemente por los malos momentos que ha pasado. Suele decir: «Comprendo el punto de vista de papá: los mayores a veces no entienden que los jóvenes no pueden esperar». Nunca va más allá y uno tiene la sensación de que a ella, por muy mayor que sea, nunca le ha faltado esa clase de entendimiento. Estoy seguro de que no puede evitar sentirse bastante dolida por el hecho de que su padre se niegue a desembolsar unos cuantos cientos de libras, que ni siquiera echaría de menos, para que su nieta Carol, que ahora tiene dieciocho años, estudie lo que le gusta. La chica quiere ser arquitecta y eso cuesta más de lo que Hilda puede pagar.

Cuatro años después de la boda de Hilda, en 1920, murió lady Melbury. Yo tenía por entonces once años y solo recuerdo de ella que era una mujer encantadora y muy guapa que parecía mayor que las madres de casi todos mis amigos, pero que también era mucho menos quisquillosa, ponía muchas menos pegas e inspiraba mucha más confianza. Le dejó dos terceras partes de su pequeña fortuna personal a Hilda y el resto a Jennifer, como si ya entonces supiera que Edith y Eleanor —sus otras dos hijas— terminarían ganándose la recompensa que su esposo ofrecía a los hijos obedientes, mientras que Jennifer probablemente agradecería la discreta ayuda que esa pequeña cifra podía ofrecerle a la hora de huir de la tiranía de sir Osmond.

Tras la muerte de lady Melbury, la hermana soltera de sir Osmond se fue a vivir a Flaxmere para asumir el mando de unas funciones sociales importantísimas a la hora de proporcionar a Edith —que por entonces tenía diecisiete años— y, más tarde, a Eleanor, los maridos adecuados, y a George, que tenía veintiún años, una esposa diligente. La tía Mildred hizo muy bien su trabajo. Edith, a quien todo el mundo conoce como Dittie, se casó con sir David Evershot para gran alegría —aunque debidamente contenida— de la familia. Pero aunque ya llevan diez años casados aún no tienen hijos, cosa que sir Osmond desaprueba profundamente. Dittie dice que no puede permitirse tener hijos: lo que quiere decir, claro, es que en el caso de tenerlos, ella y su esposo pasarían varios años sin poder ir a Kitzbühel, Cannes y Escocia, como suelen hacer todos los años. Sir Osmond los ha amenazado con desheredarlos si no tienen descendencia: defiende la teoría de que lo que él llama el «linaje ilustre» —o sea, los Melbury— tiene el deber de equilibrar la excesivamente numerosa progenie de las clases menos nobles. Se rumorea que en la familia de sir David corre no sé qué clase de enfermedad mental y que Edith teme que la hereden sus hijos. Ignoro qué hay de verdad en eso, pero tiene que existir una razón poderosa para que Edith corra deliberadamente el riesgo de quedarse sin su parte de la fortuna paterna.

Eleanor, la tercera hija, se casó con Gordon Stickland, un hombre bastante importante en la ciudad. Eleanor tiene un talento especial para hacer lo correcto. Cuando la astuta tía Mildred llevó a Gordon Stickland a Flaxmere y resultó ser, a los ojos de sir Osmond, el marido ideal para una de sus hijas, Eleanor se mostró encantadora con él, aceptó su proposición de matrimonio y le profesó un afecto bastante aceptable. Tuvo un hijo, declaró de inmediato que era un «Melbury de pies a cabeza» y le puso el nombre de Osmond. También tiene una hija, Anne, que con el tiempo será tan hermosa como su abuela. Eleanor conoce a las personas adecuadas, siempre viste de forma adecuada y se deja ver en los actos adecuados. Y lo hace todo mucho más económicamente que Edith.

George, el único hijo, se casó con Patricia, hija de lord Caundle, una chica con mucho dinero y un encanto bastante pegajoso, que siempre levanta a su alrededor una atmósfera de agitación, como si fuera una nube de polvo, y a quien sir Osmond parece considerar una nuera absolutamente adecuada. George y ella tienen tres hijos, a los que educan para que se crean la sal de la tierra.

Después de haberse encargado satisfactoriamente del hijo de sir Osmond y de dos de sus hijas, la tía Mildred fue despachada de Flaxmere en 1931, cuando Jennifer alcanzó la mayoría de edad. Ella no tuvo nada que ver con eso, aunque creo que la tía Mildred siempre ha sospechado que Jennifer metió mano en el asunto. La tía Mildred es una persona ciertamente difícil, con su falsa actitud modesta de «eso es lo que yo aconsejaría, aunque no espero que se tenga en cuenta mi opinión», pero lo cierto es que Jennifer ya estaba acostumbrada a ella y, además, se alegraba de que le hiciera compañía a sir Osmond, quien siempre esperaba tener cerca a algún familiar con el que charlar cuando no estaba ocupado.

La principal causante del desalojo de la tía Mildred fue, probablemente, la señorita Portisham, o el Portento, como la llaman Hilda y Jennifer. Grace Portisham era la hija huérfana de alguien —un encargado, creo— en el lugar en que sir Osmond fabricaba sus galletas. Entró a trabajar en Flaxmere, en calidad de secretaria personal de sir Osmond, cuando tenía veinte años, cuatro años antes de que la tía Mildred se marchara. No creo que las labores de secretaria exigieran un talento especial, pero la señorita Portisham era rápida, pulcra y discreta, por lo que sir Osmond estaba encantado con ella. Entonces, durante una ausencia prolongada de la tía Mildred, la señorita Portisham empezó a desarrollar un don asombroso para encargarse de los asuntos domésticos. Lo dirigía todo con tanta precisión que nadie se daba cuenta de que alguien lo estaba dirigiendo todo. Jennifer, a quien no se le da precisamente bien llevar una casa, se alegró muchísimo de dejarlo todo en manos de la secretaria. Después de haber probado el poder y de haberse dado cuenta de lo bien que se le daba ejercerlo, la señorita Portisham quiso conservar de manera permanente las riendas. Así pues, con la mayor discreción plantó y cultivó en la mente de sir Osmond la idea de que cuando Jennifer cumpliera veintiún años, lo mejor para ella sería presidir el hogar de su padre sin la tutela de una tía solterona.

Ningún miembro de la familia se había fijado demasiado en Grace Portisham durante los primeros cuatro años de su estancia en Flaxmere. Jenny se daba cuenta de que tenerla allí era una bendición: siempre se mostraba deseosa de asumir responsabilidades, siempre entendía los deseos de sir Osmond y, por lo general, contribuía a que todo funcionara sin complicaciones. Pero después de que la tía Mildred se marchara, en el verano de 1931, la señorita Portisham empezó a hacer notar su presencia, aunque de un modo amable y discreto. Durante la siguiente celebración de la Navidad en casa, Edith, Eleanor y George percibieron los primeros cambios. El anciano cochero reconvertido en chófer y el Daimler, que ya tenía diez años, dejaron paso a un espabilado joven *cockney* al volante de un moderno Sunbeam. Eleanor fue la primera en protestar.

—Supongo que necesitabas un coche nuevo, papá, pero no me gusta ese joven. No me gusta su actitud. No me sorprendería descubrir que es un socialista. Dudo mucho, además, que Jenny sepa mantenerlo en su sitio.

—¿Y qué ha sido de Ashmore? —quiso saber George—. Me ha producido una sensación bastante desagradable no ver al pobre hombre en la estación.

—Ha recibido un buen trato —les aseguró sir Osmond—. No hubiera resultado seguro para nadie confiarle el manejo de ese coche. Bingham es mucho mejor conductor y, además, tiene conocimientos de mecánica. Ha sido idea de la señorita Portisham. Es una joven muy inteligente.

A partir de ese momento, Edith y George se acostumbraron a expresar su desaprobación ante esa idea de la señorita Portisham no avisando de antemano a sir Osmond de la hora en que sus trenes llegaban a Bristol y contratando, en cambio, al viejo Ashmore —que estaba en el negocio de los coches de alquiler— para que los llevara a Flaxmere.

También descubrieron que las habitaciones se habían pintado de otros colores y que la organización doméstica presentaba varias innovaciones. Edith expresó su desaprobación ante aquellos cambios e insinuó cierta falta de buen gusto. Pero sir Osmond siempre rechazaba con desdén esas críticas, alardeaba de lo poco que se había gastado y elogiaba a la señorita Portisham.

La presencia de la señorita Portisham inquietaba cada vez más a Edith, Eleanor y George. Era una intrigante, decían, y... ¿hasta dónde estaba dispuesta a llegar? Gustosamente habrían aprovechado cualquier oportunidad de desacreditarla, pero siempre se mostraba tan discreta y actuaba con tanto tacto que parecía invulnerable. Todas las Navidades, los Melbury llegaban hechos un manojo de nervios y, justo después de Año Nuevo, volvían a casa con los nervios aún más de punta tras haber constatado un hecho obvio: que la presencia de la señorita Portisham incrementaba, y mucho, las comodidades en Flaxmere, pero que jamás se la había oído presumir del puesto que ocupaba.

Cuando sir Osmond despachó a la tía Mildred, también decidió que Jennifer no debía casarse, sino quedarse a vivir en Flaxmere mientras él viviera. Eso podían ser al menos veinte años más; en aquel entonces tenía sesenta y seis años, y estaba fuerte y en forma. No existía razón terrenal alguna por la que Jennifer tuviera que renunciar a la mejor parte de su vida con el único objetivo de decorar el hogar familiar. Haciendo gala de toda su tolerancia y buen temperamento, la única manera que tenía Jennifer de llevarse bien con su padre era guardarse sus verdaderas opiniones e intereses. Desarrolló una especie de vida propia trabajando en el Instituto de la Mujer, pero sir Osmond entorpecía esas actividades porque no aprobaba lo que él llamaba tendencias bolcheviques del movimiento. Le habría alegrado mucho que todos los veranos Jennifer ofreciera a sus afiliadas una cena en los jardines de Flaxmere, con mucho té, muchos bollos y, quizá, un ilusionista y, sin embargo, le parecía inapropiado que su hija recorriera cincuenta kilómetros por carreteras secundarias en una noche de lluvia para jugar a juegos de mesa —juegos de mesa, ¡habrase visto!— con una «panda de pueblerinas». De esas tonterías tendrían que ocuparse las maestras de escuela de la zona, decía; si no, ¿para qué les pagaban?

La tía Mildred, por supuesto, habría aceptado gustosamente seguir en Flaxmere, rodeada de lujos. O, si lo que de verdad quería sir Osmond era que una de sus hijas permaneciera en casa para hacer de anfitriona, siempre le quedaba Hilda. Ella habría aceptado la tarea alegremente. Trece años mayor que Jennifer, con la experiencia del amor, las aspiraciones y el sacrificio a sus espaldas, estaba preparada para acomodarse en una placentera plenitud de la vida: manejaba bien a sir Osmond y habría sido perfectamente capaz de entretener a sus pomposos amigos y sus complacientes esposas con una cortesía —aunque fuera superficial— que a Jennifer se le antojaba imposible mantener durante las cenas que ofrecía sir Osmond.

Pero aquí nos topamos de nuevo con la terquedad de sir Osmond. Se oponía resueltamente a ese arreglo tan obvio y sencillo que habría hecho feliz a todo el mundo, incluido él mismo. En el caso, claro, de que se hubiera permitido ser feliz. Nunca había puesto objeciones, ni a mí ni a mi familia, en los días en que solía quedarme en Flaxmere, durante las vacaciones escolares. Pero cuando aparecí por allí de nuevo, tras un periodo de unos seis años, expresó lo mucho que yo le desagradaba después de que Jennifer y yo le comunicáramos nuestro deseo de casarnos enseguida. Oliver Witcombe, por otro lado, parecía dispuesto a esperar un número indefinido de años, pero yo sospechaba que a poco que me eliminaran a mí de la ecuación y lo incluyeran a él como pretendiente aceptado, encontraría la forma de fijar una fecha de matrimonio no muy lejana en el tiempo.

Ya he dicho que cuando Jennifer le dijo a su padre por primera vez que tenía intención de casarse conmigo —eso fue en el verano de 1935—, sir Osmond estaba en muy buena forma para la edad que tenía. Lo cierto es que siempre se había cuidado mucho, pero en agosto tuvo una especie de ataque al corazón que, si bien no fue grave, lo hizo envejecer de golpe. Su médico, sin embargo, dijo que aún podía vivir muchos años si se tomaba las cosas con calma y no sufría disgustos ni hacía esfuerzos. Sir Osmond siempre había parecido sentirse a gusto en esa atmósfera de desconfianza e incomodidad que él mismo contribuía a crear y, aunque en la familia Melbury abundaban las enemistades y los celos, siempre se manejaban con una actitud cortés caracterizada por el sarcasmo y las indirectas, pero nunca por una saludable discusión. Así pues, aunque sir Osmond parecía un poco distraído y la memoria le empezaba a fallar, Jennifer y yo estábamos convencidos de que aún viviría muchos años.

A finales de agosto, en cuanto Eleanor, Edith y George tuvieron noticias a través de Jennifer del estado de salud de su padre, se lanzaron —junto a la esposa de George— sobre Flaxmere como si fueran aves de presa. Merodeaban por todas partes, revoloteando e interesándose educadamente por su salud, lo cual apenas disimulaba su inquieta búsqueda de cualquier indicio que apuntara a una muerte repentina y a la posibilidad de que el anciano estuviese pensando en cambiar su testamento.

—Sois muy amables al interesaros tanto por mí —se burló sir Osmond—. ¡Pero ya podéis volver a vuestras quejas y olvidaros de mí hasta Navidad!

Eso fue todo lo que pudieron sacarle. Nadie sabía exactamente cómo pensaba repartir su dinero. Cuando sus hijos eran pequeños, solía decirles: «Si sois prudentes a la hora de elegir marido, o en el caso de George, esposa, me ocuparé de que recibáis una buena dote. Pero si no es así, tendréis que esperar a que me llegue la hora para conseguir mi dinero».

Basándose en esas palabras, todos deducían que Hilda recibiría su parte cuando muriera sir Osmond, pero también se especulaba mucho acerca de si el resto —una vez que George hubiera recibido lo suficiente como para mantener Flaxmere— se repartiría de forma equitativa entre las chicas, o si las cantidades que Edith y Eleanor ya habían recibido se descontarían de la parte que les correspondía. Edith, que había rechazado a un joven del que estaba sinceramente enamorada y se había casado con sir David Evershot solo para complacer a su padre, había comentado en una ocasión que consideraría una gran injusticia que a ella le tocara menos que a Hilda cuando muriera sir Osmond. Los demás no se expresaban con tanta crudeza, pero es probable que pensaran lo mismo.

George tenía menos motivos que los demás para estar nervioso, pues sir Osmond era un firme defensor de los derechos del hijo varón y heredero. Pero la creciente importancia de la señorita Portisham lo inquietaba incluso a él y también preocupaba bastante a su esposa. Todos creían que la presencia de Jennifer en la mansión era una salvaguardia. Los problemas de salud de sir Osmond habían reafirmado aún más esa creencia.

—Creo que papá tiene razón al querer que te quedes en Flaxmere —le dijo Eleanor a Jenny ese agosto—. No me gustaría imaginármelo aquí a solas con la señorita Portisham. Sabes muy bien que no se puede confiar en las mujeres de su clase; no se rigen por los mismos valores que nosotros. Oh, sí, es inteligente, desde luego, y ha adquirido una cultura superficial, pero no me parece que sea una persona honesta.

—Los hombres de la edad de papá, sobre todo cuando tienen las facultades alteradas debido a la salud, a veces cometen locuras —la presionó Edith—. Acuérdate si no de la boda de lord Litton Cheney, y no hace tanto de eso, con una mujer que no era más que... ¡la institutriz de sus hijas! ¡Fue espantoso para las pobres muchachas!

—La cabeza blanca y el seso por venir —les dijo Jennifer—. Eso fue lo que dijo papá al enterarse.

—No demuestra nada —dijo Edith—. Estoy de acuerdo con Eleanor en que deberías quedarte aquí. Papá necesita a alguien que lo cuide.

—Y yo no sirvo para eso, lo sabéis muy bien —replicó Jennifer.

Edith la ignoró y prosiguió:

—A ti no te supone ningún problema. Tienes todos los lujos que quieras. Tienes ese Instituto de la Mujer que tanto te gusta. Puedes vivir tu propia vida sin tener que preocuparte de nada.

—El problema es ese, ¡que no puedo vivir mi propia vida! —protestó Jennifer—. Papá no me deja conducir el Sunbeam de noche, aunque sabe que soy perfectamente capaz de hacerlo. Tampoco me deja tener mi propio coche y, al parecer, se dedica a organizar las cosas de manera que Bingham no esté disponible cuando yo quiero ir a una reunión.

—¡No son más que anécdotas! —declaró Edith, restándoles importancia con un gesto frívolo de la mano—. No puedes esperar que todo sea perfecto. La cuestión es que deberías quedarte aquí durante los próximos años.

En cuanto sir Osmond se recuperó de su dolencia y la familia desapareció, Jennifer y yo analizamos la situación y decidimos casarnos en primavera. Pensábamos contarle nuestros planes a Hilda en Navidad, cuando viniera a casa, y apremiarla para que buscara una forma que a sir Osmond le pareciera aceptable de ocupar el lugar de Jennifer en Flaxmere. Lo cual no iba a resultar fácil, porque Hilda era demasiado orgullosa como para suplicarle a su padre que le ofreciera un hogar. Lógicamente, el acuerdo —si se alcanzaba— solucionaría en parte los problemas de Hilda, pero estaba tan acostumbrada a la imposibilidad de obtener ayuda paterna que le costaba creer que su suerte pudiera cambiar.

Creo que a Hilda, lo mismo que a Jennifer, no le preocupaba en absoluto el tema del dinero que pudiera dejarle sir Osmond ni la forma de repartirlo. Había renunciado a toda esperanza de obtener dinero de su padre cuando lo necesitaba desesperadamente para la educación de Carol, y lo que pudiera venir después ya no le interesaba. Quería demasiado a su padre como para atreverse a pensar en que su muerte repentina podría ayudar a Carol y estaba de acuerdo con Jennifer en que era muy probable que el anciano sir Osmond viviera aún muchos años.

Jennifer y yo nos dábamos cuenta de que casarnos en primavera echaría por tierra toda posibilidad de obtener una dote, pero no podíamos hacer nada al respecto. Así pues, hacíamos un esfuerzo por no pensar en ello, aunque Dios sabe que, llegado el caso, no la habríamos rechazado.

—No vale la pena pensar en ello —dijo Jennifer—, porque en lo que a ti y a mí respecta, sencillamente no hay dinero. No existe. Puede que llegue cuando ya tengamos cierta edad y, entonces, es probable que nosotros no lo queramos, como Hilda.

Mucha gente consideraría mi salario en la editorial como un sueldo más que suficiente para una pareja de recién casados, pero desde luego no iba a alcanzar para proporcionarle a Jennifer una vida fácil «en las condiciones a las que ella estaba acostumbrada». Pero la pequeña cantidad heredada de su madre, que había ahorrado escrupulosamente, sería una ayuda y, por otro lado, Jennifer había decidido que economizar podía ser divertido y estaba dispuesta a conseguir que nuestra nueva vida funcionara.

Así estaban las cosas en Navidad cuando todo el mundo se reunió en Flaxmere. Era la tradición. Sir Osmond consideraba que una reunión familiar era lo correcto en Navidad y nadie se atrevía a objetar, aunque por lo general no es que se divirtieran mucho. A la tía Mildred siempre se la incluía en la celebración y, sin duda, se alegraba de poder volver a disfrutar de los lujos de Flaxmere aunque fuera por poco tiempo. Oliver Witcombe también acudía, e incluso yo estaba invitado, en parte para compensar la superioridad numérica de las mujeres y en parte para que sir Osmond pudiera seguir poniendo en práctica su política de compararme, desfavorablemente para mí, con Oliver. Intuía que el anciano ya tendría planeada para las noches navideñas alguna actividad en la que Oliver sin duda destacaría y yo no. Lo cual no es especialmente difícil de conseguir, porque Oliver conoce muchos trucos para entretener a los demás en las celebraciones.

Hilda también iba a acudir, como de costumbre, acompañada de su hija Carol. Estoy seguro de que a sir Osmond le gustaba tenerla allí, tanto por el sincero afecto que sentía por ella —lo cual era difícil de creer, en vista de la mezquindad con que la trataba— como por la oportunidad de echarle cosas en cara, por así decirlo. «¡Mira todo lo que te has perdido al marcharte en contra de mi voluntad!»

Así que allí estábamos todos. Y, como los desagradables sucesos posteriores nos obligarían a admitir, casi todos teníamos buenos motivos para desear la muerte de sir Osmond y casi nadie los tenía para desearle una larga vida.

2

Sábado

POR HILDA WYNFORD

Jennifer me había pedido, como de costumbre, que llegara antes que el resto de la familia, para poder ponernos al día de los últimos cotilleos. Carol y yo cogimos un tren en Londres muy temprano y llegamos a Bristol poco después de las diez de la mañana del sábado. El viejo Ashmore estaba allí esperándonos, en el coche familiar, alto y de aspecto robusto. Incluso su curioso acento de los barrios bajos de Bristol, repleto de exclamaciones y expresiones pintorescas, me transmitía la sensación de estar de nuevo en casa.

—La señorita Jenny me ha pedido que viniera a buscarla, señora. Sir Osmond anda por ahí con el coche esta mañana, me dicen.

Le preguntamos a Ashmore qué tal le iba. Me llamó la atención su aspecto, pues se le veía demacrado y enfermo, y me fijé en que le temblaban las manos cuando nos abrió la puerta. Sin embargo, conducía con suavidad, como era habitual en él.

—Pues vamos tirando, señora, que ya es algo, pero es que hay mucha competencia, ¿sabe? Hago bastantes viajes a la estación y algunas señoras me llaman casi todos los días, pero la gente quiere un coche, a ver cómo se lo explico, más moderno. No se fían de esta tartana para los viajes largos. No se lo digan

29

ustedes a sir Osmond, ¿eh? A ver si se va a ofender. Aquí donde lo ven ustedes, en su día fue un gran coche.

—Aún funciona muy bien —dijo Carol—. Estoy segura de
que lo cuidas con mucho cariño.

—¡Eso ni lo dude, señorita! —afirmó con vehemencia y
una discreta sonrisa el anciano cochero—. Si le pasara algo al
coche, ¿qué sería de mí?

En su rostro volvió a aparecer una expresión de fatiga.

Le pregunté si tenía posibilidades de comprar pronto un
coche nuevo.

—Me da a mí que no —respondió con aire sombrío—. Ya
pagué un buen pico por este, con los años que tiene. Y hoy en
día, por un coche así no le dan a uno ni las gracias.

Me sorprendió tanto que no pude evitar exclamar:

—¿Cómo? ¡Pensaba que sir Osmond te había regalado el
coche!

Ashmore pareció incómodo.

—No se ofenda, señora, pero las cosas no son así. Los caballeros como sir Osmond, que no saben nada de este sector y no
se compran un coche nuevo cada año, como hacen otros, pues
no saben cómo se ganan el pan esos talleres. Si uno quiere deshacerse de un coche viejo y comprar otro que cuesta un dine-
ral, le hacen un buen precio por el coche viejo, y así lo animan
a comprar. A veces más de lo que le darían si lo vendiera a un
particular. Bueno, pues resulta que cuando el taller le di-jo a
sir Osmond lo que le daban por este Daimler, sir Osmond, que
sabe que es un buen coche y que pagó una fortuna por él, me
dijo: «Oye, Ashmore, te vendo el Daimler por ese dinero. Es un
buen precio, una ganga». Bueno, señora, un poco sí lo era, por-

que conozco el coche y sé que estaba bien cuidado, pero tuve que pagar un buen dinero y no sé cuándo lo podré recuperar, porque tengo a mi mujer enferma.

—¡Pero Ashmore! ¿Por qué no le dijiste a sir Osmond que era un precio muy alto? —exclamó Carol—. ¡Porque lo era! Si el abuelo hubiera querido vender el coche, ¡nadie le habría dado lo que el taller le ofrecía! Sé cómo funcionan esas cosas. ¡Podrías haber comprado un coche más moderno por menos de lo que te costó este!

—Bueno, señorita, ¿cómo me iba a poner yo a regatear con el señor? Seguro que lo hizo con buena intención. No quiero quejarme. ¡No sé por qué se lo he contado! No me gustaría que llegara a oídos de sir Osmond que voy hablando por ahí de él. Espero, señorita, que no le cuente nada al señor. Y usted tampoco, señora. Todo se arreglará, seguro.

Le pregunté por su esposa y su familia y ya no hablamos más del coche. Descubrí que la enfermedad de su esposa le había ocasionado muchos gastos y que estaba muy angustiado. De lo contrario, jamás se habría permitido formular ninguna clase de queja. Había empezado a trabajar en Flaxmere cuando era apenas un niño y nos había enseñado a todos nosotros a montar en poni. Papá no es partidario de consentir a las personas: cree que tienen que trabajar y ahorrar, como hizo él, para ser económicamente independientes. Estoy convencida de que ni siquiera se dio cuenta de que le estaba pidiendo a Ashmore un precio excesivo por el Daimler; más bien debió de pensar que le estaba dando una oportunidad de invertir sus ahorros de manera ventajosa.

Carol estaba indignadísima. Cuando llegamos a casa, me

puso media corona en la mano, que se sumó a la que yo ya tenía preparada para dar de propina a Ashmore. Sabía que Jenny ya debía de haberle pagado el viaje. Por la expresión de Ashmore, supe que esos cinco chelines tenían para él mucho más valor que para nosotros.

—Ay, señora, si usted estuviera siempre aquí, qué diferentes serían las cosas.

Que es la clase de comentario que los viejos criados siempre hacen a las hijas casadas de la casa.

Pero me quedé preocupada por él. Por su aspecto, pensé, le hacía falta comer bien y descansar durante un mes en alguna casa de reposo, así que decidí hablar con Jenny para ver si podíamos hacer algo por él.

Jenny nos recibió en el salón. Estaba contenta, emocionada y más guapa que nunca. Nos dijo que papá estaría todo el día fuera, haciendo su habitual ronda de visitas navideñas con la tía Mildred. Que George, Patricia y los niños llegarían en coche aquella tarde; que Dittie y David, que también venían en coche, paraban a hacer noche por el camino y llegarían el domingo. Eleanor, su esposo Gordon y los niños llegarían el lunes: habían tenido no sé qué problema con una niñera nueva, que debía sustituir a la que había tenido que marcharse a toda prisa para atender a su madre enferma. La reunión navideña incluía también a dos personas que no formaban parte de la familia. Jenny y yo siempre habíamos pensado que a los Melbury no les venía mal un poco de variedad.

—Oliver Witcombe —me dijo Jennifer, torciendo el labio superior—, el hombre perfecto por antonomasia, llega el martes. A papá le cae bien. Y Philip llegará el lunes por la noche.

Yo no había llegado a conocer a Philip Cheriton en los viejos tiempos, pues creo que sus visitas empezaron después de que yo me casara, pero lo había visto algunas veces en Londres a lo largo de los últimos tres o cuatro años y sabía que en verano había estado en Flaxmere. Jenny me había hablado bastante sobre él, pues lo mencionaba en sus cartas de una forma deliberadamente casual que me hacía pensar que para ella era importante.

Le pregunté si a papá le caía bien Philip.

—Lo tolera —dijo Jenny—. No sé por qué, pues es más que evidente que no lo aprueba. Pero creo que lo considera inofensivo. En fin, ya hablaremos más tarde de Philip. ¿Cómo le va a Carol?

Carol estaba muy emocionada con su nuevo trabajo en una casa de decoración y tenía muchas cosas que contarle a Jenny. Se lo tomaba como una buena alternativa, con la idea de adquirir una valiosa experiencia hasta que tuviera la posibilidad de empezar a estudiar arquitectura. Como era habitual en ella, se había entregado en cuerpo y alma al trabajo y se lo tomaba como si fuera la vocación de su vida. Por otro lado, lógicamente, le entusiasmaba la idea de disponer por primera vez de sus propios ingresos. A la hora de comer, Carol exclamó:

—¡Tía Jenny! —Lo dijo medio de broma, pues Jenny solo es siete años mayor que Carol y tiene un carácter más infantil, así que son como hermanas—. Ya sé que mamá y tú queréis poneros a cuchichear sobre el reumatismo de James, los líos amorosos de la joven Emma, el hijo pequeño de Peggy Jones, etcétera, y yo tengo un vestido que quiero terminar de coser. ¿Puedo trabajar en tu habitación, Jenny?

—Desde luego, y también puedes usar mi nueva máquina de coser.

—¡Qué maravilla! —se burló Carol—. ¡Jenny con una máquina de coser! ¡Parece que te estás volviendo muy hogareña! ¿A qué viene eso? Bueno, mejor, así cuando necesite una máquina de coser no tendré que pedírsela al Portento.

Jenny se sonrojó y se puso a hablar con mucho entusiasmo sobre el Instituto de la Mujer. La primavera pasada, nos dijo, había asistido a una «escuela» de formación y la habían nombrado organizadora.

—¡Excelente! —comentó Carol—. ¡Me encantaría ver un instituto organizado por ti! ¡Seguro que la hora del té será una delicia, que cantaréis y bailaréis como un coro de bellezas, que nunca redactaréis actas y que hasta se os olvidará tener secretaria!

—¡Eres muy mala! —replicó Jenny, un poco molesta—. Ahora soy tremendamente formal, aunque la sede central recomendó, al nombrarme, que me pusiera a trabajar en la organización de actos sociales y no en administración. Pero lo más divertido de todo es que fue lady Bredy, que también iba, quien convenció a papá para que me dejara asistir. El pobre pensaba que era una especie de fiesta selecta de la aristocracia. Pero cuando más tarde se enteró de que la señora Plush, ya sabes, de los Plush que tienen una granja en Linmead, también estaba allí estudiando, se puso un poco dramático. Le pareció que era del todo innecesario, que mi formación doméstica, no te lo vas creer, debía bastarme para gestionar esos institutos, como él dice. En definitiva, que no le gustaba nada la idea de que la señora Plush y yo nos sentáramos la una al lado de la otra para aprender los fundamentos del gobierno democrático. La señora Plush, por otro lado, es un encanto y tiene mucha más mano que yo con las presidentas incómodas.

Como era de esperar, Carol la compadeció y el asunto pareció resultarle divertido, por lo que no tardaron en iniciar un debate sobre feudalismo, democracia y puntos de vista. Les encanta hablar sobre puntos de vista, pero las dos son demasiado jóvenes para entender el punto de vista de cualquiera que pase de los cuarenta. Son terriblemente jóvenes y eso es, en parte, lo que las hace tan encantadoras. Yo, que estoy ya tan cerca de los cuarenta, creo tener alguna pista acerca de cómo se sienten las personas de veinte, pero también las de cincuenta o más..., aunque es posible que solo sean imaginaciones mías y que, en realidad, sea tan egocéntrica como los demás.

La conversación puso de relieve hasta qué punto era inevitable que las opiniones de Jenny chocaran con las de papá. Ojalá, pensé, consiguiera convencerlo para que la dejase marcharse de casa. Nunca hubo disputas violentas entre ellos y Jenny nunca vio sus planes completamente frustrados: si se mantenía firme en lo que quería durante el tiempo suficiente, acabaría consiguiéndolo, al menos en parte. Sin embargo, siempre había malestar y roces entre ellos.

Después de comer, Jennifer y yo nos instalamos en el sofá que está delante de la chimenea de la biblioteca y me contó con todo detalle sus planes de boda con Philip Cheriton. Puesto que yo acababa de desear que Jenny pudiera marcharse de casa, parecía absurdo horrorizarse ante ese proyecto, pero es justo lo que ocurrió. Tal vez fuera porque no pude evitar comparar lo que se disponía a hacer Jenny con lo que yo misma había hecho veinte años atrás. Es cierto que Jenny es mayor de lo que yo era entonces, pero creo que está mucho menos preparada para la clase de batalla que yo tuve que librar. Yo siempre he sido fuerte, más como papá. Pero si Jenny tuviera de verdad la firmeza necesaria para seguir adelante con sus planes, ahora no estaría viviendo en Flaxmere. Habría encontrado la forma de irse y de perseguir esa carrera profesional de la que tan a menudo habla. No pretendo criticarla, solo intento explicar su personalidad. Las personas firmes y decididas no siempre son las más agradables. La pequeña Jenny, tan rubia y tan alegre, seguía pareciendo una niña que tenía rabietas y ataques de rebeldía que solían terminar en lágrimas; una niña incapaz de poner a prueba la autoridad de su padre durante mucho tiempo.

Pensé que Jenny no sabía en realidad a lo que se enfrentaba. Que no le gustaría vivir en un barrio residencial ni en un pueblo a las afueras de la ciudad. Que no soportaría los tediosos detalles de llevar su propia casa ni tampoco la necesidad de tener que economizar. Que acabaría siendo un desastre y ella no soportaría el fracaso.

—¿No estás contenta, Hilda? —me preguntó con inquietud—. Siempre has dicho que tenía que vivir mi vida.

—Sí. Pero la vida que quieres... ¿es la de una joven recién casada que vive a las afueras de la ciudad?

—¡Sabía que dirías eso! —protestó—. Creemos que podemos permitirnos una casa en Guildford o en algún sitio así. Será casi como vivir en el campo. Una casa pequeña, que no dé mucho trabajo, y además tendremos una buena doncella. Philip no quiere que yo sea un parásito, pues no soporta a las esposas parásito. Tendré mis propias cosas; los institutos, quizá. O a lo mejor escribo. Tengo una idea fantástica para una novela y Philip cree que lo haría muy bien.

—Crees que tengo ya cierta edad y que no recuerdo cómo te sientes, pero no se trata de eso, Jennifer. Se trata de que lo recuerdo tan bien que tengo miedo.

—Alto ahí, Hilda, tampoco es que me vaya a casar con un pobre. Millones de personas se casan con menos que nosotros. Al principio no tendremos hijos, no nos lo podemos permitir. Es decir, no en el sentido en que Dittie no puede permitírselos, pero ya me entiendes.

—Todo es relativo, claro.

—Sí, desde luego. Pero tienes que ayudarme, Hilda. Y, por supuesto, no debes decirles ni una palabra a Dittie, Eleanor o George. Ellos creen que debería quedarme aquí para proteger a papá del Portento. Yo creo que eso es una tontería: aunque pudiera hacerse algo, no estaría en mis manos. Lo único que podría hacer yo es arrojar a papá a los compasivos brazos de la señorita Portisham. Lo cierto es que no creo que tengan motivos para preocuparse. Es posible que papá quiera dejarle algo de dinero, pero hay más que suficiente para todos. ¡Y sabe Dios que se lo ha ganado! En fin, volviendo a la cuestión, cuando yo me marche tienes que venir a vivir a Flaxmere.

—Pero ¿cómo voy a hacer eso? Por supuesto que lo haría si papá me lo pidiera. O por lo menos... creo que lo haría. Porque también está Carol, ¿sabes? Y Carol es igualita a ti. Debo decirte, Jenny, que no has contribuido precisamente a crearle el estado de ánimo necesario para llevarse bien con papá.

—Lo que yo haya dicho no puede haber cambiado nada.

Carol sabe perfectamente que papá ha sido tremendamente cruel contigo.

Ya me había dado cuenta antes de que Jenny y Carol veían inevitablemente las cosas desde el mismo punto de vista y, en opinión de ambas, la política de papá se asemejaba a la crueldad. Yo no lo veía de ese modo. Yo había rechazado de forma deliberada su estilo de vida y había elegido el mío. Lo justo era que siguiera por ese camino, me llevara a donde me llevara, recurriendo a mis propios medios, como diría Carol. No lamento nada. Papá fue coherente y a mí me gusta que las personas sean coherentes. He seguido mi propio camino y he demostrado que poseo el carácter necesario para hacerlo. Eso es algo que papá respeta, así que por mucho que al principio estuviera enfadado conmigo, siempre fuimos buenos amigos.

—La cuestión —le expliqué a Jenny— es que por mucho que papá me pidiera que volviera a Flaxmere y yo aceptara, ¿qué haría Carol aquí?

—Estaría fuera —respondió Jenny alegremente—, estudiando para ser arquitecta. Y solo por eso, estoy segura de que se sacrificaría y pasaría las vacaciones con su abuelo. En realidad, se llevaría con él mejor que yo, pues se le da muy bien conversar, y divertiría a los amigos de papá con sus agudos comentarios. Yo soy muy tímida con ellos. En fin, le contaré el plan a Carol y a ver qué dice.

Yo ya sabía lo que diría. Vería las cosas exactamente igual que Jenny y los picos más escarpados de todo el asunto quedarían convenientemente envueltos en niebla. La aventura le parecería atractiva. Ella y Jenny unirían fuerzas —las fuerzas de la juventud— en un santiamén.

—No estoy segura —le dije—. No sé si Carol podrá hacer los estudios que necesita.

—Tiene su trabajo, de todos modos.

—Pero no gana lo suficiente para mantenerse... ella sola.

—Bueno, ¿y cuánto cuestan esos estudios de arquitectura? Al fin y al cabo, al estar viviendo aquí no tendríais gastos. ¿No te quedaría entonces lo suficiente para pagar los estudios de Carol, si tienes en cuenta que durante las vacaciones ella también viviría aquí sin coste alguno?

—¡Pero no podemos dar todo eso por hecho! —me desesperé—. Es una fantasía. Si papá no me pide que venga a vivir aquí, ¡tu castillo de naipes se desmorona!

—Eso es lo que tienes que conseguir: que papá te lo pida. Sabes que a él le encantaría que vivieras aquí y a ti también te gustaría. Ya has demostrado lo que querías, que puedes mantenerte sola y vivir tu propia vida. Estoy segura de que incluso papá lo admite, aunque no lo diga. Necesito que me ayudes, Hilda. Lógicamente, Philip y yo ya hemos tomado nuestra decisión y nos casaremos pase lo que pase, pero me gustaría saber que me apoyas.

—Tengo que pensarlo —le dije—. Quiero que seas feliz, hermanita. ¿No podemos convencer a papá para que le dé su bendición a Philip? Eso sería mucho más fácil. Al fin y al cabo, no creo que lo deteste tanto si permite que se quede aquí.

—Le he propuesto a Philip que escribamos y publiquemos un libro que sea al mismo tiempo una obra maestra indiscutible, un digno trabajo de estilo victoriano y un éxito de ventas. Es la única forma que veo de que papá acepte a Philip como yerno. Sabes muy bien que nadie puede persuadir a papá de nada. Excepto, tal vez, la señorita Portisham, pero nadie sabe cómo lo hace. Por supuesto, no espero que convenzas a papá de que te pida que vengas a vivir aquí. Tienes que apañártelas y buscar una forma inteligente para conseguir que suceda sin más.

He reproducido esta conversación, con unas palabras que recuerdo muy bien, porque pone claramente de relieve cuál era el estado de ánimo de Jenny justo antes del día de Navidad. Lo que yo dije no le influyó en lo más mínimo y solo pensaba en sus planes para huir de Flaxmere en primavera. No pensaba en el dinero de papá, porque ella y Philip habían decidido que podían pasar relativamente bien sin él.

3

Lunes

POR JENNIFER MELBURY

El lunes por la mañana, a las nueve en punto, nos reunimos casi todos en el comedor para el desayuno familiar, porque a papá le parecía lo correcto. Le gustaba ser «el cabeza de familia en el hogar ancestral». Siempre estaba representando alguna clase de papel y supongo que por eso le ha ido tan bien en las cuestiones materiales. Analizaba el rol adecuado para cada etapa de su vida y adoptaba el aire pertinente, pero jamás se preocupó de aprender a ser el padre de esta familia: supongo que cree que cada uno de nosotros debe representar su papel como miembro de esa familia feliz que solo existe en su imaginación.

Eleanor y Gordon aún no habían llegado a Flaxmere. La tía Mildred había venido varios días antes, pero por las mañanas no está en su mejor momento y, por tanto, desayuna en la cama. Dittie, a quien le gusta hacerse un poco la lánguida, suele desayunar también en la cama, pero ese día acudió al comedor con los demás, probablemente porque había llegado la noche anterior y quería tantear la atmósfera y hacer sus planes en consecuencia.

Después de desayunar, Hilda, Carol, Dittie y su esposo David, Patricia, sus niños y yo estábamos pasando el rato en el salón, revisando papeles, escribiendo cartas y anotando apresuradamente los nombres de las personas que habían enviado postales anticipadas de Navidad y que nosotros no habíamos incluido en nuestras listas de felicitaciones. George, el único de la familia que se atreve a bajar tarde a desayunar, estaba aún en el comedor, cómodamente rodeado de tostadas, mantequilla y mermelada, y bastante impertérrito por el hecho de que papá siguiera sentado a la cabecera de la mesa con expresión adusta.

De repente, Patricia empezó a montar un numerito en el salón: se le había olvidado, o creía que se le había olvidado, enviar un regalo a un tío muy rico y muy importante, por lo que decidió que debía organizar una expedición de compras a Bristol, que está a unos treinta kilómetros de Flaxmere. Pero antes debía preguntarnos a todos si sería muy trágico que en realidad ya le hubiera enviado al anciano tío un regalo y ahora le enviara otro. Así pues, y a sabiendas de que Patricia iría de compras dijéramos lo que dijéramos, todos le dimos nuestra opinión. Carol preguntó si ella también podía ir. George y Patricia habían venido en su propio coche, para poder disponer de él durante las vacaciones navideñas. A Patricia le entusiasmó la idea de que Carol la acompañara y yo insistí en que la única esperanza de salvación que tenía Patricia, en cuanto al asunto del tío rico, era ir a comprar ese regalo y enviarlo de inmediato. Lo dije porque sabía que Carol también quería hacer unas cuantas compras en Bristol, pero era poco probable que le permitieran llevarse el Sunbeam.

—¿Y no sería mejor esperar a esta tarde? —se aventuró a proponer Carol—. La tía Eleanor llegará a la hora de comer y es posible que ella también quiera ir de compras.

—¡Será bastante difícil que tres personas puedan ir de compras en un solo coche! —protestó Patricia—. Quiero decir que cada una tiene sus propias ideas de lo que quiere comprar y seguro que querremos ir a sitios distintos y será un lío, surgirán muchas complicaciones si hay que esperar a cada una en un sitio diferente. Y por la tarde habrá tanta gente... Ya será bastante pesado por la mañana.

—Además —les recordó Dittie—, Eleanor nunca se olvida de nada, tiene una memoria de elefante. Seguro que todos sus regalos ya están comprados, envueltos en papel navideño y enviados desde hace tiempo, sin que se le haya olvidado ninguno. Será mejor que os marchéis lo antes posible y volváis puntuales a la hora de comer.

Dittie ya había anunciado que ella y David irían en coche a Manton para comer con los FitzPaine, así que se alegró de recordarle a su cuñada Patricia que era su deber volver puntualmente.

Patricia empezó a ponerse nerviosa otra vez.

—La verdad es que no sé qué es mejor, si arriesgarme a enviarle dos regalos o ninguno, y escribir más adelante, si no me da las gracias, y decirle que espero que no lo perdieran en correos. En Navidad nunca se sabe. Es complicado.

—¡Oh, tía Pat! —protestó Carol—. Ya lo hemos hablado. Es mejor, muchísimo mejor, arriesgarse a enviarle dos regalos. En el peor de los casos, pensará que eres un poco despistada, pero a nadie le molestan esa clase de despistes. Y ahora, ¡pongámonos en marcha!

—Tantas prisas no sirven de nada cuando George aún está entretenido con la mermelada —señaló Patricia.

—¡Ahora voy a decirle que se apresure! —exclamó Carol, al tiempo que echaba a correr.

Volvió a los pocos minutos.

—¡Tía Pat! ¡Es increíble! ¡George dice que me deja conducir el Austin! Me he sacado el carné, pues resulta muy práctico tenerlo para poder conducir los coches de los demás. A él no le importa y yo soy muy prudente.

Carol es una de esas personas afortunadas que inspiran confianza, por lo que siempre consigue que los demás le presten el coche.

—Bueno, era de esperar, el pobre George no soporta ir de compras... —empezó a decir Patricia, no muy convencida.

—Y ahora, corriendo a ponerse los sombreros y abrigos, tía Pat, que nos vamos dentro de dos minutos —la apremió Carol.

Carol tiene tendencia a salirse siempre con la suya, hasta el punto de que puede llamar a Patricia «tía Pat» —lo cual es ridículo, porque resulta obvio que la esposa de George es claramente «Patricia» de pies a cabeza— y aun así recibir su aprobación. Otras personas acaban terriblemente intimidadas si se atreven a usar ese diminutivo.

Cuando Patricia ya estaba a media escalera, entró Parkins con los paquetes que acababan de llegar con el correo. Enid, Kit y Clare —los tres hijos de Patricia— se abalanzaron, acompañados de Carol, sobre la entrega. Patricia se detuvo, incapaz de decidir si debía seguir subiendo o volver a bajar. Papá salió en ese momento del comedor y enseguida me di cuenta de que estaba representando el papel de abuelo benévolo.

—¡Niños, niños! —dijo con voz atronadora—. ¡Para vosotros no hay ningún paquete! ¿Es que no sabéis que los vuestros no los trae el cartero? ¡Los traen los renos de Santa Claus en un trineo!

Los niños siguieron empujándose y gritando. Enid, que tiene casi diez años, y Kit, de ocho, no creían lo que acababa de decir su abuelo, obviamente.

—¡El cartero ha traído un paquete para mí! —dijo Enid levantando la mirada—. ¡Lo he visto! Oh, Kit, qué torpe eres, ¿por qué lo escondes? —Captó la mirada de desaprobación de su padre y dejó de coger los paquetes—. Bueno, supongo que el cartero se ha encontrado con el trineo en la entrada y ha traído el paquete para que yo pudiera tenerlo enseguida —dijo.

Enid es una niña demasiado lista para resultar simpática.

—¡Niños, niños! No olvidéis vuestros modales. Dejadme ver esos paquetes, estoy esperando algo que me hace mucha falta —dijo papá, que seguía interpretando su papel de abuelo benévolo, aunque no sin un considerable esfuerzo. Miró a su alrededor y vio a Patricia, que finalmente había decidido bajar—. ¡Patricia! Sinceramente, creo que estos niños deberían tener más educación.

—Vaya, ¿de verdad? Es Navidad, yo lo que creo es que deberían tener más emoción... —empezó a decir Patricia, pero entonces vio con alivio que la niñera acababa de llegar para salir con los pequeños a dar un paseo.

Papá rebuscó algo en la pila de paquetes, sin éxito, y refunfuñó ruidosamente, de modo que ninguno de los presentes pudo ignorar el hecho de que estaba contrariado.

—¡Tiene que ser una caja grande! ¡Es imposible que no haya llegado! ¡Diantre! ¡No se puede confiar en nadie! ¡No sé dónde vamos a ir a parar! ¡Tanta antelación y ellos no son capaces de entregar puntualmente un pedido! ¡Me lo tendría que haber imaginado! ¡Es imposible organizar nada, no se puede confiar en que los dependientes de hoy en día hagan su trabajo con un mínimo de eficiencia! ¡Todos mis preparativos se han ido al traste! Ah, pero claro, ¡a ellos qué más les da!

El abuelo benévolo había dado paso al ciudadano indignado que ha intentado en vano ser un filántropo y ha visto sus planes frustrados por culpa de la ineptitud de los demás.

Patricia, que tiene la errónea idea de que es bueno empatizar con papá cuando está de mal humor, resopló.

—¡Los envíos por correo son tan poco fiables en Navidad! Los carteros temporales suelen ser personas muy deshonestas. ¡Incluso roban sacas enteras de paquetes para no tener que molestarse en entregarlos! La clase obrera no tiene el más mínimo sentido de la responsabilidad hoy en día.

Mantuve la boca cerrada, en aras de la paz, pero me habría encantado discutir con ella.

Dittie, que había dejado de leer el *Times* por culpa de todo aquel jaleo, intervino con su habitual falta de tacto:

—¡No tiene sentido hablar como si alguien se hubiera quedado el paquete por rencor! ¡No está y punto! Teniendo en cuenta la caligrafía tan espantosa de algunas personas, ¡es un milagro que tantas cosas lleguen a su destino! Veo que Clare Mapperleigh ha tenido gemelos —dijo, concentrándose de nuevo en el *Times*.

Hilda acudió al rescate.

—Si es algo que te hace mucha falta, papá, ¿podemos ayudarte de algún modo? —le preguntó—. ¿Mandando un telegrama, tal vez?

—¡Me da igual! —afirmó papá, lo cual no era cierto—. No es por mí, los que se van a llevar una decepción son los demás. Yo me lavo las manos en todo este asunto.

Eso significaba que se había convencido a sí mismo de que el hecho de que el paquete no hubiera llegado obedecía a la maldad de sus enemigos, pero que no estaba dispuesto a dejarse derrotar.

—A lo mejor deberíamos llamar por teléfono —insistió Hilda, en tono sereno.

—¡Bien pensado, Hilda! —admitió papá—. ¡Por teléfono no cobran por el número de palabras! ¡Ja! No es que yo sea un hombre de muchas palabras, pero les voy a decir lo que pienso de ellos. La señorita Portisham pondrá una conferencia.

Se fue enfurruñado a su estudio, donde el Portento esperaba obedientemente sus órdenes. Hilda y yo ya habíamos recibido instrucciones de papá para retener cualquier paquete destinado a los niños, así que empezamos a recogerlos y los llevamos al estudio, donde los apilamos en un armario.

—Creo que una conferencia —estaba diciendo la señorita Portisham— sería lo más seguro, sir Osmond. Incluso los cables de telégrafos son poco fiables en esta época. Haré la llamada y me mostraré muy firme: el paquete debe enviarse en el tren de pasajeros. Bingham irá a la estación a esperar el tren y traerá el paquete directamente aquí.

—¡Sí, sí! —convino papá—. Creo que debería ir usted con Bingham, para asegurarse de que no haya más incidentes.

—¡Desde luego, sir Osmond! Estoy bastante segura de que irá todo bien. Incluso es posible que al final tengamos dos, pues quizá el otro paquete llegue con el correo de la tarde.

—Deje usted muy claro que solo voy a pagar uno. ¡Lo encargué con suficiente antelación y ellos saben perfectamente que es Navidad! Deberían prever los retrasos postales.

—Desde luego, sir Osmond. ¿Quiere que le pida el coche? Creo que aún tiene que hacer algunas visitas, ¿no es cierto? Hasta las 14:26 no lo necesitaremos para ir a la estación.

—Sí, sí, pero... ¿qué pasa con Eleanor, su marido y los niños? Llegarán antes de la hora de comer.

—Más bien creo, sir Osmond, que el señor y la señora Stickland han acordado que los recoja Ashmore, sin duda pensando que usted necesitaría el coche a esa hora.

—¡Hum! ¡Muy bien! Pues ocúpese de eso, mientras yo reviso estas cartas antes de irme.

Después de guardar los paquetes volvimos al salón, donde George, que justo en ese momento había terminado de desayunar, nos recibió con estas palabras:

—¿Qué es todo este escándalo sobre no sé qué paquete que no le ha llegado a papá?

Pensé que era mejor que lo supieran, pero les advertí que no debían decir que yo se lo había contado, porque seguramente papá tenía planeado hacer algún anuncio triunfal.

Les expliqué su idea de que tenía que ser Santa Claus quien repartiera a los niños los regalos del árbol de Navidad en Nochebuena. Lo había decidido esa misma semana y había encargado un disfraz de Santa Claus en Dawson's. Se suponía que tenía que llegar el sábado, pero no fue así y papá dejó que el Portento lo convenciera para esperar hasta el lunes por la mañana. Ahora, claro, ese nuevo obstáculo en sus planes le había causado una profunda desazón, pero el paquete llegaría tarde o temprano, el Portento conseguiría un segundo disfraz y a papá le producía una gran satisfacción pensar que en Dawson's se habían tomado la molestia de enviar dos disfraces pero solo iban a cobrar uno.

—¿Y quién va a tener el honor de ponerse la barba y el traje de algodón? —preguntó George—. No irás a decirme que ha pensado en mí para el papel... ¿O acaso el pobre viejo lo va a hacer en persona?

Les dije que en mi opinión iba a ser Oliver, aunque en un principio papá había insinuado que debería hacerlo Philip. Luego, sin embargo, se le había ocurrido que Philip, a quien se le daba muy bien el teatro *amateur*, tal vez bordara el papel y se llevara todos los honores, así que finalmente había decidido que se encargara Oliver, un hombre tan envarado que es incapaz de actuar. No podía ser un miembro de la familia, porque papá estaba convencido de que los niños se darían cuenta enseguida.

—Será mejor que prepares un poco a los niños, Patricia —le aconsejó George a su esposa—. ¡Típico de Kit estropear la diversión diciendo algo como que al señor Witcombe se le ven los pantalones!

—También podía haberlo hecho años atrás, cuando los niños eran más pequeños —respondió Dittie—. Hoy en día, los niños de ocho y nueve años ya saben que todo eso es un cuento, y no creo que debamos criarlos rodeados de farsas.

—A los niños les parecerá divertido —la tranquilizó George—. Si les decimos que disimulen, disimularán, ¿no crees, Patricia?

—Eso espero —respondió su esposa—. Pero es que Kit es

tan travieso. A mí me encantan estas tradiciones pasadas de moda, por supuesto, pero las institutrices y los colegios son muy modernos y, al parecer, los niños tienen opiniones muy adultas y lo saben todo sobre aviones o el coche que deberíamos comprar. Es imposible seguirles el ritmo. Solo espero que todo esto no retrase su hora de irse a la cama.

Carol bajó corriendo la escalera, lista para salir. Estaba preciosa. Creo que en parte ese es el motivo de que a Patricia le guste llevarla por ahí y tratarla con cierta condescendencia. Carol tiene un aspecto muy distinguido, pues es alta y se mueve de una forma que solo se me ocurre definir como elástica. Posee los delicados rasgos de Hilda y una preciosa melena dorada.

—¡Tía Pat! —exclamó Carol en tono de reproche—. Pensaba que habías subido a prepararte, pero resulta que estás aquí y que aún no te has arreglado. El coche llegará de un momento a otro. Lo va a traer Bingham.

—Hemos tenido un pequeño problema con un paquete —le explicó Patricia en tono sumiso—. He vuelto a bajar para ver qué estaba pasando. No tardo nada.

Se marcharon poco después, mientras Dittie y David se iban a Manton en su propio Daimler. Papá se fue en el Sunbeam a hacer su ronda de visitas y se llevó a Hilda. Siempre hacía unas cuantas visitas antes de Navidad: supongo que sus amigos lo consideraban una especie de maldición, precisamente en un momento en que estaban más preocupados por el acebo, el pavo y las cenas navideñas, pero nuestro bisabuelo era bastante famoso por sus rondas a caballo para ir a visitar a las familias de las aldeas cercanas, entre las cuales repartía sus dádivas. Papá omitía el tema de las dádivas, pero consideraba que por lo demás era una tradición entrañable que merecía conservarse.

Me había fijado en que George merodeaba por allí, de modo que no me sorprendió que se me acercara en cuanto los demás se marcharon.

—Bueno, creo que no tienes nada que hacer —afirmó—. Portisham está ocupada con el paquete extraviado, el acebo, el muérdago, las flores de la mesa, la correspondencia de papá ¡y no sé cuántas cosas más! Quiero hablar contigo.

Se instaló en su sillón preferido de la biblioteca y adoptó una actitud de lo más aburrida.

—Y bien, Jenny, dime con sinceridad qué piensas de papá.

No pude evitar echarme a reír. Era tan insufrible y tan típico de George.

—Bromas aparte, me refiero a su salud y a su..., bueno, a su cabeza. Tengo la sensación de que el pobre ha envejecido mucho desde que estuvo enfermo.

Le aseguré a George que la enfermedad de papá había tenido muy pocos efectos en su estado general de salud. Es cierto que parecía un poco más viejo; que caminaba con menos seguridad, aunque tampoco podía decirse que se tambaleara, y que tenía más tendencia a olvidarse de las cosas. Era posible, también, que se cansara más rápido, aunque tampoco se podía estar muy seguro de ello, porque tras el leve infarto se había asustado mucho y se cuidaba más que nunca. Se había vuelto bastante propenso a tener berrinches si se sentía cansado y había adoptado la costumbre de descansar en un sillón por las tardes, con los pies en una banqueta.

—Bueno, es posible que así sea —dijo malhumorado—. Sabes, Jennifer, pienso sinceramente que lo correcto es que te quedes aquí con él. Por lo que me ha dicho Hilda, estás un poco nerviosa.

Le dije que estaba harta de que toda la familia me dijera que mi deber era quedarme en casa. Le dije, igual que le había dicho a Eleanor y a Edith en verano, que estaba convencida de no hacer ningún bien a nadie quedándome en Flaxmere y que no tenía intención de seguir discutiendo del tema. Como es lógico, ninguno de ellos estaba informado de mis planes con Philip, pero al parecer tenían la vaga sensación de que ocurría algo.

—De acuerdo, Jenny, no quiero molestarte —dijo George.

Creo que le daba miedo que yo me echara a llorar; su insistencia para que yo me quedara en casa me estaba poniendo tan nerviosa que casi me daban ganas de hacerlo. Temía que nuestros planes secretos fracasaran por algún motivo. Aunque como es lógico toda aquella oposición no iba dirigida contra mis planes con Philip, hacía que todo se me antojara muy difícil. En el pasado había trazado muchos planes para irme de casa y tener mi propia vida, pero nunca habían dado resultado, así que temo de verdad el fracaso. Pero ahora que contaba con la ayuda de una persona tan decidida como Philip, nuestros planes sin duda alcanzarían el éxito.

Resultaba evidente que George quería decir algo más, pero no sabía cómo expresarlo.

—El viejo Crewkerne no habrá estado por aquí, supongo —dijo al fin.

Crewkerne es el abogado de papá.

—No que yo sepa, pero es muy posible que haya venido sin que yo me entere —señalé—. El Portento se encarga de hacer todas las gestiones de papá y él nunca habla de negocios conmigo. Es inútil pensar que yo puedo darte información de primera mano sobre el testamento de papá y esa clase de cosas.

—Tus hermanas están preocupadas —dijo George.

—¡Y te han insistido para que me pidas que averigüe algo! No servirá de nada. Hilda es la única que tal vez podría sacarle algo a papá, y no lo hará. La otra sugerencia que puedo hacerte es que tantees a la señorita Portisham.

—¡Alto ahí! ¡Eso no puedo hacerlo! —protestó George—. Es... es..., ¡por Dios! ¡Es indecente!

—Mira, George, ¡no se puede tener todo! Estáis todos terriblemente inquietos por el testamento de papá; sabéis que no sirve de nada preguntarle, o bien os da miedo hacerlo. De acuerdo, pues entonces tenéis que esperar y confiar en que todo salga a pedir de boca, o ir a ver al señor Crewkerne. Si te parece indecente tratar de recabar información de la única fuente que puede ofrecértela, entonces tendréis que adoptar métodos más directos o resignaros a no saber nada.

—Tú no entiendes de estas cosas, Jenny. No puedo preguntarle a Crewkerne. Si papá tiene sus facultades mentales intactas, y no tengo motivos fundados para pensar que no sea así, entonces Crewkerne no me dirá nada. De hecho, ni siquiera podría preguntárselo. Para ti está muy bien eso de ser tan espontánea: ¡no comprendes el valor del dinero!

¡Qué poco me conocía! Philip se había pasado mucho tiempo recordándomelo, porque temía que me resultara difícil vivir con lo poco que íbamos a tener. Sin embargo, habíamos dejado de preocuparnos por el asunto tras decidir que era inútil y que estábamos dispuestos a dar el paso. No podía explicarle todo eso a George, claro, así que me limité a señalar que no debía temer por sí mismo. A papá le interesaba mucho que la familia se mantuviera unida y que Flaxmere se conservara como era debido, así que a George no le iba a faltar nada.

—Eso de decir que no me preocupe está muy bien para ti, que no tienes ninguna responsabilidad —refunfuñó George—. El viejo está más susceptible que nunca con el dinero y las cosas no son precisamente fáciles con tres hijos. La matrícula del colegio privado de Kit ya es bastante cara, por no hablar de Eton... No sé cómo lo haremos.

George es ahora director ejecutivo del negocio familiar de galletas y siempre he pensado que cobra un más que generoso salario por holgazanear de vez en cuando en un despacho, dar palmaditas en la espalda y firmar cheques.

—Los caballos —prosiguió—. ¡No sé qué les pasa a los caballos hoy en día! ¡Ya no corren como antes!

Le dije que era un estúpido por perder dinero en las carreras de caballos, porque todos habíamos escuchado los sermones moralizantes de papá acerca de su propio padre, nuestro abuelo, que también tenía la costumbre de apostar y a punto había estado de llevar a la ruina a la familia entera. Papá jamás le compensaría a George lo que hubiera perdido por ese método.

—Además, no es solo eso —prosiguió George—. Es la posibilidad del escándalo. ¿Cómo te sentaría enterarte de que se lo ha dejado prácticamente todo a esa mujer? No me refiero solo a perder tu parte de la herencia, sino a las habladurías y todo eso.

Le recordé una vez más a George lo mucho que le interesaba a papá que Flaxmere continuara en la familia.

—Además —dije—, debe de tener una cantidad asombrosa de dinero. No veo por qué os inquieta tanto la posibilidad de que le deje una buena herencia a la señorita Portisham. «A mi fiel secretaria, como muestra de gratitud por diez años de abnegado servicio», o algo así. Mucha gente lo hace. Hay dinero suficiente para dar y vender.

—Por supuesto —se explicó George— que ninguno de nosotros pondría reparos a una herencia adecuada. Lo que nos preocupa es algo mucho más..., en fin, escandaloso.

—¿En serio, George? —protesté—. No creo en absoluto que papá la vea como a una mujer. Es más bien una máquina muy útil. ¡No tienes ni idea de lo valiosa que es, pues se encarga de todo, hace muy bien su trabajo y consigue que papá esté de buen humor!

—¡A eso voy! Lo tiene completamente atrapado.

—¡Tonterías! —insistí—. Tampoco es que a papá le cueste retenerla aquí. Creo que a ella le gusta vivir en Flaxmere, encargarse de la casa y de la organización. A veces pienso que debe de sentirse terriblemente sola, pero solo es una idea mía. No parece que esté triste.

—¿Sola? —preguntó George horrorizado.

—Sí; no tiene amigos. Es de mejor posición social que los sirvientes y no ve a casi nadie más. La verdad es que ni siquiera sé qué hace en su tiempo libre. Pasa mucho tiempo en su habitación y a veces sale a dar un paseo ella sola. La llevé en una ocasión al Instituto de la Mujer, pensando que tal vez le interesara, pero es demasiado de ciudad. No se lleva bien con la gente de pueblo y tiene un miedo espantoso a perder la dignidad. Pero debe de ser una vida horrible para ella. Al fin y al cabo, ¡no tiene ni treinta años!

George soltó una risotada. Era de esperar, pues se ríe cada vez que oye hablar del Instituto de la Mujer.

—¡Por Dios! ¡Ahora casi me da pena la pobre señorita Portisham! ¡Mira que llevarla a una reunión de madres para animarle un poco la existencia! Debo admitir que nunca había visto las cosas de ese modo, pero en mi opinión solo hace que la situación resulte aún más peligrosa. En fin, supongo que la señorita Portisham puede ir a Bristol si le apetece. Al cine, al teatro, de tiendas..., esas cosas.

—Si va, lo hace sola. Está Bingham, claro. Supongo que recuerdas que fue ella quien lo trajo. Es de la misma parte del mundo que ella. Al principio, pensaba que estaban comprometidos, o cual sea el equivalente en la posición social de la señorita Portisham, pero últimamente no parece que se les vea mucho juntos.

—¡Por Dios! Si pudiéramos casarla con Bingham, resolveríamos el problema. ¡Podrían vivir en la casita del cochero y ella podría venir todos los días y encargarse de Flaxmere! Pero ¿dices que eso está descartado? Qué lástima.

George estaba verdaderamente obsesionado con la idea de que la señorita Portisham era un peligro. Pensé que podría distraerlo volviendo a una cuestión que yo ya había mencionado.

—A papá no le interesa la señorita Portisham —insistí—. Ni siquiera un poco. Sus conversaciones son espantosamente formales. «Encárguese de tal cosa, señorita Portisham.» «Desde luego, sir Osmond.» Portisham ha adquirido buenos modales y todo eso, pero no habla. Al menos, no como un ser humano.

—No sabes cómo hablan cuando tú no estás aquí —señaló George.

Estaba segura de que hablaban igual, estuviera yo presente o no. Si una entra en una habitación cuando dos personas están manteniendo una conversación íntima y de repente esas personas cambian el tono, siempre se percibe algo en la atmósfera. Una especie de tensión y un cosquilleo, como si sus personalidades no hubieran vuelto a refugiarse por completo bajo el caparazón de la formalidad. Intenté explicárselo a George, pero no estaba del todo convencido.

—Tú no entiendes de estas cosas, Jenny —me dijo con su tono más paternal—. Es típico de las mujeres. Algunos hombres, sobre todo si ya son mayores, nunca se casan con una mujer porque les interesa eso que tú llamas su personalidad. No esperan de ella que sepa conversar. La señorita Portisham es atractiva, tienes que admitirlo. Tú la ves solo como una secretaria eficiente, pero cualquier hombre se daría cuenta de que tiene una figura bonita, una piel suave y un pelo precioso. No es mi tipo, pero te aseguro que a muchos hombres les resultaría seductora. No puedes decirme que una mujer de su edad, con su figura, jamás piensa en casarse, por no hablar de casarse con un hombre rico. Y tú misma has dicho que no se ve con nadie.

Pues claro que ya había oído antes esa clase de discurso; siempre me resulta desagradable y no me creo que papá pensara en la señorita Portisham de ese modo. Así se lo dije a George.

—Y luego está esa historia con Bingham. Estoy convencido de que papá no soportaría perder a su eficiente secretaria, de modo que si creyera que hay algo entre ella y Bingham, le faltaría tiempo para ponerle fin.

—Pero tú mismo acabas de decir que podrían vivir aquí y que la señora Bingham podría seguir llevando la casa —señalé.

—Puede que papá no pensara lo mismo. Podría pensar que, llegado el caso, ella querría marcharse y entonces papá empezaría a decirle que podría aspirar a algo mejor que Bingham y luego encontraría la forma de retenerla aquí. Ya te lo he dicho, no me gusta esta situación.

—Estoy harta de hablar de esto —le dije—. No hay nada que yo pueda hacer. Es más, no creo que sea necesario hacer nada y, por tanto, no voy a hacer nada. Si tan preocupado estás, lo mejor es que busques la manera de que papá le pida a Hilda que venga a vivir aquí. Ella le haría compañía, cosa que yo no; ella sabría llevar muy bien la casa, cosa que yo no. Hilda sería el mejor antídoto posible.

—¡Por Dios! —dijo George—. ¡Esa podría ser la solución!

Por lo menos le había dado a George algo nuevo en lo que pensar. Le dije que tuviera cuidado con lo que le decía a Hilda, porque si ella sospechaba que George estaba conspirando para convencer a papá, se mantendría al margen de inmediato.

Por lo que a mí respecta, sentía más compasión que nunca por la señorita Portisham. Lo importante de esa conversación, sin embargo, es que demuestra lo preocupado e inseguro que se sentía George en cuanto al testamento de papá. No quería que le sucediera nada a papá precisamente en aquellos momentos porque temía que el testamento sacara a la luz «revelaciones asombrosas», pero veía un rayo de esperanza en la idea de que Hilda se instalara en Flaxmere, por lo que le faltaría tiempo para organizarlo todo y confiar en que la influencia que Hilda tenía sobre papá asegurara el futuro de los Melbury.

4

Martes

POR MILDRED MELBURY (TÍA MILDRED)

Esos días esperando la Navidad, después de que la familia al completo se haya reunido en Flaxmere, siempre son difíciles. Los niños están eufóricos y revoltosos, y todo el mundo está tenso, pues temen que las cosas no vayan como una seda y que el día de Navidad no sea la celebración de buena voluntad que todos esperamos. Lógicamente, ninguno de nosotros podía prever la impactante tragedia que estaba a punto de producirse, pero yo siempre he creído que las familias que en un momento dado se rompen, están mejor separadas. Pueden visitarse ocasionalmente, por supuesto, pero intentar reunir a todo el mundo y esperar que reine la misma atmósfera de felicidad familiar de la que disfrutaban de niños es, a mi entender, un error. Y, como es lógico, la familia política complica aún más las cosas; Patricia, David y Gordon son bellísimas personas, por supuesto, pero no forman parte de la familia, estrictamente hablando, y no se puede esperar que encajen a la perfección. Esa, sin embargo, es solo mi opinión, no pretendo criticar a nadie. Y, por otro lado, mi hermano hacía en su casa lo que consideraba oportuno, aunque es imposible saber hasta qué punto actuaba influido por quienes conspiraban para conseguir sus propios fines.

En lo que a mí respecta, siempre me alegra volver a Flaxmere. Intento describir los sucesos del martes —Nochebuena— tal y como los viví en aquel momento, así que escribiré como si el terrible acontecimiento que se produjo el día de Navidad aún no hubiese tenido lugar. Debo hacer hincapié, sin embargo, en que si bien reinaba cierto desasosiego en el grupo, como ya he intentado explicar, nada, absolutamente nada, me hizo sospechar en ningún momento que se estuviera planeando ya entonces un golpe tan cruel contra mi pobre hermano. Porque es evidente que tenía que estar planeado de antemano.

Eleanor, su esposo, Gordon Stickland, y los dos hijos de ambos, Osmond y la pequeña Anne, fueron los últimos del grupo en llegar. Es decir, fueron los últimos del grupo familiar, pues Philip Cheriton llegó el lunes por la tarde y el señor Witcombe, el martes por la mañana. Eleanor y su familia llegaron en tren el lunes, a tiempo para comer. Si tengo una favorita entre mis sobrinas —cosa que intenté no demostrar cuando ocupé el lugar de su pobre madre, fallecida en 1920—, creo que es Eleanor. Hilda ya estaba casada por entonces —de hecho, ya era viuda—, así que no llegué a conocerla tan bien. Puede que Dittie tenga más carácter, pero no era una chica a la que resultara fácil aconsejar. Eleanor siempre se dejó controlar más; es más, a menudo tenía la sensación de que esperaba mis consejos y mi orientación antes de dar cualquier paso. Eleanor es la belleza de la familia: se parece mucho a su difunta madre, tiene sus mismos ojos oscuros y su mismo pelo suave.

Ya el lunes, todo el mundo se dio cuenta de que Eleanor estaba preocupada. Y se dieron cuenta porque no es propio de ella. Después de Hilda, siempre ha sido la más tranquila de las cuatro hermanas. Acepta las cosas tal como son y no hace montañas de los granos de arena. Pero ese día todos nos percatamos de que estaba «distraída» y de que a veces no era consciente de que los demás le hablaban. No me parece que eso encierre ningún gran misterio ni que debamos buscar alguna causa siniestra que lo explique. Eleanor había pasado muchos nervios cuando su niñera —una mujer encantadora— había tenido que marcharse de repente en una época tan complicada. Encontrar a otra dispuesta a acudir a Flaxmere no había sido sencillo. Y, por supuesto, más tarde se supo que la nueva niñera tenía unas opiniones religiosas muy poco ortodoxas. Eleanor ya debía de saberlo, sin duda, pero era demasiado tarde para hacer cambios y, probablemente, rezaba para que no se dieran situaciones incómodas. Pero es natural que una madre tan entregada como Eleanor sufra por el bienestar moral de sus hijos en esas circunstancias y, para complicar aún más las cosas, la nueva niñera era una joven asombrosamente atractiva. Más bien llamativa, diría, con esa melena pelirroja. Ningún hombre, por honesto que fuera; ningún esposo y padre, por devoto que fuera, podría evitar fijarse en una chica de esa clase si esta hiciera alarde de sus encantos delante de sus narices. Y la niñera Bryan alardeaba con naturalidad; estoy segura de que hubiera alardeado incluso de haber caminado en sueños, en el caso de que fuera sonámbula, claro está. Además, la idea de que aquella joven carecía de principios cristianos capaces de refrenarla, probablemente solo servía para aumentar la inquietud de Eleanor.

Debo hacer hincapié en el hecho de que no presencié nada inadecuado entre Gordon Stickland y la niñera Bryan. Gordon es un caballero y, además, sigue enamorado de Eleanor. Pero también es la clase de hombre al que las mujeres no pueden resistirse y, al parecer, le gusta coquetear superficialmente —a modo de pasatiempo— con cualquier joven guapa y vivaz. Eleanor lo entiende a la perfección y, dado que no tiene motivos para dudar de su afecto, no le preocupan esas pequeñas indiscreciones. Pero su pobre padre, mi hermano Osmond, era un hombre estricto y siempre dispuesto a criticar a los cónyuges de su descendencia. Sería el primero en percibir cualquier comentario veleidoso o cualquier mirada frívola entre Gordon y la niñera Bryan y, llegado el caso, no sería ninguna sorpresa que provocara una situación francamente desagradable al reprender a Gordon delante de todo el mundo. Era el peligro que entrañaba esa posibilidad lo que angustiaba a Eleanor, de eso no me cabe duda. No pude evitar fijarme en la forma en que observaba a su esposo: cuando estaba en plena conversación con los demás, desviaba la atención y dejaba de escuchar porque había oído la voz de Gordon. Cuando eso ocurría, se concentraba en saber con quién estaba hablando y en qué tono.

Hubo una conversación entre ellos, la cual pude escuchar yo misma y también alguno de los presentes, que ha dado pie a bastantes especulaciones. Lo que escuchamos —y estoy segura de que nadie pudo escuchar más que yo, y que todo lo que se ha añadido no es más que el musgo que van acumulando siempre los chismes que circulan por ahí—, lo que escuchamos, repito, confirma mi postura. Los demás, claro, no dan mucho crédito a mi opinión, pero de todos modos me considero más capacitada para juzgar a Eleanor que la mayoría de ellos.

Esta conversación tuvo lugar en el estudio de Osmond el

martes por la tarde. Debió de ser a primera hora de la tarde, porque después del té se nos pidió que no entráramos en aquella habitación para que pudiera procederse a colocar el árbol de Navidad y las luces. Si la escuchamos fue porque la puerta que da a la biblioteca se había quedado entornada. Mi hermano estaba en aquellos momentos en el jardín con sus nietos, cosa que yo sabía, y la señorita Portisham estaba sin duda ocupándose de algunos asuntos domésticos. Tuve la sensación de que Gordon había entrado en la biblioteca posiblemente para buscar algún libro —mi hermano siempre ha guardado allí todos los libros de consulta— o para hablar por teléfono. Eleanor debió de seguirlo, porque de repente quienes estábamos sentados en la biblioteca la oímos decir «¡Oh, Gordon!» en un tono de claro reproche.

Patricia y yo, que estábamos sentadas junto a la chimenea de la biblioteca, tejiendo y charlando, oímos perfectamente a Eleanor, pero no pudimos escuchar la respuesta de Gordon. Oímos de nuevo a Eleanor decir: «Oh, Gordon, es inapropiado». Añadió algo más, pero en voz tan baja que no pudimos distinguir sus palabras. Gordon respondió en un tono bastante alto: «¡Tonterías, Eleanor!». Hilda, que también estaba en la biblioteca escribiendo cartas, levantó la vista de repente y dijo: «Me parece que entra corriente por la puerta del estudio». Se levantó y fue a cerrarla. Eso es todo lo que pudimos oír, pero no es difícil de entender para alguien que conoce y comprende bien no solo a los presentes, sino también sus circunstancias.

Una de las desventajas de estas reuniones familiares es que la presencia de tantas personas en la casa hace difícil acercarse a alguien para mantener una conversación sincera. Puesto que tengo una gran responsabilidad en los matrimonios de Eleanor, Dittie y George, es natural que quiera tener una charla con ellos para saber cómo están los niños y para darles la oportunidad de aliviar cualquier preocupación que pueda oprimirles el corazón.

Patricia no tiene preocupaciones serias, creo. Siempre monta numeritos por las cosas más insignificantes, pero forma parte de su naturaleza. Como de costumbre, me habló de lo derrochador que es George, del dinero que pierde en las apuestas, de lo mucho que cuesta la educación de los niños... Pero todo eso es justo lo que una espera oír de labios de Patricia. Me atrevería a decir que ella también es un gasto importante para George, aunque lo cierto es que mi sobrino jamás habría soportado a una de esas esposas diligentes que controlan el presupuesto familiar y siempre están diciendo a sus esposos que no pueden permitirse esto o lo otro.

Dittie era la que más me preocupaba y por ello me interesaba especialmente hablar con ella. Cuando Dittie se casó con sir David Evershot, hace diez años, parecía en todos los sentidos un matrimonio muy conveniente. Me causó un alivio tremendo verla tan satisfactoriamente casada. Un año antes, más o menos, se había sentido atraída por un joven llamado Kenneth Stour que por entonces pasaba muchas temporadas con los Tollard, cuya casa está a tan solo quince kilómetros de Flaxmere. Hice todo lo que estaba en mi mano para convencer a Dittie de que casarse con Kenneth Stour sería una catástrofe. Para empezar, es actor, y si bien es justo admitir que posee una especie de llamativo encanto es, de eso estoy segura, demasiado irresponsable para alcanzar un éxito duradero incluso en ese oficio. Tenía la sensación de que no se podía confiar de ningún modo en él. Su familia no es de buena posición, aunque tienen una casa bastante bonita en Suffolk. Son personas un tanto excéntricas y, según he oído comentar a algunos de mis amigos que viven cerca de ellos, tienen un comportamiento peculiar y reciben a toda clase de extranjeros y artistas, además de mantenerse completamente al margen de la vida social y deportiva del condado. No son en absoluto como nosotros, por lo que Dittie no habría resistido ni un año la clase de vida que Kenneth podía ofrecerle. Mi hermano no aprobaba a Kenneth y jamás hubiera consentido esa unión.

No era difícil comprender por qué Kenneth se mostraba tan insistente en sus atenciones con Dittie. Era una joven atractiva y, por otro lado, la buena posición de sir Osmond le hubiera sido de gran ayuda a Kenneth en su carrera, pues le habría proporcionado el entorno social del que carecía. El dinero de los Melbury, por supuesto, era un atractivo más. Creo que él no disponía de mucho y ya se sabe que a los actores les gusta mucho derrochar. En cambio, no me resultaba tan fácil entender qué había visto Dittie en Kenneth, aunque admito que es uno de esos hombres descuidados, torpes y frívolos de los que las jóvenes suelen enamorarse tan a menudo. Dittie finalmente le dijo que no, pero si bien lo hizo por propia voluntad, después de que yo la convenciera de que jamás sería un buen esposo para ella, nunca me ha perdonado, creo, mi papel en los hechos. Pero yo debía actuar según mi conciencia y, además, tenía un deber para con mi hermano. Y, repito, en ningún momento pensé que ese matrimonio pudiera funcionar.

Cuando Dittie ya llevaba un par de años casada con sir

David Evershot, oímos por primera vez esos inquietantes rumores sobre su historia familiar. Hice todo lo que pude para impedir que llegaran a oídos de mi pobre hermano, porque eso no le habría hecho ningún bien y, sin duda, me habría culpado a mí por no haberme informado antes de la boda. Según me consta, Osmond no sabe nada de esas historias, porque de haber sido así estoy convencida de que me lo habría comentado.

A decir verdad, los rigores económicos me habían impedido frecuentar en exceso la sociedad durante los años anteriores a mi llegada a Flaxmere, por lo que no estaba muy familiarizada con los últimos cotilleos sociales. En cualquier caso, es posible que tampoco hubiera oído nada, pues no es que se hable demasiado de la familia Evershot y, además, su casa está en el otro lado de Inglaterra.

Según el rumor —y lo llamo así porque sigo sin saber qué hay de cierto en él—, en la familia de la abuela de David había una vena de locura, que se manifestó en uno de sus tíos, al cual enviaron al extranjero con un sirviente de confianza. Parece que vivió y murió con un nombre falso en algún rincón remoto de Europa, de modo que quienes lo habían conocido de niño se olvidaron completamente de él y nadie volvió a relacionarlo jamás con la familia Evershot. Sir David tenía un hermano al que se dio por desaparecido en la guerra y que, según se dice, sigue con vida. Dicen también que está loco perdido y que vive encerrado en un manicomio privado.

Esos rumores eran tan vagos que nadie les hubiera concedido la menor importancia de no ser por el temperamento de David. Jamás vimos señal alguna de esa supuesta locura mientras cortejaba a Dittie; de hecho, estoy segura de que se desarrolló más tarde y me temo que la falta de aplomo de Dittie no es el mejor antídoto para dicha tendencia. Hará cinco o seis Navidades, la hija de Patricia, Enid, que por entonces tendría unos tres años, se acercó a su tío David cuando este estaba escribiendo en la biblioteca, le tiró de la manga y le pidió que jugara a los ositos con ella. Supongo que debió de tirarle del brazo y estropearle lo que estaba escribiendo, porque David le contestó de muy malas maneras: «¡Fuera de aquí, Enid!», le dijo. La niña se echó a llorar y corrió hacia su madre.

Patricia se lo reprochó a David en un tono que a mí me pareció bastante moderado, teniendo en cuenta que había asustado a la criatura. Nadie reparó en nada más durante unos minutos, hasta que de repente nos percatamos de que David estaba de pie, paseando a grandes zancadas de un lado a otro de la habitación. Su expresión me horrorizó: los ojos le centelleaban y movía la mandíbula como si estuviera rechinando los dientes, aunque en realidad no lo estaba haciendo. Y entonces entró en lo que solo se me ocurre describir como un delirio. No recuerdo todo lo que dijo, pero era algo como «¡No estoy cualificado para tocar a una criatura! ¡Y esa criatura lo sabe!». Estaba tan asombrada que no entendí todo lo que dijo. De repente entró Dittie, que parecía muy asustada, y consiguió llevárselo. Ese día no volvimos a verlo y Dittie lo disculpó diciendo que tenía una espantosa jaqueca que lo había alterado muchísimo, pero por lo que yo sé David no es la clase de hombre que sufre en silencio y, desde luego, no había mencionado ninguna jaqueca.

Desde entonces, se han producido algunas escenas similares. Por supuesto, todos intentamos no molestar a David, pero no es fácil saber qué es lo que puede sacarlo de sus casillas. Por lo general es cualquier tontería. No se puede negar que los niños le tienen miedo.

Lógicamente, los problemas de Dittie me angustian, por lo que todas las Navidades estoy pendiente de ella para ver cómo van las cosas. No debe de ser fácil convivir con David y estoy convencida de que Dittie no tiene el carácter necesario para soportar algo así. Mi pobre hermano no le ponía las cosas fáciles cada vez que comentaba en tono de reproche el hecho de que ella y David no tuvieran hijos, lo cual en mi opinión es deliberado por parte de Dittie, pues debe de temer que esa demencia hereditaria se manifieste también en su descendencia.

En Nochebuena conseguí encontrarme un momento a solas con Dittie. Había llegado a mis oídos que Kenneth Stour —que, deduzco, estaba en el extranjero— había regresado a Inglaterra, por lo que temía que mi sobrina quisiera recuperar una más que desaconsejable relación con él. Así pues, deseaba advertirla sobre la imprudencia del tal actitud. El señor Stour sigue soltero y Dittie aún siente —o cree sentir— por él un afecto que, desde luego, ya no albergaría de haberse casado con él. Me parecía poco sensato que se hablara de ella en esos términos, sobre todo porque desagradaría profundamente a su padre en el caso de que llegara a sus oídos. Y precisamente en un momento en que estábamos todos inquietos por el testamento, acerca del cual sir Osmond se negaba a dar más información.

Dittie se enfadó mucho por lo que le dije. Afirmó con amargura que, de habérsele permitido casarse con Kenneth, ahora sería una persona completamente distinta, lo cual puede que sea cierto, aunque no por ello bueno. Me dijo que era capaz de ocuparse de sus propios asuntos y que Kenneth era la única persona que la apreciaba y la comprendía. Eso me inquietó, pues suele ser motivo de alarma que una mujer diga esas cosas de un hombre que no es su esposo. Le dije que era mucho más fácil apreciar a una persona con la que no se vive.

Me contestó —en un tono menos amargo, pero también más desdichado, creo— que yo no lo entendía. «Es un absoluto desastre —dijo—. Solo veo una salida y es imposible... de momento. Papá jamás lo entendería y yo... ¡soy tan cobarde!».

Recuerdo muy bien esas palabras de Dittie. El significado está, para mí, muy claro. Osmond debía de haberla estado importunando de nuevo por la cuestión de los hijos y ella temía confesarle la razón por la que se negaba a tenerlos.

La animé a comentar sus problemas conmigo y aceptar mis consejos, pero se limitó a decir, con esa desafortunada aspereza que ya había notado antes en ella, lo siguiente: «Papá no debió hacer con sus nietos como la lechera del cuento».

La conversación no apaciguó mi inquietud, pero no había nada más que yo pudiera hacer. Dittie es muy terca.

La celebración navideña resultó aún más desagradable debido a la participación de la secretaria de Osmond, la señorita Portisham. Al tratarla como si fuera uno más de la familia, la animaba a concebir ideas que no se corresponden con su posición y se engañaba a sí mismo pensando que la señorita Portisham es mejor de lo que en realidad es. Se han dicho algunas cosas muy desagradables sobre los sentimientos de mi pobre hermano hacia esa joven: no voy a tolerar esa clase de chismes, si bien es cierto que ninguno de nosotros podía evitar cierta inquietud acerca de cuánto acabaría sacándole esa mujer a mi pobre hermano sirviéndose de sus maquinaciones y de su afectada amabilidad. Creo que no es necesario que señale que, una vez que la joven hubiera conseguido su avaricioso objetivo, lógicamente ya no tendría el menor interés en que la vida de mi pobre hermano se prolongara.

5
Día de Navidad

POR GRACE PORTISHAM

Era el deseo del pobre sir Osmond que yo participara con la familia en la celebración del día de Navidad en Flaxmere y, lógicamente, dada mi situación y mi poco interés por alternar con el resto del servicio en el comedor de los sirvientes o por pasar sola un día tan señalado, acepté gustosamente los deseos del señor. La señorita Jennifer siempre es amable y, aunque tal vez no conozca mis gustos, desde luego se esfuerza por hacer que me sienta como en casa. Ha comentado en más de una ocasión que debe de ser muy pesado para mí vivir aquí, lo cual es cierto, aunque tiene muchas compensaciones, como la ventaja de vivir en el ambiente refinado del hogar de un caballero.

El pobre sir Osmond siempre fue la amabilidad en persona, por lo que ahora me resulta terrible escribir sobre el día de Navidad. Poco pensaba entonces que iba a tener un final tan impactante. Deseábamos tanto, todos, que las cosas salieran bien..., y justo cuando parecía que el día transcurría felizmente se produjo la terrible desgracia. Después de un golpe tan duro y ahora que mis circunstancias, que parecían seguras y afianzadas, se han vuelto tan inciertas, me resulta difícil relatar con claridad los sucesos del día de Navidad, pero debo intentarlo.

Además de sentir cierta inquietud por saber cómo se desarrollarían los planes de sir Osmond —pues se trata de una familia complicada, me temo, y las cosas no siempre salen a pedir de boca—, también me preocupaba un poco que a los Melbury no les gustara que yo participara en la celebración como si fuera un miembro más de la familia. La hermana mayor de la señorita Jennifer, la señora Wynford, es una dama muy considerada, y su hija, la señorita Carol, siempre me trata con mucho respeto; a veces incluso con más respeto, diría, que a sus tías. Pero así son los modales de la juventud de hoy en día. Las demás hijas de sir Osmond me parecen muy estiradas: me atrevería a decir que sienten celos de mi posición aquí, teniendo en cuenta que en otros tiempos fue su hogar, aunque siempre me esfuerzo por conseguir que las cosas estén a su gusto.

Es curioso que Harry Bingham me hubiera preguntado, más o menos una semana antes, si podía organizar las cosas de manera que los dos tuviéramos el día libre una vez que él trajera a la familia a casa después de ir a la iglesia por la mañana. Dijo que me llevaría a Bristol, que disfrutaríamos de una verdadera comida de Navidad en algún hotel y que iríamos a bailar.

Estaba convencido de que incluso le dejarían el coche. Bien, le di vueltas a esa idea en la mente, pero aún no había nada decidido. Pensaba que era mejor esperar a ver cómo se desarrollaban los preparativos de Navidad antes de comentarle a sir Osmond mis planes con Harry. Me atraía la idea de celebrar la Navidad a mi aire, pero aun así no estaba segura de querer ir con Harry Bingham. Se sintió un poco decepcionado al ver que yo no daba saltos de alegría y aceptaba de inmediato su proposición. Se marchó enfurruñado, cosa que según veo es cada vez más frecuente en él y que no le va a ser de mucha ayuda en esta profesión.

Bien, la cuestión es que cuando a sir Osmond se le ocurrió la idea de Santa Claus, no me pareció bien ausentarme precisamente en ese momento. Temía que algo pudiera salir mal y que sir Osmond se llevara una decepción. Cuando me pidió que tomara parte en la celebración familiar, supuse que se alegraba de que yo estuviera cerca por si me necesitaba, de modo que decidí no hablarle acerca de los planes de Harry Bingham. Pensé que tal vez pudiéramos salir el día de Año Nuevo, o en alguna otra ocasión.

Tenía la sensación de que Harry ya se había convencido de que no iría con él, pero al mismo tiempo no me entusiasmaba la idea de tener que decírselo. Aun así, salió todo bien. El sábado antes de Navidad, fue el propio Harry quien propuso que aplazáramos nuestra celebración. Sir Osmond le había pedido que colocara las luces del árbol de Navidad y la cocinera, al parecer, le había dicho que contaba con él para la comida del día de Navidad. Él siempre comía en las dependencias de los sirvientes, por supuesto, y al parecer disfrutaba de su compañía, aunque socialmente ocupara una posición superior.

—Tengo la sensación —me dijo— de que a sir Osmond no le gustará que desprecie, por así decirlo, lo que nos está ofreciendo. Me atrevería a decir que eso incluso cambiaría las cosas. Y luego está lo de ese árbol del que tengo que ocuparme, así que será mejor que dejemos nuestra celebración para otro momento.

Había superado la decepción, al parecer, y parecía estar bastante satisfecho por la forma en que se habían desarrollado las cosas. Habló de los preparativos de Papá Noel, de los cuales había oído hablar a sir Osmond mientras lo llevaba en coche, y parecía bastante entusiasmado.

—Santa Claus, así es como tenemos que llamar a ese vejestorio —dijo en un tono burlón.

Yo sabía que sir Osmond había insistido en que debíamos decir Santa Claus. Habíamos abandonado ese nombre durante la guerra porque era alemán, dijo, pero según él eso ahora ya no tenía importancia y Papá Noel le parecía un nombre absurdo. El otro nombre significaba San Nicolás y ese era precisamente el anciano que viajaba en un trineo de renos. Harry se lo sabía al dedillo.

Como era de esperar, lo de Santa Claus estuvo a punto de fracasar, pues el disfraz no llegó ni el sábado ni el lunes por la mañana. Me enfadé mucho al ver que el lunes no llegaba, pues yo misma había aconsejado a sir Osmond que esperásemos hasta entonces. El pobre estaba muy ilusionado con el plan y yo sabía que se llevaría una decepción si no salía bien. Así pues, tomé una decisión: si la tienda no enviaba el disfraz en tren el lunes, compraría tela en Bristol y yo misma improvisaría algo, aunque lo de la barba iba a ser más complicado. Pensé que tal vez encontraría alguna en Bristol. Sin embargo, no fue necesario, pues el disfraz llegó puntualmente en el tren de la tarde. Fui con Harry a recogerlo y lo llevamos a casa. Cuando llamé a la tienda, me dijeron que lo habían enviado por correo el viernes por la mañana, pero me atrevería a decir que con todo el ajetreo de Navidad no llegaron a enviarlo. En fin, el primer disfraz encargado no llegó nunca, así que fue una suerte que nos enviaran otro en tren.

La mañana de Navidad salió mejor de lo que esperaba. Hacía un día precioso, aunque no muy navideño, pues las temperaturas eran altas para la época del año. Sir Osmond deseaba que fueran todos juntos a la iglesia y representaran una entrañable escena familiar acorde con el momento. Dado que el grupo formado por la familia era casi tan numeroso como el resto de los miembros de la congregación juntos, desde luego animaron bastante la iglesia del pueblo.

Se habló acerca de si los dos niños más pequeños —Anne, la hija de la señora Stickland, y Clare, la hija de George Melbury— debían quedarse en casa, pero sir Osmond dijo que ya tenían edad para aprender a comportarse en la iglesia. Dijo también que las dos niñeras debían acompañarlos, pero resultó que la nueva niñera de la señora Stickland era una especie de librepensadora y no deseaba ir. De hecho, se mostró bastante desagradable al respecto: dijo que a ella la habían contratado para cuidar a los niños y que eso pensaba hacer, pero que no tenía intención de ultrajar sus creencias. Sir Osmond se enfadó considerablemente, lo mismo que la señora Stickland, que es la clase de mujer para la que todo debe ser siempre apropiado. Estoy segura de que jamás habría contratado a aquella niñera de no ser porque, al marcharse la otra de forma tan precipitada, no había tenido opción de elegir. Mi opinión es que la niñera debía haberse guardado sus opiniones —si es que pueden llamarse así— para sí misma en lugar de contrariar a la familia de ese modo.

Bueno, finalmente quedó todo decidido. Yo me senté junto a Harry en el Sunbeam. Nos acompañaban, en el asiento trasero, sir Osmond, la señorita Mildred Melbury y los dos hijos de la señora Stickland. Harry hizo un comentario sarcástico, algo sobre la sorpresa que le causaba que me hubiera dignado a sentarme con él pese a que ahora ya era una más de la familia. A veces no sé muy bien qué tiene Harry en la cabeza. El señor George Melbury fue en su coche, el Austin, y llevó a su esposa, a su hija pequeña con la niñera y a lady Evershot. Los demás fueron a pie por los terrenos de la finca. Lady Evershot dijo que tenía jaqueca, por lo que se marcharía con los dos niños antes del sermón, volvería a casa a pie y los dejaría a cargo de la niñera librepensadora. Aunque me sorprende que, después de lo que había salido a la luz, a la honorable esposa de George Melbury le gustara la idea de dejar a su pequeña bajo la influencia de una mujer así.

Además de la familia, había otros dos caballeros en Flaxmere: el señor Philip Cheriton, a quien la señorita Jennifer tiene en muy buena consideración, aunque no puedo decir lo mismo de sir Osmond; y el señor Oliver Witcombe, un joven muy caballeroso y sumamente apuesto. El señor Witcombe iba a ser Santa Claus, vestido con el disfraz que tantos quebraderos de cabeza había dado. No creo que le entusiasmara la idea, pero era un deseo de sir Osmond. Teniendo en cuenta todas las molestias que sir Osmond se había tomado por el tema de Santa Claus y el tiempo que había dedicado a planearlo todo, creo que la familia no se mostró especialmente agradecida. La honorable esposa de George Melbury hizo saber a todo el mundo que sus hijos estaban muy delicados y no podían soportar tantas emociones y que la pequeña Clare no podía acostarse tarde bajo ningún concepto. A lady Evershot, que no tiene hijos, siempre le falta tiempo para opinar sobre los asuntos de los demás, de modo que nos hizo saber que según ella Santa Claus estaba pasado de moda y que los niños se darían cuenta de que no era de verdad. Bien, debo admitir que a mí me gustan las diversiones pasadas de moda en esta época del año.

La señora Stickland acogió mejor que los demás la idea de su padre, pero el señor Stickland se dedicó a hacer bromas y decir a los niños que buscaran restos de hollín en la nariz de Santa Claus, porque bajaba por la chimenea. También quiso descolgar de la pared del estudio la cornamenta del ciervo al que sir Osmond había disparado en Escocia y ponérsela en la cabeza, para luego echarse por los hombros la alfombra de piel de oso. Un toque de color local, lo llamó. Sir Osmond se enfadó un poco.

—No toleraré que hagas el tonto, Gordon —le dijo—. Esta no es una de tus pantomimas modernas. Deja que los niños usen la imaginación.

—Esta vez, solo Oliver tiene autorización para hacer el tonto —dijo el señor Cheriton—. Y es quien menos lo va a disfrutar.

Me pareció un comentario un poco cruel con el señor Witcombe.

El árbol de Navidad estaba en la biblioteca y Bingham lo había decorado con lucecitas de colores, todas eléctricas. Después de comer, el señor Witcombe fue a ponerse el disfraz rojo, la barba y todo lo demás, y el señor Cheriton lo acompañó para ayudarlo. Sir Osmond nos pidió a todos que nos despidiéramos del señor Witcombe, porque quería que los niños pensaran que se había ido de verdad y que Santa Claus era otra persona, por así decirlo. Así que todos le dijimos que era una pena que no pudiera quedarse y lady Evershot le deseó que tuviera un buen viaje. Y, entonces, el pequeño Kit exclamó:

—¡El señor Witcombe no ha hecho la maleta! ¡Lo he comprobado antes de comer y desde entonces no ha tenido ninguna otra oportunidad! No puede irse sin su cepillo de dientes.

La señora Stickland lo tranquilizó diciendo que todos esperábamos que el señor Witcombe pudiera volver aquella misma noche. Luego, Kit quiso saber qué clase de coche vendría a recoger al señor Witcombe y preguntó si podía salir a verlo, por lo que hubo que distraerlo otra vez. Nos hallábamos todos en la sala de estar, incluidos los niños. Los pequeños estaban un poco inquietos porque, aparte de los calcetines aquella mañana, aún no habían recibido ningún regalo de Navidad. Sir Osmond había dispuesto que se dejaran todos los paquetes en el árbol, o debajo. Kit era el peor, claro, pues es un niño muy revoltoso. A su hermana mayor, Enid, le gusta complacer al abuelo, pero sabía que pasaba algo y no hacía más que repetir «¿Cuándo llegará la sorpresa, abuelo?».

Finalmente volvió el señor Cheriton y dijo:

—¡Ya se ha marchado!

Era la señal para que supiéramos que Santa Claus ya estaba en la biblioteca.

Sir Osmond dijo:

—Me parece que he oído ruido de renos... —Estaba bastante contrariado porque no había nevado, porque lo que en realidad quería decir era que había oído el ruido de los patines de un trineo—. En Navidad pasan cosas muy raras, niños, ¿lo sabíais? Anne, ve a la biblioteca a ver si nos está esperando alguien.

La pequeña Anne parecía bastante asustada, pues solo tiene cuatro años.

—Seguro que es alguien muy amable —le dijo la señora Stickland.

—¡Los renos no entrarían en la biblioteca! —intervino Kit—. ¿Puedo salir al camino a mirar?

—¡A lo mejor es el señor Witcombe que ha venido a recoger su cepillo! —dijo el joven Osmond.

—¡Tonterías! —exclamó sir Osmond en un tono bastante brusco. Los niños, claro, a veces son muy difíciles—. Ve a la biblioteca, Anne.

Pero Anne empezó a llorar y corrió hacia su madre. Por suerte, la hija pequeña de George Melbury, Clare, que es bastante más atrevida, dijo:

—¡Ya voy yo!

Echó a correr hacia la puerta de la biblioteca, que estaba abierta, y echó un vistazo: allí estaba el enorme árbol iluminado y, junto a él, Santa Claus.

—¡Oh, oh! —exclamó la niña—. ¡Es el árbol de Navidad!

Los demás niños echaron a correr tras ella y los adultos los seguimos.

Todo salió a pedir de boca. Santa Claus repartió los regalos y los sirvientes acudieron a verlo. Fue, desde luego, una escena entrañable. Cada uno de los adultos recibió un precioso regalo de sir Osmond. Para los niños había decenas de regalos, pues se habían guardado todos hasta ese momento. Después de abrir todos los paquetes, los niños empezaron a jugar con sus juguetes en el salón, porque allí había más espacio. Kit se puso a montar las vías de su tren mientras Enid revoloteaba a su alrededor con la enorme muñeca que sir Osmond le había regalado, aunque resultaba obvio que en realidad se moría de ganar de jugar con el tren nuevo de Kit. Algunos de los adultos jugaban con los pequeños en el salón, o los observaban, mientras que otros se habían dirigido a la sala de estar para escuchar la radio.

Después de que todo el mundo saliera de la biblioteca, que estaba cubierta de papel de regalo y cordel, sir Osmond le dijo a Bingham que podía apagar las luces del árbol y marcharse. Bingham había estado ayudando a Kit con el tren, para enseñarle cómo funcionaba. Sir Osmond había insistido en que Bingham debía quedarse por allí hasta que se apagaran las luces del árbol, por si algo salía mal. Sir Osmond era muy prudente con los aparatos eléctricos de la casa, y con razón, pues muchas mansiones antiguas habían quedado arrasadas por el fuego debido a problemas con los cables eléctricos.

Sir Osmond me dijo entonces que se iba al estudio; estaba cansado y quería reposar un poco antes del té. Además, tenía la costumbre de empezar a escribir las tarjetas de agradecimiento el mismo día de Navidad. Las escribía él mismo, por supuesto, y lo hacía de forma sistemática, unas cuantas cada día.

Bien, aquella mañana sir Osmond había recibido una carta, entregada en mano, en la que decía «Personal». La había estudiado durante largo rato, aunque yo me di cuenta de que solo contenía tres o cuatro líneas mecanografiadas, sin firma. No me contó qué decía la carta, pero sí me dio instrucciones de recordarle si era necesario —porque su memoria ya no era la de antes— que tenía un compromiso entre las tres y media y las cuatro y media de esa tarde. Me pareció extraño, pues no es habitual tener un compromiso de negocios el día de Navidad, y supongo que se me debió de notar, pues sir Osmond me dijo que era un asunto personal, pero que quería estar preparado en el estudio. Deduje, pues, que estaba esperando una llamada telefónica privada.

Así pues, cuando la tarde de Navidad dijo que se iba al estudio, pensé enseguida que tenía ese compromiso en la mente, pero solo para asegurarme dije que entendía que ya no era necesario recordarle la llamada que esperaba, y me dijo que estaba en lo cierto. Esas fueron las últimas palabras que le dirigí a sir Osmond. Las últimas que me dirigió él a mí, mientras se encaminaba al estudio, fueron:

—Gracias, Grace. Para mí es muy agradable saber que siempre hay alguien en quien puedo confiar.

Sir Osmond llamó entonces al señor Witcombe, que seguía esperando en la biblioteca vestido aún de Santa Claus, y le dijo que lo siguiera al estudio para darle instrucciones, supongo, acerca de los regalos que debía repartir en el comedor de los sirvientes. Se había acordado que debía llevar a cabo esa tarea con el disfraz de Santa Claus y sir Osmond insistió mucho en que así debía ser, y en que el señor Witcombe hiciera algún comentario de naturaleza jocosa al entregar cada regalo. Todos sabíamos que al señor Witcombe no le entusiasmaba esa parte del asunto, porque como es lógico los sirvientes sabían perfectamente quién era y, sin duda, se sentía un poco ridículo.

Cuando sir Osmond entró en el estudio con el señor Witcombe, en la biblioteca solo quedábamos Bingham, que se estaba ocupando de las luces, y yo. Supongo que nadie más sabía dónde estaba exactamente sir Osmond o cuándo había ido al estudio. Empecé a recoger el papel de regalo y los cordeles, pero Harry, que aún estaba entregado a las cuestiones eléctricas, lo barrió todo hacia un rincón y me dijo que no me preocupara de recoger en ese momento y que disfrutara de la fiesta. Así que fui a reunirme con los demás en el salón y me dediqué a admirar los juguetes de los niños.

Santa Claus, es decir, el señor Witcombe, salió poco después del estudio, cruzó el salón y salió por la puerta del fondo, la que está bajo el lado izquierdo de la escalinata. No tardó en entrar de nuevo en el salón, creo que desde el comedor —en el lado derecho— cargado con petardos de Navidad. Se acercó a Kit, que estaba arrodillado en el suelo con su tren, sujetó un petardo por un extremo y le tendió el otro al niño para que tirara. El petardo explotó con un fuerte ruido y llamó la atención de los demás niños. Todos se acercaron corriendo hacia Santa Claus, que repartió los petardos entre ellos. Los niños corrieron entonces hacia quienes estábamos en el salón para que tiráramos del otro extremo de los petardos. Hicieron muchísimo ruido. Después, Santa Claus fue a la biblioteca, supuse que para coger los regalos de los sirvientes.

Al cabo de un rato vimos a Santa Claus entrar de nuevo en el salón, por la puerta del pasillo del fondo. Llegó hasta el pie de la gran escalinata y agitó el saco vacío para demostrar que ya había repartido todos los regalos. Después les dijo algo a los niños acerca de que debían despedirse pronto, hasta la siguiente Navidad. Luego entró en la biblioteca. No sabíamos muy bien qué iba a pasar a continuación, de modo que todos estábamos esperando. Yo sabía que la idea original era que

Santa Claus fuera a ver a sir Osmond, que entonces saldría al salón y nos reuniría a todos para despedir a Santa Claus desde la puerta de la calle. Obviamente, había entrado en el estudio por la puerta de la biblioteca, que era la que tenía más cerca. Dado que sir Osmond había recibido aquella carta privada por la mañana, yo no sabía si los planes habían cambiado ni qué debíamos hacer, así que presté atención para estar preparada.

Justo entonces oí un golpeteo en el pomo de la puerta del estudio, como si alguien intentara salir y no pudiera girarlo. Corrí hacia la puerta y lo intenté, pero estaba cerrada con llave y la llave no estaba fuera. Dije a quien estuviera al otro lado que la llave debía de estar dentro, como de costumbre, pero apenas un momento después Santa Claus salió de la biblioteca y cerró suavemente tras él. Echó un rápido vistazo a su alrededor y se dirigió a la señora Wynford, que estaba cerca de mí porque habíamos estado charlando. Nos dimos cuenta de que tenía una expresión funesta, aunque debido a las cejas y la barba postizas, y al colorete de las mejillas, era difícil saberlo con exactitud hasta que se acercó lo bastante. Era como si tuviera dos expresiones: la mirada funesta mezclada con el aire alegre de Santa Claus.

—Llévate a los niños a algún sitio. Se ha producido un accidente. ¿Sabes dónde está George?

La señora Wynford contuvo una especie de exclamación y se llevó una mano a la boca mientras miraba hacia el estudio y luego, de nuevo a Santa Claus. Parecía incapaz de pronunciar palabra alguna.

Witcombe se limitó a asentir.

—Sí. Sir Osmond. Creo que se ha pegado un tiro —dijo, cogiéndola por un brazo, como si quisiera advertirla de que no debía gritar y, al mismo tiempo, quisiera sujetarla en el caso de que se desmayara.

La señora Wynford, sin embargo, pareció recobrarse.

—Tengo que ir a verlo... Un médico... Será mejor que Grace llame por teléfono.

Antes de que yo tuviera tiempo de correr hacia el estudio, el señor Witcombe se apresuró a decir:

—¡Hilda! Me temo que es inútil. No puedes hacer nada. No entres en el estudio, espera a George. Señorita Portisham, encárguese de que alguien se lleve a los niños.

Por su actitud y por sus palabras, supe que había ocurrido algo grave y me asusté terriblemente, pero sabía que no debíamos montar una escena porque solo conseguiríamos que los niños se echaran a llorar. Con aquella mirada y el disfraz y el maquillaje de Santa Claus, el señor Witcombe tenía un aspecto tan lamentable que me entraron ganas de reír, aunque a la vez estaba asustada, temblando y casi llorando. Conseguí decirle que, si no me equivocaba, el señor George Melbury estaba en la sala, pues lo había visto entrar allí poco antes. La señora Wynford se puso en pie y miró a su alrededor, muy pálida, aunque parecía capaz de mantener la calma. En ese momento vi a la niñera Poole y me disponía a pedirle que se ocupara de los niños cuando se me ocurrió que quizá se molestara si yo le daba órdenes. Vi entonces a la señora Stickland —y menos mal que era ella, que siempre es muy discreta, y no la honorable esposa de George Melbury— y me acerqué a comunicarle lo que había dicho el señor Witcombe.

No sé muy bien qué ocurrió a partir de entonces, pero todo

estaba horriblemente silencioso. Incluso los niños estaban callados, lo cual es rarísimo, de modo que la señora Stickland y las niñeras se los llevaron de allí sin demasiado alboroto. Yo seguía pensando que debía llamar por teléfono, así que me dirigí a la biblioteca, tras recordar que la puerta del estudio estaba cerrada con llave, y al entrar vi a la señora Wynford junto a la puerta del estudio, que estaba cerrada. El señor Witcombe —vestido todavía con el disfraz, lo cual resultaba espantoso, aunque creo sinceramente que no se acordaba— entró a toda prisa justo cuando la señora Wynford abría la puerta. El señor Witcombe la siguió al estudio y yo entré tras ellos.

Nos sorprendimos —o, por lo menos, yo— al ver a lady Evershot de pie en el estudio, de espaldas a la ventana que da a un lado de la casa. Estaba un poco apartada, detrás de la silla en la que solía sentarse a escribir sir Osmond en su mesa del rincón. Me di cuenta de que sir Osmond estaba en la silla, pero no sentado, sino con el cuerpo caído sobre uno de los brazos de la silla y con la cabeza más baja que la mesa. Lady Evershot estaba muy pálida y le temblaban las manos.

La señora Wynford echó a correr y rodeó la mesa de sir Osmond como si no hubiera visto a su hermana: se quedó allí de pie, mirando a su padre con el aliento contenido. Se puso muy rígida y abrió mucho las manos.

El señor George Melbury entró enseguida.

—¡Espera, Hilda! —dijo.

Se acercó a ella y le puso una mano en el brazo, como si quisiera frenarla, mientras el señor Witcombe decía:

—No puedes hacer nada.

Hilda se soltó y dio un paso hacia su padre.

—Es inútil, Hilda —insistió el señor Witcombe—. Será mejor que no toquemos nada.

Luego se volvió hacia mí y me pidió que llamara al médico. Me dirigí a la mesita que se encuentra en el otro extremo del estudio, donde estaba el teléfono, y me senté. Tuve la sensación de que todo me daba vueltas y me temblaban tanto las manos que apenas pude marcar el número, a pesar de que me lo sabía de memoria. Mientras esperaba respuesta, oí a la señora Wynford decir, en un tono extraño y agudo:

—¿Dónde están Jenny y Carol?

Creo que el señor Witcombe se las llevó a ella y a lady Evershot fuera del estudio, mientras el señor George se acercaba a mí. Cuando entendió, por lo que yo decía, que el doctor Tarrant vendría de inmediato, me preguntó si sabía el número del coronel Halstock, que era vecino de sir Osmond y jefe de la policía del condado. Le di el número, tras lo cual se sentó y procedió a marcarlo. Yo no sabía si debía marcharme, pero decidí esperar. Me aparté un poco de la mesita del teléfono hasta un lugar desde el que pudiera ver mejor a sir Osmond. Estaba medio caído de lado en la silla, inclinado hacia la pared, y tenía un agujero negro en un lado de la frente, del cual salía un hilillo de sangre. En la mesa, delante de él, había una pistola de cañón largo. Me sentí muy mal. Me daba miedo tocarlo, pues tenía aspecto de estar muerto, pero por otro lado me parecía terrible dejarlo así.

En ese momento oí voces en la biblioteca y entró la señorita Jennifer, que se fue directamente hacia la mesa de sir Osmond. Se quedó allí y luego, en voz baja, dijo:

—¡Oh! —Fue una exclamación prolongada, tras la cual se limitó a añadir—: ¡Qué horror!

Se quedó allí un segundo o dos, pero después se acercó a la mesa y cogió la pistola. El señor George estaba hablando por teléfono, de espaldas a ella, pero la había oído entrar y en ese momento, supongo, escuchó el ruido que había hecho la señorita Jennifer al coger la pistola.

—¡No debes tocar nada, Jennifer! —le dijo en un tono muy áspero. Luego siguió hablando por teléfono.

Yo no sabía qué hacer ni qué decir. La señorita Jennifer no pareció reparar en la presencia de su hermano, pero sostuvo la pistola durante unos instantes y luego, con mucho cuidado, volvió a dejarla. Se quedó allí, mirando la mesa y todo lo que había sobre ella. Entonces se volvió y me vio.

—¡No sé qué tengo que hacer! —dijo, casi como si hablara consigo misma.

El señor George había terminado de hablar por teléfono, de modo que se levantó y dijo:

—En serio, Jenny, no debes tocar nada de la habitación. Es mejor que no te quedes aquí.

Me miró, como si esperara que yo hiciera algo. Yo estaba muy asustada y tenía la sensación de estar pegada al suelo, sobre todo porque creía que la señorita Jennifer prácticamente había perdido la cabeza debido a la impresión. Estaba pálida como un fantasma. Me acerqué a ella y la convencí para salir del estudio e ir a la biblioteca.

La señora Wynford seguía sentada con una mirada petrificada, como si no supiera qué ocurría a su alrededor. Lady Evershot estaba de pie, de espaldas a la pared, en la misma posición que había adoptado antes en el estudio. Se aferraba con ambas manos a la repisa de la ventana y parecía a punto de desmayarse. En ese momento apareció sir David en la puerta de la biblioteca, miró a su alrededor muy alterado y vio a su esposa. Se acercó a ella, pero lady Evershot no pareció reparar en su presencia.

Los demás fueron entrando uno tras otro. La señora Stickland no decía nada, pero estaba llorando. El señor Stickland entró tras ella y se sentaron juntos. El señor Witcombe, que al parecer había ido a buscarlos a todos para contarles lo ocurrido, entró con la hermana de sir Osmond. La llevaba cogida del brazo, medio sosteniéndola. La señorita Mildred lloraba y exclamaba en voz alta:

—¡Ocúpese de los demás! ¿Dónde está George? ¡Tendría que estar cuidando de su pobre esposa y de sus hermanas! ¡Ay, Señor, ay, Señor! ¿Cómo puede haber ocurrido algo así? Siempre he dicho que estas reuniones navideñas no traían nada bueno. Pero claro, nadie me hacía caso. ¡Ay, Señor, ay, Señor! —Se sentó y siguió llorando y exclamando—: ¡Ay, Señor, ay, Señor!

La esposa del señor George entró tras ellos. También estaba hablando, en un tono bastante alterado, me pareció.

—¡Y en un día como hoy! ¡Oh, es espantoso, espantoso! ¿Creéis que los niños estarán bien? Tenemos que hacer algo. ¡Y ha tenido que ser precisamente hoy! Justo cuando todos estábamos haciendo un esfuerzo. ¡Es terrible!

Nadie le hizo demasiado caso, excepto el señor Witcombe, que se acercó a ella y trató de calmarla después de haber acompañado a la señorita Melbury hasta una silla. Se había quitado el disfraz de Santa Claus, y también la barba y las cejas postizas, pero aún seguía llevando el colorete en las mejillas. Supongo que nadie se atrevía a decírselo.

La puerta se abrió de golpe y entró atropelladamente la señorita Carol. Se paró y dijo:

—¡Oh! ¿Dónde está mi madre? ¿Qué ocurre?

Se produjo una especie de silencio tenso, hasta que Carol vio a su madre, que le estaba haciendo señas. Se dirigió a ella, se sentó a su lado y se pusieron a hablar en voz baja.

A continuación entró el señor Cheriton, que también parecía haber llegado corriendo a la biblioteca, lo cual por otra parte es lógico. Echó un ansioso vistazo a su alrededor hasta que vio a la señorita Jennifer, que lo miraba como si hubiera sentido alivio al verlo. El señor Cheriton se acercó a ella y empezó a hablarle.

En ese momento se me acercó la señora Stickland y me pidió que me ocupara de que se les sirviera el té a los niños y a la niñeras en el cuarto de juegos, y que diera instrucciones a su niñera para que después acostara a los pequeños. Me alegré bastante de tener algo que hacer y poder salir de allí. No conseguía asimilar la idea de que sir Osmond había muerto y me sentía muy incómoda en la biblioteca: no sabía si debía quedarme, pues quizá me necesitaran para algo, pero al mismo tiempo tenía la sensación de que los Melbury no me querían allí. De hecho, era más bien como si algunos de ellos no quisieran que los demás estuvieran allí. Cada vez que entraba alguien, otro de los presentes lo miraba como si creyera que su llegada empeoraba aún más las cosas. Era como un grupo de personas que mantienen una conversación y se sienten incómodas cuando alguien se les acerca de repente. Supongo que era debido a la conmoción y al hecho de que nadie sabía muy bien qué había ocurrido.

6

Análisis de la situación

POR EL CORONEL HALSTOCK,

JEFE DE LA POLICÍA DE HAULMSHIRE

¡La situación más difícil y dolorosa en la que me he visto implicado, desde luego! Mi viejo amigo, sir Osmond Melbury, aparece muerto de un disparo en su estudio el día de Navidad. Los indicios apuntan a que el asesino es alguien que se hallaba en la casa: el numeroso grupo allí reunido está formado casi en su totalidad por miembros de la familia, a los que conozco desde que eran niños.

En este preciso momento (¡23:40 del día de Navidad, recién llegado de Flaxmere!) procedo a anotar mis primeras impresiones, así como los hechos escuetos.

Hechos en los que al parecer todo el mundo está de acuerdo:

Después del asunto del árbol de Navidad, sir Osmond se dirigió a su estudio hacia las 15:30. La señorita Portisham y Bingham, el chófer, lo vieron por última vez a esa hora en la biblioteca. El señor Witcombe, caracterizado como Santa Claus, lo siguió al estudio y allí recibió instrucciones relativas al reparto de regalos en el comedor de los sirvientes. El señor Osmond dijo que permanecería en su estudio hasta la hora del té (16:30) y que esperaba una llamada. El señor Witcombe debía presentarse allí para informar a sir Osmond cuando hubiera terminado con su tarea de Santa Claus. (Solo dispongo del testimonio del señor Witcombe sobre esta conversación.)

El resto del grupo se pasó la siguiente media hora repartido entre el salón y la sala de estar. La señorita Portisham y Hilda Wynford aseguran que estuvieron en el salón todo ese tiempo y cada una confirma al pie de la letra el testimonio de la otra en este punto, pues ambas declaran que estuvieron hablando entre ellas después de los primeros cinco o diez minutos. Nadie parece estar muy seguro de haber visto a los demás a lo largo de esa media hora.

La esposa de George Melbury, Patricia, estaba hablando con Eleanor Stickland en la sala de estar y luego entró en el salón para calmar a dos de los niños, que se estaban peleando. Eleanor la siguió hasta el salón cuando oyó los petardos de Navidad, pues creyó que su hija se asustaría. Edith Evershot dice que estuvo en la sala todo el tiempo. La señorita Melbury subió a la primera planta en algún momento para recoger su labor de punto. Jennifer dice que «estuvo un poco en todas partes», principalmente en el salón jugando con los niños. Carol Wynford dice lo mismo. Como el resto de las mujeres.

En cuanto a los hombres, George Melbury, David Evershot y Gordon Stickland dicen que estuvieron en la sala casi todo el tiempo. George fue en una ocasión al salón para ver cómo iban las cosas, dice, porque esperaba que su padre los reuniera «para despedir a Santa Claus todos juntos». Luego volvió a la sala de estar. Gordon Stickland dice que estuvo todo el tiempo sentado en la sala, haciendo un crucigrama, y que no se fijó especialmente en quién entraba o salía. David Evershot dice que se asomó al salón cuando empezaron los petardos para ver qué estaba pasando y que entonces, debido al ruido y el olor, sintió la necesidad de respirar aire fresco, de modo que salió por la puerta principal y se tomó un descanso paseando por el camino de entrada, delante de la casa. Regresó al cabo de unos cinco minutos.

Philip Cheriton dice que iba de un lado para otro, hablando principalmente con Carol y Jennifer. Ambas confirman que estuvieron hablando con él «prácticamente todo el tiempo», aunque su testimonio me ha parecido vago en ambos casos. En pocas palabras, es imposible estar seguro de los movimientos exactos de todo el mundo durante esa media hora.

Nadie admite haberse fijado en si alguien entró en el estudio después de que Oliver Witcombe dejara allí a sir Osmond y antes de que el propio Witcombe volviera y lo encontrara muerto. Es obvio que le dispararon después de que Witcombe saliera. *Prueba que lo demuestra*: la señorita Portisham, que permaneció en la biblioteca cuando Witcombe siguió a sir Osmond hasta el estudio, afirma que la puerta se quedó abierta y que oyó voces que conversaban hasta que Witcombe volvió a salir al salón. Bingham, que también estuvo en la biblioteca un rato, confirma que la puerta estaba abierta. Witcombe sabía que estaban allí, pero difícilmente pudo saber en qué momento se habían marchado, así que podemos descartar la posibilidad de que siguiera a sir Osmond al estudio con la intención de matarlo.

Witcombe salió del estudio por la puerta que da al salón. Pero al estudio se puede entrar desde la biblioteca y hay otra puerta que va de la biblioteca al comedor: una ruta que, en la práctica, permite a cualquiera ir desde el pasillo que está al fondo del salón hasta el estudio sin tener que pasar por el salón o, siempre que la puerta de la biblioteca esté cerrada, sin que nadie lo vea desde allí.

La siguiente persona que entró en el estudio fue, según afirma todo el mundo, de nuevo Witcombe, siguiendo las instrucciones de sir Osmond de presentarse en el estudio cuando hubiera terminado de repartir los regalos en el comedor de los sirvientes. Entró en la biblioteca desde el salón (varias personas lo vieron) y desde allí pasó al estudio. Eran aproximadamente las cuatro de la tarde. Encontró a sir Osmond sentado a su mesa, con un disparo en un lado de la cabeza. Muerto. La pistola estaba en la mesa, delante de él.

Witcombe dice que le buscó el latido del corazón a sir Osmond, pero que por lo demás no tocó nada. Intentó abrir la puerta que da al salón, pero estaba cerrada con llave. (Confirmo que la puerta estaba cerrada con llave cuando llegué y que la llave aún no ha aparecido.) Entró en el salón por la biblioteca, y cerró con llave la puerta que comunica la biblioteca con el estudio, pues tenía miedo de que los niños entraran. Habló con Hilda Wynford y la señorita Portisham, encontró a George Melbury en la sala de estar y habló con él, tras lo cual volvió a la biblioteca. Al entrar vio a la señorita Portisham y a la señora Wynford, esta última estaba abriendo la puerta del estudio. La siguió y vio que lady Evershot ya estaba allí. George Melbury entró en el estudio poco después que ellos.

Por petición de George, la señorita Portisham llamó al doctor Tarrant. (El doctor dice que parecía muy alterada: la esencia del mensaje era que sir Osmond se había pegado un tiro.) El propio George me llamó a mí. (Según comprobé yo mismo, eran las 16:12 cuando atendí la llamada. Le costó un poco conseguir que me pasaran la llamada y había interferencias en la línea. Al principio no entendí lo que George decía.) George se quedó en el estudio hasta que llegó el doctor Tarrant, a las 16:27. Jennifer Melbury entró en el estudio mientras él estaba hablando por teléfono. Al parecer, George les pidió a todos que se marcharan en cuanto terminó de hablar conmigo, y se quedó allí solo. Llegué a las 16:46. La policía y el médico forense (avisados por mí) llegaron poco después. Las únicas personas que al parecer se quedaron a solas con el cadáver, después de que Witcombe diera la alarma, fueron Edith Evershot, primero, y George, después.

En esencia, el informe del médico dice que a sir Osmond le dispararon desde muy cerca —medio metro, aproximadamente— en el lado izquierdo de la cabeza, casi con toda probabilidad con el arma hallada en la mesa, delante de él. Solo se disparó una bala. La bala que mató a sir Osmond, extraída de la cabeza por los médicos, pertenece al arma. Los médicos consideran bastante improbable que sir Osmond pudiera dispararse a sí mismo. No era zurdo (lo sé porque conocía a la víctima, pero también lo confirman los miembros de la familia). El arma no se empuñó con el cañón apoyado en la cabeza, que es la posición casi inevitable en los casos de suicidio, porque no se ha encontrado ninguna quemadura que así lo indique. El arma tampoco cayó al suelo, a pesar de que sir Osmond tenía los brazos caídos a ambos lados de la silla, sino que se depositó en la mesa. Cuando la encontramos, estaba en la mesa delante de él, con la culata cerca del lado derecho de la mesa si uno se coloca delante del cadáver. (Pero comprobar notas sobre Jennifer.) Oliver Witcombe dice que se fijó en el revólver en cuanto descubrió el cadáver, pero que no recuerda exactamente en qué posición estaba.

George ha identificado el arma como una pistola de tiro del calibre 22, perteneciente a sir Osmond, que por lo general se guarda en la armería. Nadie recuerda haberla visto últimamente, ni en la armería ni en el estudio ni en ninguna otra parte. La munición podría haberse sacado de la armería. La armería suele estar cerrada con llave, pero la llave cuelga de un gancho —fuera del alcance de los niños— en el pasillo que está delante de la puerta de la armería (al fondo del salón). Al parecer, es algo que sabe todo el mundo.

No se ha encontrado desorden ni signos de una disputa violenta en el estudio; tampoco indicios de que el móvil fuera el robo. George, la señorita Portisham y otros miembros de la familia afirman que no había nada fuera de sitio, ni tampoco echaron nada en falta, al menos tras una rápida inspección.

Poco después de que sir Osmond entrara en el estudio hubo bastante alboroto de petardos en el salón. El disparo podría haberse camuflado fácilmente entre los estallidos. Las paredes y las puertas de la casa son gruesas. Nadie admite haber oído un disparo. Es probable que también hubiera mucho alboroto en el salón, pues los niños correteaban por allí, había un tren de juguete, etcétera. De hecho, nadie parece haber oído ruidos procedentes del despacho: ni voces alteradas ni ninguna otra clase de ruido.

Impresiones de los miembros del grupo presente en la casa:
Hay que afrontar el hecho obvio de que todos los miembros del grupo probablemente tenían algo que ganar con la muerte

de sir Osmond, aunque no quedará claro cuánto hasta que se lea el testamento.

George Melbury se encontraba en un estado de gran angustia y conmoción, algo natural dadas las circunstancias. Nada fuera de lo normal. Parece haber tomado las decisiones acertadas, excepto haber permitido que otros miembros de la familia entraran y salieran del estudio y se comportaran de forma bastante extraña al descubrir la tragedia.

Jennifer Melbury quizá tenga más que ganar, en comparación con sus hermanas, porque la muerte de sir Osmond elimina los obstáculos para su matrimonio con Philip Cheriton, y probablemente le proporciona los ingresos necesarios para hacerlo posible sin dificultades económicas.

Dice que entró casualmente en la biblioteca (después de que se descubriera la tragedia), que vio allí a Oliver Witcombe y a los demás, y que solo entonces supo que alguien le había disparado a su padre. Fue directamente al estudio. George estaba hablando por teléfono. (La llamada que me hizo a mí.)

En el transcurso de esa conversación telefónica, oí parte de un comentario que George le dirigió a Jennifer: «No debes... Jennifer». Al preguntarle a George sobre esa cuestión, respondió que no podía ver a Jennifer desde donde se encontraba, pero que había oído una «especie de chirrido», pensó que Jennifer se había topado con la mesa de sir Osmond y, en consecuencia, la advirtió de que no debía tocar nada. Al preguntarle a Jennifer, esta se mostró muy alterada; dijo que apenas sabía lo que hacía; que para ella había sido muy impactante ver a su padre en aquellas circunstancias. Cree que tocó la pistola «porque me pareció un objeto extraño allí, algo que en ese momento no pude relacionar con nada». No recuerda exactamente cómo estaba la pistola, ni tampoco si ella la cambió de posición.

El testimonio de Jennifer es claramente vago y confuso, pero resulta obvio que está conmocionada.

La *señorita Portisham* probablemente no gana nada, pero sí pierde un buen puesto de trabajo. Parece muy afligida y también muy asustada (lo cual es normal, creo, en su situación, pues son varios los miembros de la familia que no le tienen mucho aprecio). Su testimonio es muy claro. Siguió a George y a Hilda al estudio, pues le habían pedido que llamara al médico, y salió del estudio con Jennifer.

Hilda Wynford dice que al conocer la noticia a través de Witcombe, lo primero que se le ocurrió fue correr junto a su padre. Sabía que la puerta que comunica el estudio con el salón estaba cerrada, pues se hallaba justo al lado cuando Witcombe había intentado abrirla desde dentro. Así que entró en el estudio a través de la biblioteca. Al abrir la puerta del estudio vio allí a su hermana Edith. Salió, al cabo de unos minutos, con Witcombe.

Claramente afligida; parece muy aturdida, pero su testimonio es coherente.

Carol Wynford dice que Parkins, el ayuda de cámara de sir Osmond, la informó de que «se había producido un accidente en el estudio» y entonces se dio cuenta de que todo el mundo se había dirigido a la biblioteca. Los siguió. No sabe por qué nadie le dijo nada, ni por qué no se había dado cuenta ella misma de que ocurría algo, pero durante toda la tarde le había parecido que reinaba una atmósfera general de «qué va a pasar a continuación» relacionada con el asunto de Santa Claus que, según dice, le parecía sumamente aburrido. ¡Ah, la indiferencia de las generaciones más jóvenes! Tengo la sensación de que sabe algo más de lo que está dispuesta a contar.

Patricia Melbury, la susceptible. Se enteró de la noticia en el salón, pero «apenas recuerda quién se lo dijo» ni cree que yo tenga derecho a preguntárselo. Muy alterada e incoherente.

Edith Evershot afirma que alguien le dijo que en el estudio había ocurrido algo y que entró por la biblioteca, abriendo la puerta cerrada con llave (la había cerrado Witcombe después de entrar). N. B.: Según otros testimonios, lady Evershot volvió a cerrar la puerta. Dice que al ver a su padre se quedó tan conmocionada que apenas sabía qué hacer, y que Hilda y los demás llegaron casi enseguida.

Está muy nerviosa y me dio la sensación de que teme algo.

Sir David Evershot..., un personaje curioso; inquieto y asustadizo; poco colaborador. Me respondió de malas maneras: «Ya le he dicho que no sé nada; no he entrado en el estudio en todo el día. Estaba fuera, en el camino de entrada, como siempre, me persigue la mala suerte, justo antes de que ocurriera, pero no sé nada».

Eleanor Stickland, siempre una mujer muy apacible y ahora sumida en un apagado dolor. Se enteró de la noticia por la señorita Portisham, en el salón. Le dio órdenes a la niñera de que se llevara a los niños y ayudó a sacarlos del salón antes de entrar en la biblioteca.

Gordon Stickland; cortés, distante; respondió a las preguntas de forma coherente. Insinuó la posibilidad de que alguien entrara en el estudio desde el exterior (pero los postigos estaban cerrados y enganchados por dentro).

La señorita *Mildred Melbury* probablemente no tenga nada que ganar con la muerte de su hermano. Casi histérica, incapaz de ofrecer un testimonio claro, pero Witcombe afirma que la encontró en el salón, que se desmoronó al conocer la noticia y que la acompañó a la biblioteca para reunirse con los demás. La señorita Melbury sostiene, al parecer, la curiosa teoría de que estas reuniones familiares en Navidad nunca traen nada bueno, pero no aporta una idea clara de la desgracia que al parecer esperaba, ni del porqué.

Oliver Witcombe parecer ser el único miembro del grupo al que la muerte de sir Osmond no beneficia, pero sí perjudica. Debo decir que nunca ha tenido muchas oportunidades con Jennifer y, desde luego, ahora no tiene ninguna. Sin embargo, nunca me ha parecido un pretendiente muy apasionado, aunque puede que esas sean ahora las costumbres modernas. Creo que no goza de mucha popularidad entre el resto de la familia.

Por lo que sabemos hasta ahora, es evidente que tuvo más oportunidades que los demás de hacerlo. El atuendo de Santa Claus le habría permitido ocultar fácilmente la pistola. Sin embargo, es poco probable que pudiera cogerla cuando fue a disfrazarse, pues Philip Cheriton lo acompañó, y también es muy poco probable que esos dos tramaran algo juntos. Pero después de que Witcombe dejara a sir Osmond en el estudio, sus movimientos no están claros. Existen ciertas discrepancias entre sus declaraciones y las de los demás. (*Aclarar esta cuestión.*) Al parecer, salió por el salón y cruzó la puerta que da al pasillo del fondo, pero regresó por el comedor con los petardos. (Pudo fácilmente detenerse en la armería por el camino y coger la pistola.) Salió de nuevo del salón por la puerta que da a la biblioteca —al parecer para ir por el comedor hasta las dependencias de los sirvientes—, pero habría sido más sencillo ir de la biblioteca al estudio, donde sabía que estaba sir Osmond, dispararle, cerrar la puerta del salón para evitar que se descubriera el asesinato antes de tiempo, y volver por la biblioteca y el comedor a las dependencias de los sirvientes.

Philip Cheriton, como es obvio, gana bastante: despeja el camino hacia el matrimonio con Jennifer y el dinero que, presumiblemente, esta heredará de su padre.

Respondió a mis preguntas de forma coherente, pero parecía preocupado. Se mostró un poco vago acerca de lo que hizo durante la media hora fatal; estuvo «aquí y allá», hablando con Jennifer y Carol. Al parecer, sir Osmond delegó en él la tarea de ayudar a Witcombe, así que probablemente conociera con exactitud sus movimientos y supiera que sir Osmond estaría en el estudio.

Es posible que Jennifer y Carol sospechen algo y estén tratando de proteger a Cheriton cuando dicen que estuvieron hablando con él todo el rato. Cheriton pudo escabullirse por el fondo del salón en cuanto Witcombe se marchó, coger la pistola de la armería, recorrer el pasillo, cruzar el comedor y la biblioteca para llegar al estudio y volver al salón siguiendo el mismo recorrido. Es posible, incluso que falseara los movimientos de Witcombe para hacer recaer las sospechas sobre él.

Lo mismo puede decirse de los demás miembros de la familia. Los sirvientes parecen sinceros y ninguno de ellos tiene un móvil, al menos por lo que sé hasta ahora, para querer deshacerse de un amo que quizá pareciera muy estricto, pero que también era justo. La mayoría de ellos llevan bastantes años en Flaxmere.

Henry Bingham, el chófer, estaba de guardia junto al árbol de Navidad hasta que se apagaron las luces. Dice que salió de la biblioteca mientras Witcombe aún estaba hablando con sir Osmond en el estudio. *Comprobar los movimientos siguientes de Bingham*: ¿cuándo llegó al comedor de los sirvientes? ¿Podría haber regresado a la biblioteca?

Witcombe está seguro de que Bingham estaba en el comedor de los sirvientes cuando repartió los regalos y también afirma que ninguno de los demás sirvientes pudo ausentarse porque sir Osmond había especificado que tenía un regalo para cada uno de ellos. Y Witcombe entregó todos los regalos. También están las dos niñeras, la de los Stickland contratada recientemente, pero estaban las dos muy ocupadas con los niños y no hay sospechas que apunten hacia ellas.

Pese a mis hipotéticos argumentos en contra de Philip Cheriton, que no son más que una constatación de la posibilidad de que *pudo* hacerlo él, lo cierto es que los hechos apuntan más bien a que nuestro hombre es Oliver Witcombe. Pero además de la ausencia de móvil, también percibo una ausencia de lógica en sus movimientos si de verdad formaban parte de un plan para asesinar a sir Osmond. El inspector Rousdon era partidario de detenerlo anoche y es obvio que me consideró un viejo estúpido por dejarlo en libertad. Pero lo hemos sometido a una estrecha vigilancia. Un detalle que tiene mucha importancia para mí, pero que es demasiado vago como para explicárselo a Rousdon, es que la familia no parece sospechar de él. Deben de saber al respecto mucho más de lo que han contado hasta ahora; es decir, sospechan de alguien. Si Witcombe tuviera un móvil, algunos de ellos sin duda lo sabrían y enseguida lo hubieran relacionado con los hechos obvios que apuntan hacia él. Además, se sentirían menos inclinados a encubrirlo a él que a uno de los suyos, o incluso a Cheriton, a quien algunos de ellos aprecian; no hay que olvidar que es amigo de la familia desde hace mucho más tiempo que Witcombe. Sé todo lo que pueden contarme de Witcombe, pero probablemente no todo lo que pueden contarme sobre los demás.

Estoy convencido de que al menos un miembro de la familia conoce los hechos importantes que servirán para resolver el caso, así que debo obtenerlos, por desagradable que resulte la tarea.

7
La ventana abierta

POR EL CORONEL HALSTOCK

El día después de Navidad, festivo, llegué temprano a Flaxmere, pues quería aprovechar que ese día no se publican periódicos y, por tanto, podíamos proseguir con nuestra investigación sin interrupciones. Me encontré a Rousdon claramente irritado.

—¿Recuerda los postigos del estudio, señor? —me preguntó de manera innecesaria—. Anoche los encontramos cerrados por dentro, pero esta mañana, cuando uno de los hombres que se quedaron aquí montando guardia los ha abierto, ¡ha descubierto que una de las ventanas estaba abierta por la parte inferior!

Empezaba a dar la sensación de que el asesino había entrado desde el exterior, así que Rousdon, que la noche anterior no tenía dudas acerca de la culpabilidad de Witcombe, estaba molesto.

Quise restarle importancia al detalle.

—¿Una doncella descuidada? —insinué.

Sin embargo, parecía un poco extraño, pues la noche anterior yo mismo había comprobado los postigos y estaba seguro de haberlos encontrado cerrados y enganchados por dentro. Le pregunté a Rousdon qué ventana estaba abierta.

EL ASESINATO DE SANTA CLAUS

—La que da al lateral de la casa, casi detrás de la silla de sir Osmond —me dijo—. He mandado a buscar a la chica responsable de cerrar anoche ventanas y postigos. Una tal Betty Willett.

El agente Mere hizo entrar a la chica con una actitud benevolente. Creo que había intentado tranquilizarla al otro lado de la puerta, pero aun así la joven parecía muy asustada. Nos dijo, en un susurro, que llevaba tres años trabajando en Flaxmere.

Sí —aún en susurros, con los ojos a punto de salírsele de las órbitas—, anoche había cerrado los postigos del estudio.

—¡No tienes nada que temer! —la apremió Rousdon—. ¡No te estamos culpando de nada! ¿Cuándo te ocupaste de cerrar los postigos?

—Antes de que encendieran las luces del árbol, señor. Esas fueron las órdenes de sir Osmond, me las comunicó la señorita Portisham. Me dijo que cerrara los postigos de la biblioteca justo después de comer. Para que se vieran bien las luces, ¿sabe, señor? Y a esa misma hora tenía que cerrar los postigos del estudio porque sir Osmond no quería que lo molestara más tarde, cuando fuera a correr las cortinas de las otras habitaciones. No todas tienen postigos, solo el estudio, la biblioteca y el comedor. Y eso es lo que hice, señor.

La interrogamos más a fondo sobre las ventanas. Siempre cerraba todas las ventanas abiertas, afirmó, porque «esas son las órdenes». Recordó haber encontrado abierta, por la parte superior, una de las ventanas del estudio que daban a la zona delantera de la casa. Dijo haberla cerrado. Estaba bastante segura de que el resto de las ventanas estaban cerradas y se mos-

105

tró bastante perpleja ante la idea de que una de ellas pudiera estar abierta por la parte de abajo.

—En invierno, sir Osmond nunca abre las ventanas por la parte de abajo —afirmó.

También estaba bastante segura de haber enganchado todos los postigos. Sir Osmond insistía mucho en eso, dijo.

Le pregunté si había corrido las cortinas. Dijo que no, que sir Osmond nunca quería las cortinas corridas por encima de los postigos en el estudio. Ese detalle coincidía con lo que habíamos observado. Le dijimos a la muchacha que podía marcharse y entramos en el estudio para echar un vistazo a la ventana.

Los postigos estaban ahora abiertos. El estudio de sir Osmond siempre me había parecido un lugar imponente y en ese momento, con la chimenea apagada y bajo la luz tenue de una lluviosa mañana de invierno, los lustrosos sillones de piel, los muebles de despacho y la moqueta marrón me parecieron decididamente lúgubres. La ventana situada tras la mesa de sir Osmond, que daba a un amplio sendero de losas bordeado al otro lado por un parterre de flores ahora desnudo, estaba abierta un par de palmos por la parte inferior. Entraba un aire frío y húmedo. Me puse los guantes, cerré los postigos y me situé junto a la silla en la que se había hallado el cadáver. Noté una corriente a la altura de la nuca: era imposible que sir Osmond hubiera estado allí sentado sin notar la corriente. Así pues, estaba claro que la ventana se había abierto después de que lo asesinaran.

Rousdon y yo examinamos los postigos y el cierre. Parecía bastante difícil pasar el gancho desde el exterior, aunque lógicamente habría resultado más fácil cerrar los postigos y luego bajar la ventana.

Envié a Rousdon al sendero que pasaba bajo la ventana y, sin permitir que subiera al alféizar de la ventana, le pedí que intentara quitar el gancho de los postigos cerrados con la hoja de un cortaplumas, después de habernos cerciorado de que no había marcas anteriores de una operación similar.

Tras un buen rato rascando y arañando, consiguió quitar el gancho. Después intenté colocar el gancho de manera que, al cerrar los postigos desde fuera, cayera directamente en el ojal. No funcionó muy bien.

Estaba haciendo todo lo posible para demostrar que el asesinato lo había cometido alguien que después huyó por la ventana. De ese modo, se nos presentaría el problema de tener que perseguir a un criminal desconocido que se había esfumado, en lugar de tener que elegir uno de entre el lote de sospechosos que teníamos delante de las narices, pero al menos podríamos exculpar a la familia.

Rousdon, que llevó a cabo mis experimentos con impaciencia, finalmente rechazó mi idea (en la cual ni yo mismo creía, por mucho que deseara hacerlo).

—Estas ventanas son pesadas y ruidosas —señaló—. Si alguien hubiera levantado la hoja inferior, sir Osmond tendría que haberlo oído. Y no se habría quedado tranquilamente en su silla, de espaldas a la ventana, en la postura en que le dispararon.

Aun así, tal vez alguien hubiera abierto la ventana y hubiera desenganchado el cierre antes de que sir Osmond entrara en el estudio. El asesinó podría haber esperado... No, no cuadraba. Sir Osmond esperaba a quien quiera que hubiese entrado o, por lo menos, su llegada no lo había alarmado. Sir Osmond debía de estar sentado en su silla, ante la mesa, ajeno a todo peligro.

—Además —dijo Rousdon—, si el asesino salió por la ventana, ¿por qué iba a molestarse en trastear con el gancho con la esperanza de que cayera en el ojal, lo cual era arriesgado, y en cambio no bajar la hoja de la ventana, que era sencillo y obvio?

Se fijó en que yo estaba observando el sendero y el parterre de flores que estaba al otro lado.

—Ya lo he registrado todo, señor —me aseguró—. El alféizar, la pared y el marco de la ventana, en busca de señales de que alguien forzó el cierre, aunque admito que hubiera resultado muy difícil abrirlo desde fuera con una navaja sin dejar ninguna marca. El especialista en huellas dactilares lo ha analizado todo y ha sacado fotografías. Hay muchas huellas: de la doncella, sobre todo, y posiblemente de otras personas. En cuanto al sendero, con estas lluvias se podría caminar todo el día y toda la noche por esas losas y no dejar ni una sola huella.

Le pedí a Rousdon que volviera a entrar y mandé a buscar a Parkins, que llevaba años combinando las tareas de mayordomo y ayuda de cámara de sir Osmond. Lo conocía bien y confiaba en él. Era un hombre de piel pálida, nariz grande y profundas arrugas en las mejillas. Esta mañana parecía más preocupado y pálido que nunca.

En primer lugar, le pregunté si estaba completamente seguro de que todo el personal de la casa estaba en el comedor de los sirvientes cuando el señor Witcombe había entrado a repartir los regalos.

—Pondría la mano en el fuego, señor —respondió enérgicamente—. Siguiendo órdenes de sir Osmond, reuní a todo el personal en la biblioteca para ver el árbol de Navidad iluminado y luego regresamos a las dependencias de los sirvientes. Es decir, todos menos Bingham, que debía quedarse junto al árbol por si acaso. Pero volvió con nosotros antes de que llegase el señor Witcombe. Entró deprisa y corriendo, y dijo en tono de broma: «¿Se me ha escapado el autobús?». Se refería, claro, a si llegaba a tiempo de recoger su regalo, ya que había tenido que ocuparse de las luces.

Tomé nota mental de ese detalle, pues descartaba totalmente a Bingham como sospechoso. No se habría arriesgado a entrar en el estudio, por ninguna de las posibles rutas, mientras Witcombe seguía deambulando por el salón y la biblioteca con los petardos; y si llegó al comedor de los sirvientes antes de que se presentara Witcombe, no tuvo tiempo material de disparar a sir Osmond. Fruncí el ceño —una costumbre mía cuando intento concentrarme— y traté de imaginar sus movimientos con exactitud. Parkins, al parecer, pensó que no creía sus palabras.

—Bingham es un buen hombre, señor, se lo aseguro —insistió—. Siempre se llevó muy bien con sir Osmond, señor, si me perdona usted la libertad. Y no pudo hacerlo él: cuando llegó a las dependencias de los sirvientes, Witcombe entró prácticamente pisándole los talones, como se suele decir.

—Muy bien —lo tranquilicé—. Ese punto ya está aclarado. Bien, ¿qué me dice de esa tal Elizabeth Willett? ¿Es un poco descuidada? ¿Es posible que dejara un postigo desenganchado en el estudio, o una ventana abierta, y que se le olvidara? A veces, las jóvenes no son muy de fiar.

Estaba convencido de que la muchacha había contado la verdad, pero quería asegurarme.

—Eso es cierto, señor —admitió con vehemencia Parkins—. Pero Betty es buena chica y muy cuidadosa en el trabajo. Es metódica, señor, y si ella dice que ha cerrado una ventana, yo le tomo la palabra y no me molesto en ir a comprobarlo, que es más de lo que hago con otros miembros del servicio.

Le di las gracias a Parkins y le dije que podía marcharse, pero él titubeó y luego habló con brusquedad:

—Disculpe, señor, pero tal vez no se haya dado cuenta, puesto que es un detalle sin importancia y los caballeros no suelen fijarse en este tipo de cosas, porque saben que siempre hay alguien que se ocupa de ellas, y ese es precisamente mi trabajo, fijarme y ocuparme de que todo siga su curso normal... —dijo, pero de repente se interrumpió.

Lo animé a seguir.

—¿Sí, Parkins? ¿De qué se trata?

—En fin, señor —dijo, y empezó a hablar atropelladamente, como si algo le hubiera obstruido la garganta hasta entonces y por fin hubiera podido deshacerse de ello—. Cuando vi la ropa de mi pobre señor, no puede evitar fijarme en su chaqueta y en toda la pelusa que tenía. O, pensándolo bien, señor, no era exactamente pelusa, sino una gran cantidad de pelillos blancos, como si fuera piel de mala calidad. Tuve que reprimirme para no ir enseguida a buscar el cepillo, señor, y lo cierto es que me pareció muy extraño, pues estoy seguro de que ayer por la mañana cepillé a conciencia la chaqueta para que estuviera impecable antes de que sir Osmond se la pusiera.

Le pregunté enseguida si había tocado la chaqueta.

—No, señor, mantuve las manos apartadas, así que puede verlo usted mismo. Hay pelos en la parte superior de los bolsillos.

—¿Cuándo se dio cuenta?

—Anoche, señor. ¿Recuerda que me mandó usted a buscar una sábana para cubrir el cadáver? Cuando la llevé al estudio y miré a mi pobre señor, me fijé enseguida.

—¿Por qué no nos lo dijo entonces? —gruñó Rousdon.

—Es difícil de explicar, señor —dijo Parkins, respondiendo a la pregunta de Rousdon pero dirigiéndose a mí—. Me fijé en ese detalle de forma automática, como si sir Osmond se dispusiera a salir y yo le estuviera echando un último vistazo, listo para pasarle el cepillo una última vez. Luego, señor, usted me pidió que me asegurara de que estuviera todo despejado para sacar el cuerpo por el salón, y el otro detalle se me fue de la cabeza. Pero lo he recordado de repente esta mañana y he considerado que debía ponerlo en su conocimiento. Espero haber hecho bien, señor —dijo en un lastimero tono de inquietud.

Le aseguré que había hecho lo correcto y le pregunté si sabía qué llevaba habitualmente sir Osmond en los bolsillos.

—Desde luego, señor. Sir Osmond era muy metódico y sé perfectamente qué objetos guardaba en cada bolsillo de cada traje. He sacado yo mismo esas cosas cientos de veces, señor.

Lo llevamos al estudio, donde la ropa de sir Osmond estaba pulcramente doblada y apilada. Rousdon no pudo contener una sonrisa de satisfacción. Cogió la chaqueta y la examinó con mucha atención. En el tejido de color oscuro, efectivamente, había una gran cantidad de pelillos blancos, sobre todo en los bordes de los bolsillos y en el pliegue de la solapa derecha. Parkins nos observaba con sus ojos claros y saltones.

—¿Ve lo que quería decir, señor?

Dirigí su atención hacia una mesa en la que se habían dispuesto pequeños grupos de objetos, etiquetados para saber de qué bolsillo se había extraído cada uno de ellos. Le pedí a Parkins que se fijara bien y me dijera si faltaba alguno de los objetos que sir Osmond llevaba normalmente, si alguno estaba en un bolsillo equivocado o si veía algo fuera de lo común.

Parkins estudió el cuaderno, la estilográfica, la navaja de mango de marfil, la billetera, las monedas y otros objetos, y lo hizo sin dejar de mover los labios, como si estuviera rezando una oración. Finalmente se volvió hacia mí.

—Parece que está todo bien, señor —me informó—. Y, según las etiquetas, cada cosa en su bolsillo correspondiente.

No supo darnos una idea de la cantidad de dinero que podía llevar encima sir Osmond, pero creía que la señorita Portisham tenía que saberlo. Le dije que podía marcharse y le pedí que enviara a la señorita Portisham a la biblioteca y que no comentara con nadie el asunto de los pelos blancos.

—¿Qué demonios encontró el señor Witcombe, o esperaba encontrar, en los bolsillos de sir Osmond? —gruñó Rousdon cuando Parkins cerró la puerta al salir.

Era evidente que se estaba regodeando. Le encargué que interrogara a la señorita Portisham acerca del dinero que llevaba encima sir Osmond, aunque intuía que la secretaria no podría contarnos nada especialmente útil, y me dispuse a echar un vistazo al exterior de la ventana del estudio.

Al salir de la biblioteca me encontré con la señorita Portisham. Iba muy «arreglada» con un vestido de seda negra, pero deduje que si se había puesto su mejor vestido era, probablemente, porque no tenía ningún otro traje negro. Resaltaba su melena cobriza, que parecía muy suave y reluciente. Le di los buenos días y ella me observó de repente con sus ojos azules y me lanzó una mirada sugerente y bastante asustada al mismo tiempo. Era, desde luego, una joven muy atractiva, tal vez un poco rechoncha, pero con una figura bonita. No me extraña que su presencia inquietara a la familia, si bien estaba convencido de que no tenían motivos para sentirse así. Pensé que para ella tenía que haber sido un golpe muy duro, pues no solo había perdido un buen empleo, sino que los Melbury la observaban con recelo. Sin embargo, parecía valiente.

Tras una infructuosa inspección del sendero de losas y del parterre de flores, delante de la ventana del estudio, hablé con el agente Stapley, que estaba allí de guardia, y regresé a la puerta principal. Mientras lo hacía, un coche deportivo se acercó por el camino de entrada y se detuvo. De debajo de la capota salió un hombre alto, de unos treinta y cinco años. Su nariz aguileña y su mandíbula cuadrada me resultaban familiares. Me dirigí enseguida hacia él.

—¡Buenos días, señor! —exclamó Kenneth Stour—. Estoy en casa de los Tollard, sabe, y esta mañana nos hemos enterado de la noticia. Un golpe terrible, me he dicho, será mejor que me acerque por si... puedo ayudar. Además, quería ver a Dittie.

El coche reluciente, el abrigo de piel de la mejor calidad y, en general, el aire de aquel hombre sugerían una prosperidad que yo jamás había asociado con Kenneth, pero lo cierto es que llevaba años sin verlo y sabía que había alcanzado cierta fama en los escenarios de Londres. Su actitud despreocupada era la misma de siempre. No me entusiasmaba que llegaran visitas a la casa en esos momentos, de modo que le pregunté en un tono bastante brusco cómo se había enterado de la noticia, teniendo en cuenta que ese día no se publicaban los periódicos.

—Las noticias se filtran, ya sabe —respondió—. ¡Es posible que el lechero de Flaxmere tenga una prima que sale con el chico que les lleva el pan a los Tollard!

Señalé que nadie reparte pan en días festivos y que nadie sale de casa antes de la diez de la mañana, pero sé por experiencia que las noticias se filtran y salen al exterior, aparentemente por el aire. Otro detalle me llamó la atención.

—Entonces, ¿sabe que Dittie está aquí? —le pregunté.

—Debería. En Navidad siempre se reúne toda la familia. Pero ¿a qué viene este interrogatorio?

No sé por qué sospeché de él, pero me pareció extraño que se presentara justo en aquel momento. Entramos los dos por la puerta principal y le aconsejé que tocara la campanilla y le preguntara a Parkins si Dittie quería recibirlo. Aquella mañana aún no había visto a nadie de la familia.

—Creo que aún no voy a tocar la campanilla —me comunicó con descaro—. Es decir, si puede usted concederme un momento, coronel.

No sentía deseos de mantener una charla informal con nadie, pues había estado tomando nota mental de por lo menos media docena de cuestiones en las que quería profundizar. Supongo que debí gruñirle. Le dije que estaba hasta arriba con un asunto muy complicado.

—Ya sabía que no sería fácil —comentó él—. Mire, señor,

me urge de verdad hablar con usted. Creo que podría serle de ayuda.

Le dije que si había algo importante que quisiera comunicarme, más le valía hacerlo rápido. El salón estaba vacío, así que me dirigí a la chimenea y me quedé de pie frente a los troncos que ardían. Intentaba dejar la sala de estar libre para uso de la familia y no quería que Kenneth Stour se atrincherara en la biblioteca.

—Soy un estudioso de la naturaleza humana, coronel Halstock, y una especie de criminalista aficionado —empezó a decir con pomposidad—. Oh, desde luego, a usted le parece una sandez, pero como mínimo sabe que soy inteligente, así que... si le doy mi palabra de que no me voy a poner a hacer el detective por mi cuenta y de que obedeceré todas sus órdenes, ¿me dejaría usted ayudar en lo que pueda?

Le pregunté cómo sabía que necesitaba ayuda.

—Oh, ya sé que dispone usted de hombres muy capacitados y expertos en huellas dactilares. Pero, a veces, un particular puede recabar información. Ya trabajé con usted en una ocasión, si lo recuerda, y tuvo a bien decir que...

—Por entonces era usted más joven y menos engreído —le espeté.

Le pregunté de todos modos qué pretendía. ¿Sabía algo? Si era así, más le valía contármelo.

—No sé nada desde un punto de vista policial. Usted sería la última persona del mundo que animaría a alguien a verbalizar sospechas infundadas —dijo con la mayor desfachatez—. Pero conozco a la familia y, en el caso de algunos de sus miembros, bastante bien.

Le dije que yo también y que ese era precisamente el problema. No admití, sin embargo, que la noche anterior había estado casi a punto de llamar a Scotland Yard. Le dije que esperábamos tener el caso resuelto dentro de una media hora.

—Y si no es así —dijo, sin desanimarse lo más mínimo—, entonces me cuenta usted cómo están las cosas y me da una oportunidad. Coronel Halstock, usted sabe lo que sentía por Dittie hace diez años. Mis sentimientos no han cambiado. Esto es un golpe terrible para todos ellos y, en algunos sentidos, es mucho peor para ella, porque no tiene a nadie que pueda ayudarla de verdad. David..., bueno, ¡ya conoce usted a David! No quiero publicidad, solo quiero ayudar. Supongo que le costará creer algo así de un actor, pero tal vez pueda creerlo del Kenneth Stour al que conoce desde hace treinta y cinco años.

Es imposible describir el encanto de Kenneth Stour: la palabra parece algo afeminada, pero él no tiene nada de afeminado. Las negativas simplemente no le afectan, se comporta como si no las percibiera ni las viera. Al insistir en la presunción de que los demás están de acuerdo con todo lo que él propone, es como si los hipnotizara para que así sea. Es la única forma que se me ocurre de explicar por qué confié en él en este caso, aunque lo hice con un recelo del que no conseguí desprenderme durante mucho tiempo.

No le prometí nada en ese momento, pero le dije que fuera a ver a Dittie, si ella estaba de acuerdo, y lo advertí de que yo no me iba a responsabilizar de haberle abierto las puertas. No estaba muy seguro de que su presencia en Flaxmere, en estos momentos, pudiera alegrar mucho a la familia.

Me sonrió como si yo fuera el entusiasta público de la noche del estreno y, luego, un discreto ruido desvió nuestra atención hacia la amplia escalinata del fondo del salón. Al volverme a mirar, vi a Dittie bajando los escalones con deliberada lentitud. Se contemplaba los pies todo el rato y se mordía el labio inferior, como si estuviera salvando un descenso desconocido o difícil. Estaba concentrada en lo que hacía —o tal vez en sus pensamientos—, totalmente ajena a nuestra presencia hasta que Kenneth echó a andar hacia el pie de la escalera.

Al oír sus pasos, Dittie levantó la mirada y nos vio. Se detuvo, pronunció su nombre con una especie de exclamación contenida a medias, y se tambaleó hacia atrás. Tenía la mano derecha en el pasamanos y se aferró a él con más fuerza para no perder el equilibrio. Tanteó desesperadamente con la mano izquierda hasta encontrar el otro pasamanos. Me fijé en que tenía los dedos blancos de agarrarse con tanta fuerza y en que los movía torpemente.

Nos quedamos los tres inmóviles unos instantes, sin pronunciar palabra. Dittie desvió la mirada de Kenneth hacia mí; vi una expresión de terror en sus ojos. Volvió a mirar a Kenneth y este subió corriendo la escalera y le puso una mano en el brazo.

—Dittie, querida... —Lo dijo con tanta ternura que tuve la desagradable sensación de estar escuchando a escondidas, así que me escabullí hacia la biblioteca.

Pero Stour es actor, claro.

8

¿Quién salió de Flaxmere?

POR EL CORONEL HALSTOCK

El agente Stapley entró jadeando en la biblioteca, detrás de mí. Tenía las botas manchadas de barro y sostenía en la palma de la mano un pañuelo blanco y grande en el que había envuelto algo con mucho cuidado.

—¡La llave, señor! —anunció.

La había encontrado en el parterre de flores, donde yo le había pedido que buscara, a unos cinco metros de la casa, justo enfrente de la ventana abierta del estudio. Encajaba con la cerradura de la puerta que comunicaba el estudio con el salón.

—Solo abrió la ventana para tirar la llave —afirmó Rousdon—. ¡Lo de los postigos no era más que una cortina de humo!

El agente Stapley, un joven muy listo que sabía apreciar las bromas de sus superiores, soltó una risotada. Rousdon, que en ningún momento había pretendido hacer un juego de palabras, lo fulminó con la mirada y el agente se retiró, avergonzado.

Rousdon cogió de una silla el disfraz rojo de Santa Claus, adornado con pelo blanco de conejo.

—Se quitó la ropa anoche en la sala de estar. El señor Melbury... o sir George, como supongo que debemos llamarlo ahora, dijo, lo recordará usted, que Witcombe entró allí para decirles que habían disparado a sir Osmond. Al parecer, no cayó en la cuenta de que aún iba disfrazado. ¡Es el mismo pelo que hemos encontrado en la chaqueta de sir Osmond, desde luego!

Examiné el pelo.

—Parece que es época de muda —dijo Rousdon en tono de burla—. Se pega a todo lo que toca, lo cual es una suerte para nosotros. ¿Lo llamamos?

Pero yo deseaba aclarar unos cuantos puntos antes de provocar un escándalo en la casa, así que le dije a Rousdon que su víctima podía esperar.

—Desde luego que esperará. ¡Fresco como una rosa! Esta mañana ha disfrutado de un copioso desayuno en el comedor. Los demás han desayunado en la cama.

La señorita Portisham le había proporcionado a Rousdon un detallado informe acerca del dinero que tenía sir Osmond. En la billetera que llevaba encima la víctima se había encontrado un billete de cinco libras, otras tres libras en billetes y unas cuantas monedas. La señorita Portisham había hecho efectivo un cheque el lunes y sabía muy bien lo que había gastado sir Osmond; cuadraba con la cantidad hallada en el cadáver y unos pocos billetes más guardados en un cajón del estudio, cerrado con llave, que la misma señorita Portisham indicó. Por tanto, quedaba definitivamente descartada la posibilidad de que se hubiese tratado de un robo.

La siguiente cuestión de mi agenda era interrogar más a fondo a sir David Evershot. Después de que yo enviara a buscarlo, el hombre entró en la biblioteca con actitud nerviosa y se dejó caer en un mullido sillón. Me dio la sensación de que estaba incómodo y que hacía un esfuerzo por disimularlo. Sabía que era un hombre susceptible y difícil, por lo que no quería irritarlo. La noche anterior todo el mundo estaba muy tenso y esperaba que sir David se mostrara mejor dispuesto esa mañana. Le conté que habíamos descubierto algunas cosas y que tal vez él pudiera confirmarnos algunos detalles.

—¡Es bastante improbable! —gruñó—. No tenía ni idea de que estaban a punto de asesinar a sir Osmond, así que no me fijé especialmente en lo que ocurría a mi alrededor.

—Si no recuerdo mal, ¿dijo usted que había salido por la puerta principal mientras estallaban los petardos en el salón?

—Exacto. ¡El olor era insoportable!

—¿Recuerda usted si cerró la puerta del recibidor al salir?

—No tengo ni la más remota idea, y supongo que no le servirá de mucho que me invente la respuesta.

Proseguí con mis preguntas como si sir David se estuviera comportando con la cortesía habitual.

—¿Y la puerta principal?

—Probablemente, ¡pero ya le digo que no pienso hacer ningún juramento sobre esa cuestión!

—¿Paseó usted por el camino de grava, delante de la casa, durante unos cinco minutos?

—Si usted lo dice, probablemente tenga razón. No voy a llevarle la contraria al jefe de la policía.

—¿Vio a alguien?

—No miré. ¿Cree usted que estaba espiando a Santa Claus y a sus estúpidos renos?

—¿Por casualidad recuerda si oyó algún ruido procedente de la casa?

—¿Qué clase de ruidos?

De repente, sir David parecía suspicaz.

—Difícilmente podemos saber qué clase de ruidos oyó usted. ¿Tal vez voces airadas? ¿Un disparo?

—¡Un disparo! ¿Quién iba a oír un disparo con tanto petardo a diestro y siniestro?

—Pero ¿no oyó los petardos desde el camino?

—Cree que miento, ¿verdad? Oí uno.

—¿Solo uno? —lo presionó Rousdon.

—¡Ustedes y sus condenadas preguntas! No estaba de humor para contar petardos, se lo aseguro.

—¿Algo más? ¿Algún otro ruido que indicara qué estaban haciendo los demás en la casa?

—No me importaba lo que estuvieran haciendo los demás en la casa. Y le voy a decir una cosa: si alguien decidió dispararle anoche a sir Osmond, no es asunto mío. Por puñetera mala suerte me encontraba en Flaxmere precisamente en ese momento, ¡pero ni puedo ayudar ni quiero verme mezclado en el asunto! Creo que alguien cerró una ventana mientras yo estaba fuera, ¡si es que eso le sirve de algo! Alguna doncella que estaría revisando las habitaciones en el piso de arriba, supongo. ¡Y eso es todo lo que puedo contarles!

—¿Oyó una ventana que se cerraba... o quizá que se abría? —lo presioné—. ¿Está seguro de que fue en el piso de arriba?

—Pues que se abría, si eso le gusta más, aunque ¿cree que alguien iba a abrir una ventana en esta casa cuando estaba oscureciendo? Sir Osmond le tenía un pavor victoriano al aire nocturno. No sé qué ventana era; no me importaba y no me molesté en mirar. ¡No voy a responder a más preguntas estúpidas! ¿Qué sentido tiene seguir acosándome cuando ya les he dicho que no sé nada? Intentar obtener información que no existe no es el mejor método, se lo aseguro. ¿Por qué se han obsesionado conmigo, por qué me preguntan una y otra vez y me hostigan hasta el punto de que ya no sé ni lo que vi ni lo que oí...?

Se estaba enfureciendo. Levantó su esbelto cuerpo del sillón y paseó de un lado a otro de la habitación mientras se pasaba los dedos por el escaso pelo rubio. Procedí a caminar junto a él mientras le hablaba en voz baja.

—Ya sé que estamos siendo un poco molestos, pero tenemos que obtener toda la información posible —le dije, entre otras cosas.

Le di las gracias por responder a nuestras preguntas y luego me arriesgué a preguntar si oyó la ventana abrirse —o cerrarse— antes o después de oír el petardo. Se había calmado un poco, pero de repente volvió a irritarse.

—¡Los condenados petardos me estallaban dentro de la cabeza, se lo digo en serio! —gritó—. ¡Estallaban una y otra vez! ¡Solo quiero olvidarlos!

Me rendí y lo dejé marchar.

—¡Ese hombre no es normal! —comentó Rousdon innecesariamente—. Si creyera que se trata de un crimen cometido en un arrebato de furia, votaría por él. Pero no es así. Oyó el disparo. Desde el exterior no pudo oír los petardos y lo sabe. Y también oyó la ventana abrirse. Lo confirmaré con las doncellas, pero es casi seguro que no estaban cerrando ventanas en ese momento porque estaban todas reunidas en el comedor de los sirvientes.

Por lo que habíamos descubierto hasta entonces, nadie había visto a sir David salir de la casa ni volver a entrar. Intenté reconstruir sus movimientos en el camino de acceso. Asumiendo que oyó el disparo en el estudio y comprendió que era algo más que un petardo, se quedó inmóvil, esperando. Luego oyó al asesino abrir la ventana para tirar la llave y rodeó sigilosamente la casa. El asesino no había apagado la luz y sir David vio a sir Osmond desplomado en su silla con un agujero en la cabeza. Entró por la ventana y... ¿entonces? ¿Encontró alguna prueba y la destruyó para proteger al asesino? ¿O simplemente comprendió que le iba a resultar muy difícil explicar qué hacía allí? En cualquiera de los dos casos, se escabulló por la biblioteca y el comedor para regresar al salón, pero antes cerró y aseguró los postigos..., ¿por qué? Un acto instintivo, tal vez.

Eso podría explicar el estado mental de sir David, que me pareció más alterado de lo que cabría esperar en un hombre tan irritable como él, pero no era de gran ayuda. Excepto que apuntaba a un asesino al cual sir David intentaría encubrir como fuera... y ese, desde luego, no era Witcombe.

Me quedaba una tarea por hacer antes de enviar a Rousdon a por el caballero en cuestión. Mandé a buscar a sir George y, mientras esperaba, le pregunté a Rousdon si había recogido todos los elementos del disfraz de Santa Claus. Tenía el traje forrado de pelo con su correspondiente gorro, la barba que se sujetaba con alambres y un par de cejas que había que pegar con goma. También había recogido un saco vacío, el que se había usado para guardar los regalos.

—Seguramente lo usó para ocultar la pistola —conjeturó Rousdon—. El disfraz no tiene bolsillos. Las mangas, sin embargo, son anchas: podría haber llevado la pistola en la mano y esconderla en la manga sin que nadie se diera cuenta. No hemos encontrado guantes, aunque es casi seguro que los llevaba, pues dejó la pistola sobre la mesa y, al parecer, es un tipo meticuloso. La pistola está llena de huellas dactilares, casi como si alguien la hubiera cogido deliberadamente para borrar cualquier otro rastro que pudiera haber antes, aunque no creo que las huellas del dedo que apretó el gatillo estuvieran allí. Al asesino le habría resultado muy fácil arrojar los guantes al fuego en mitad del jaleo. Hemos tamizado las cenizas esta mañana y no hemos encontrado nada, pero ya me lo esperaba.

George Melbury abrió la puerta y me lanzó una mirada interrogante.

—¡Buenos días, coronel! ¿Quería verme? ¿Han descubierto algo?

—Nada concreto —le dije al tiempo que lo observaba con atención.

Pareció claramente decepcionado y no lo creo capaz de fingir.

En primer lugar le pregunté si sabía por qué sir Osmond se había retirado a su estudio la tarde anterior, después del reparto de regalos navideños.

—Estaba esperando una llamada telefónica —afirmó George—. Un asunto privado. El pobre viejo no confiaba en nadie a la hora de tratar sus asuntos privados, ni siquiera en mí. Creo que había acordado con algún amigo suyo, tal vez alguien a quien conocía por negocios, que lo llamara a esa hora. Nadie le dio mucha importancia al hecho de que se encerrara solo en el estudio. A veces le daban ataques de cansancio, sabe, y se iba a su estudio fuera la hora que fuera.

—La llamada telefónica que estaba esperando... ¿llegó a producirse? —le pregunté.

George se quedó perplejo.

—¡Eso sí que es raro! La verdad es que no se me había ocurrido pensarlo, pero ahora que lo dice, no recuerdo que se recibiera ninguna llamada.

—¿Podría haberse recibido antes de que le dispararan a su padre? ¿La habrían oído ustedes?

Sabía que todas las llamadas que se recibían en Flaxmere iban directamente al estudio, porque sir Osmond se había negado a instalar otros teléfonos supletorios en la casa.

—Pues depende de cómo estuviera el timbre —me respondió George—. Según la posición del interruptor, suena en el estudio o en el salón. El pobre viejo lo tenía así porque a veces la gente llamaba y nadie respondía si el estudio estaba vacío y no había nadie cerca que pudiera oír el teléfono. Es probable que la señorita Portisham lo sepa: era ella quien se encargaba de cambiar el interruptor según las necesidades.

Al parecer, esa era toda la luz que sir George podía arrojar sobre el compromiso de su padre. Me hizo unas cuantas preguntas. ¿Podía proceder con los preparativos del funeral? ¿Nos habíamos puesto en contacto con Crewkerne, el abogado de sir Osmond? George sabía que estábamos intentando localizarlo. Acordamos que el funeral tendría lugar el sábado.

—No queremos una gran exhibición, dadas las circunstancias —murmuró—. Tenemos que publicar una nota en el *Times*, pero he pensado poner «ceremonia solo para la familia» o algo así. No queremos que venga medio condado ni que todo el mundo empiece a hacer preguntas. Mi tía quería poner «muerto a manos de un cruel asesino» en la nota del *Times*, pero no podemos publicar algo así, como es lógico. Y hay otra cosa, coronel: lamento importunarlo con estos asuntos, pero las mujeres están un poco inquietas por el luto. Deben llevarlo en el funeral, ya sabe. Lógicamente, hoy no se puede hacer nada, pero mañana quisieran ir de compras a Bristol.

Vi a Rousdon ladear la cabeza y sonreír con sorna ante ese comentario. No estaba tan seguro de la culpabilidad de Witcombe como para conceder a los demás la posibilidad de una huida fácil, o al menos creía que eso era lo que se proponían. Witcombe tenía cómplices y Rousdon no quería perderlos de vista. En mi caso, consideraba que aún nos quedaba mucho por descubrir y que era más seguro mantener a todo el mundo bajo observación. Así pues, no me quedó más remedio que decirle a George que la excursión para ir de compras quedaba prohibida. Sin duda, podrían encontrar vestidos negros sin tener que ir a Bristol. Tenían permiso para llamar a las tiendas y pedir que se los enviaran a Flaxmere.

—Pero es evidente —señaló George con tristeza— que eso le quita toda la gracia a ir de compras. Como hombre casado, supongo que lo entiende usted. En fin, estoy seguro de que encontrarán lo que necesitan con ese otro sistema.

Parecía bastante abatido, sin duda ante la perspectiva de tener que comunicar tal noticia a su esposa y sus hermanas, y tuve la sensación de que quería comentar esos problemas, pero yo estaba impaciente por pasar al tema que me había llevado a convocarlo.

Le expliqué que había muchas huellas dactilares en el estudio, que probablemente habían dejado las personas de la casa durante sus actividades diarias. Quería que me ayudara a convencer a todo el mundo para que se dejaran tomar las huellas, de modo que pudiéramos identificar y descartar todas las que no tenían nada que ver con el asesinato: las de la señorita Portisham, que lógicamente aparecerían en muchos objetos del estudio, las de la doncella que cerraba los postigos, etcétera.

George se quedó pensativo.

—No hay problema con las mías, por supuesto. Y haré todo lo que pueda para que los demás sigan mi ejemplo, pero... en fin, es posible que algunos de ellos se opongan. Es decir, puede que les parezca un poco extraño facilitar sus huellas, aunque en realidad no tengan motivos para estar asustados. Lo que quiero decir es... Si se niegan, no los arrestarán ustedes ni nada de eso, ¿verdad?

Le dije que todo el mundo tenía derecho a negarse y que yo no podía obligar a nadie a pasar por esa experiencia a menos que acusara formalmente a la persona reacia. He comprobado a menudo que la mejor manera de convencer a alguien para que haga algo de lo que recela es explicarle que en realidad no tiene por qué hacerlo.

Dispuse que George reuniera primero a toda la familia en el salón y le dije que más tarde procederíamos a tomar las huellas dactilares de los miembros del servicio.

—Son precisamente ellos quienes pueden armar un escándalo, me temo, pero quizá nuestro ejemplo... produzca un efecto moral, ya me entiende...

Se marchó y Parkins llegó poco después para comunicar

que tanto los miembros de la familia como los invitados estaban ya en el salón. Me dirigí hacia allí y me situé en la escalera. Formaban corrillos separados unos de otros, lo cual era muy significativo. Kenneth Stour y Dittie estaban hacia el fondo; la mirada de Dittie seguía siendo inquieta. No muy lejos de ellos estaba sir David, solo: contemplaba fijamente el fuego y no parecía reparar en la presencia de nadie. La señorita Portisham también estaba sola, al otro lado del salón, y parecía nerviosa. Carol Wynford y Philip Cheriton estaban hablando al pie de la escalera. Busqué a Jennifer. En un momento así, cuando todo el mundo sentía un poco de aprensión por lo que pudiera pasar, lo lógico habría sido que Jennifer estuviera con Philip. En cambio, se hallaba a cierta distancia de él, con un aire que me pareció abatido, hasta que Hilda Wynford se le acercó. Witcombe paseaba de un lado a otro con el aspecto de quien se niega a reconocer que los demás lo están ignorando. Eleanor, su tía y la esposa de George formaban un corrillo de chismosas, mientras que Gordon Stickland y George estaban al fondo del salón, vigilando atentamente a los demás.

Pronuncié un breve discurso para pedir su cooperación. Se mostraron sorprendidos, molestos y recelosos. Dittie aferró de repente la manga de Kenneth. La tía Mildred dejó de tejer y me fulminó con la mirada. Empezaron a surgir murmullos, que cesaron de golpe cuando George alzó la voz:

—Yo estoy dispuesto a permitir que tomen mis huellas dactilares y propongo que todos hagáis lo mismo. ¡Está en nuestras manos ayudar en todo lo que podamos al jefe de la policía, para que atrape a la rata que ha asesinado a nuestro padre!

—¡Por mí de acuerdo! —anunció Witcombe.

Varios de los presentes se volvieron hacia él.

La señorita Melbury también alzó la voz:

—Pero ¡es una barbaridad! Yo no entré en el estudio después de la hora de comer. ¡Nos están tratando como a vulgares criminales!

Pasé junto a ella y me dirigí al lado del salón que quedaba cerca del estudio, para hablar con el hombre que estaba sentado a una mesa con todo el equipo necesario. Me habría gustado decirle muchas cosas a la señorita Melbury, pero me contuve. Patricia —la nueva lady Melbury— la compadeció en voz lo bastante alta como para que yo la oyera:

—¡Es absolutamente espantoso, tía Mildred! Yo tampoco entré en el estudio. ¡Qué indiscreción! ¡Típico de la policía! ¡Carecen de criterio! ¡Me pregunto por qué no les toman las huellas también a los niños!

George se acercó y lo oí reprenderla:

—¡No sabes de qué estás hablando! ¡Típico de las mujeres! Yo he accedido a la petición, ¿acaso no es suficiente para ti? —Luego, dirigiéndose a la señorita Melbury—: ¡Compórtate, tía Mildred! ¿Qué es lo que te parece tan raro? La situación de por sí es rara. ¡No compliques más las cosas!

Jennifer me siguió hasta la mesa.

—A mí sí puede usted tomarme las huellas, coronel Halstock —dijo, como si la idea la complaciera.

Empezó el procedimiento y cuando George se alejaba de la mesa, me hizo una señal para que lo siguiera al otro lado del salón.

—Lo siento, coronel, pero sir David se ha marchado muy indignado. Ya sé que no es buena idea, pero si usted lo conociera tan bien como yo, no le sorprendería. Los nervios, ya sabe: neurosis de guerra. Todo este asunto lo ha desequilibrado. Creo que sé cómo conseguir que...

Le dije que no se preocupara, que probablemente daba igual, y vi la expresión de alivio en su rostro. Cuando salí del salón, oí a la señorita Melbury proclamar con voz estridente:

—¡La verdad es que no consigo entender por qué aceptáis someteros a este ultraje! Es completamente inútil. Y ahora, si alguien quiere seguir mi consejo... —En ese momento me vio tratando de huir de allí y me detuvo con voz imperiosa—: ¡Coronel Halstock!

Me volví hacia ella con toda la urbanidad que pude.

—Entiendo, coronel Halstock —dijo con frialdad la señorita Melbury—, que se niega incluso a permitirnos obtener un luto como Dios manda para velar a mi propio hermano. Sinceramente, ¡es excesivo! ¡Tal vez el pobre Osmond se marche sin venganza, pero no se marchará sin luto!

—Creo que ha malinterpretado usted las órdenes que la situación me obliga a dar —señalé—. Puede usted llamar a las tiendas y pedir que le envíen ropa para elegir. He pensado que, dado que aún están ustedes afligidas y conmocionadas por lo ocurrido, tal vez prefieran probarse vestidos en la intimidad de sus propias habitaciones, en lugar de tener que enfrentarse a la multitud y el ruido de la ciudad.

Me pareció que era lo más correcto. En ese momento pasó Eleanor junto a nosotros y traté de reclutarla para mi causa, pero no me apoyó como yo esperaba.

—El asunto no me concierne —nos comunicó—, pues acabo de llamar a mi doncella para que empaquete mis vestidos de luto y me los envíe de inmediato. Siempre los tengo preparados, porque nunca se sabe lo que puede pasar y últimamente parece que vamos a muchos funerales. ¡Es mucho más satisfactorio llevar vestidos que una ha elegido personalmente y que le han confeccionado a medida!

—¡Por Dios, Eleanor! —protestó la tía Mildred—. ¡No apruebo el espíritu de lo que dices! ¡Estar preparada para lo que ninguno de nosotros, repito, ninguno de nosotros habría esperado jamás! Por supuesto, todos sabemos muy bien que una persona de esta casa ha podido pasearse de inmediato vestida de luto, pero algunas somos capaces de leer entre líneas y nos damos cuenta de que ahí hay gato encerrado —afirmó mientras le lanzaba una mirada venenosa al elegante vestido negro de la pobre señorita Portisham.

—En fin, al menos nuestro pobre padre se alegraría de saber que su fiel secretaria sigue haciendo lo correcto —comentó Eleanor.

—¡No pienso tolerar que se hable mal de mi hermano! —protestó, sin motivo, la señorita Melbury.

—No estoy hablando mal de él —replicó Eleanor.

Al parecer se habían olvidado de mí, así que me dirigí hacia la puerta de la biblioteca mientras pensaba en que la situación estaba haciendo estragos con los nervios de todo el mundo, pues era poco habitual que Eleanor se mostrara contestona o que la señorita Melbury reprendiera a su sobrina favorita. Me volví, ya en la puerta, para comprobar si Patricia seguía siendo reacia a proporcionar sus huellas, pero la vi esperando dócilmente cerca de la mesa, tras un grupito formado por otros familiares. Mis titubeos le dieron a Kenneth Stour la oportunidad de interceptarme antes de que pudiera refugiarme en la biblioteca.

—Como ya sabe, anoche yo estaba a muchos kilómetros de aquí, coronel Halstock, pero en vista de que los demás, o algunos de ellos al menos, se preguntan por mi presencia aquí, ¿no cree que quizá sería mejor que me sometiera al mismo procedimiento que ellos?

Le dije que podía hacerlo si quería, pero que me parecía innecesario. Ya en la biblioteca, encontré a Rousdon hablando con el médico forense, Caundle, que acababa de llegar. Le dije a Rousdon que sir David y la señorita Melbury se negaban a someterse a la prueba, por lo que quizá era buena idea aprovechar que en ese momento no había nadie arriba para ir a sus habitaciones y tratar de extraer sus huellas de algún objeto personal.

Caundle, un hombrecillo mustio con barba de tres días y el pelo de color arena, se estaba calentando la espalda junto al fuego. Le pregunté si tenía alguna novedad sorprendente para nosotros.

—¡Nada, coronel! —me dijo—. ¡Ni una sola revelación! ¡Nada escandaloso! Sir Osmond murió por el impacto de una bala del calibre veintidós. No lo habían drogado ni envenenado, gozaba de buena salud y no tenía dolores graves en los órganos vitales que pudieran haberlo empujado al suicidio. De todos modos, es imposible que se tratara de un suicidio. Aquí tiene el informe con todos los detalles. Pero lo que me gustaría saber es... ¿quién salió de la casa ayer, justo después de que se descubriera el cadáver?

Esa sí que era una gran revelación, pues George, los sirvientes y, en general, todos los demás me habían asegurado que nadie había salido de Flaxmere.

—Cuando mandó a buscarme ayer por la tarde —se explicó Caundle—, llegué aquí después de cruzar el pueblo y entré por el camino de atrás, que para mí era mucho más rápido que rodear la casa para entrar por delante. Justo cuando iba a enfilar el camino, salió de él un coche, giró hacia la carretera y nos cruzamos. ¿No le parece un poco extraño?

Le pregunté por qué demonios no me lo había dicho el día antes.

—En aquel momento no me pareció raro y cuando llegué aquí tenía otras cosas en que pensar. Me vino a la mente más tarde. Es ciertamente raro.

A mí también me vino algo a la mente. Le pregunté si por casualidad el coche que vio era un deportivo grande, de reluciente metal.

Caundle creía que no.

—Estaba oscureciendo, sabe, y yo llevaba las luces encendidas, lo cual significa que prácticamente solo veía lo que iluminaban los faros. Pero por lo que recuerdo, más bien era un turismo bastante grande, de un color oscuro y no demasiado moderno. No uno de esos trastos aerodinámicos, sino un coche cómodo y elegante. Cruzó despacio por la verja.

No tenía mucho sentido. No me imaginaba a nuestro asesino marchándose lentamente por el camino de atrás con un coche grande y anticuado, pero ¿quién iba a hacer algo así el día de Navidad por la tarde? Caundle se lo había contado a Rousdon, dijo, y el inspector estaba muy molesto porque el forense no había anotado el número de la matrícula.

El Sunbeam de sir Osmond tenía cuatro o cinco años de antigüedad y George poseía un Austin que, desde luego, ya estaba anticuado en cuanto al diseño, pero si se trataba de uno de esos dos coches, ¿quién lo conducía? Resultaba difícil de creer que alguien acudiera a Flaxmere con intenciones asesinas y dejara un coche tranquilamente esperando en el camino, donde cualquiera podría verlo. Puede que algún vecino hubiera enviado un regalo tardío de Navidad y, tras el alboroto y la alarma posteriores al asesinato, a todo el mundo se le hubiera olvidado por completo. Me dirigí a entrevistar al personal de servicio y a pedirles que se prepararan para la toma de huellas dactilares.

9

Peregrinaciones
de Santa Claus

POR EL CORONEL HALSTOCK

Cuando por fin dispusimos de las huellas dactilares de todas las personas de la casa, ya fuera abordándolas directamente o recurriendo a otras estrategias, era casi mediodía. La escena de Parkins ofreciendo majestuosamente sus dedos mientras decía «No es algo que suela hacer a menudo, por supuesto, pero estoy dispuesto a sufrir por el bien de la justicia, como se suele decir» despertó una actitud dócil en el resto del personal. Los expertos estaban ahora muy ocupados clasificando e identificando huellas.

Rousdon, mientras tanto, había interrogado a la señorita Portisham sobre los timbres del teléfono. La secretaria le había mostrado el interruptor del estudio, gracias al cual se podía hacer que el teléfono sonara allí o en el salón, y así era como lo había dejado ella misma la mañana de Navidad, dijo, porque era poco probable que en el estudio hubiera alguien continuamente. No sabía si sir Osmond lo había cambiado al entrar en el estudio la tarde del día de Navidad, pero al parecer no era así, pues a Rousdon no le constaba que alguien hubiera vuelto a cambiar la posición más tarde.

En cualquier caso, la señorita Portisham estaba convencida de que habría oído el teléfono si se hubiera recibido alguna llamada, ya que en ese momento se encontraba en el salón, sentada en un sofá muy cerca de la puerta del estudio, hablando con Hilda casi todo el tiempo. Desde el salón se oía perfectamente el timbre del teléfono cuando sonaba en el estudio.

—¿Incluso con el ruido de los petardos? —preguntó Rousdon.

La señorita Portisham creía que sí. El ruido de los petardos, explicó, no era continuo; entre un estallido y otro se habría oído el teléfono.

Rousdon interrogó también a la señora Wynford, que había estado sentada todo el tiempo cerca de la puerta del estudio, pero ella tampoco había oído el teléfono. Estaba segura de que lo habría oído aunque hubiera sonado en el estudio.

—También me he puesto en contacto con la centralita local —me contó Rousdon—. No les consta ninguna llamada a Flaxmere la tarde de Navidad, lo cual convierte ese asunto de la llamada telefónica en una trampa. Era un pretexto para que sir Osmond fuera al estudio. Ni hubo llamada ni estaba previsto que la hubiera. Pero lo que no entiendo es por qué sir Osmond no cambió el interruptor para que el teléfono sonara en el estudio. Aunque, por lo que parece, también podía oírse desde el salón cuando sonaba en el estudio, así que tal vez se le olvidara. Por norma, era la señorita Portisham quien se encargaba de ese tema.

A aquellas alturas, ya era difícil impedirle a Rousdon que fuera a por su culpable. Yo ardía en deseos de posponer cualquier detención, porque en realidad pensaba que no disponíamos de suficientes pruebas para seguir adelante y tenía la sensación de que parte de la información que la familia escondía terminaría filtrándose si manteníamos la incertidumbre. Pero, en cualquier caso, había que interrogar a Witcombe y me alegré bastante de dejar esa tarea en manos de Rousdon.

Oliver Witcombe se mostraba siempre tan convencionalmente correcto en cuanto al aspecto que me recordaba un anuncio de los mejores sastres. No sabía gran cosa de él, pero sí me había fijado en ese detalle. Era apuesto de un modo poco interesante, sin vivacidad en la expresión. Lo observé en ese momento desde el lugar en el que me había sentado al fondo de la biblioteca (junto a una mesa en la ventana de arco) y lo vi acomodarse con cautela en una silla, enfrente de Rousdon, e inclinarse un poco hacia delante. No me habría sorprendido en absoluto que preguntara: «Y bien, ¿en qué puedo ayudarle, señor?».

—Quisiera pedirle, señor Witcombe —empezó a decir Rousdon en tono pomposo—, una declaración en la que detalle sus movimientos de ayer por la tarde, desde el momento en que siguió a sir Osmond desde esta habitación hasta el estudio. Y debo advertirle que todo lo que diga podrá ser utilizado como prueba.

Witcombe parpadeó al oír esas palabras, obviamente sorprendido. Miró de reojo al agente Mere, que estaba sentado a la mesa de la biblioteca dispuesto a tomar nota de todo.

—Sí, desde luego, me doy cuenta de que es importante; yo fui la última persona que vio con vida a sir Osmond...

—¿Está seguro de eso? —le soltó Rousdon.

Witcombe parpadeó de nuevo.

—¡Oh, ya entiendo lo que quiere decir! Me refiero sin contar al asesino, claro.

Se produjo una pausa. Luego, Witcombe empezó su declaración, hablando despacio y con cautela. Excepto por unos cuantos detalles adicionales sin importancia, refirió exactamente la misma versión que me había contado a mí el día de Navidad por la noche. No mencionó que había regresado al salón con los petardos después de haber ido al comedor de los sirvientes.

—Cuando volvió al estudio para informar a sir Osmond y lo encontró muerto, según dice, ¿notó algo extraño en la habitación? —preguntó Rousdon.

Era una pregunta mía, que Rousdon había accedido a regañadientes a incluir en el interrogatorio.

—La pistola estaba en la mesa, creo que eso ya lo mencioné. —Witcombe cerró los ojos y reflexionó—. ¡Ah, claro! —exclamó de repente—. ¡La ventana!

—¿Qué pasa con la ventana? —le preguntó Rousdon con frialdad.

—Estaba abierta... La ventana que tenía detrás sir Osmond... estaba abierta por la parte inferior.

—¿Cómo lo sabe?

—¿Que cómo lo sé? Porque lo vi... Me quedaba justo delante cuando me acerqué a la mesa de sir Osmond.

—¿Y los postigos? —preguntó Rousdon.

—Ah, claro. Me había olvidado de que había postigos. Supongo que debían de estar abiertos.

—¿Está usted seguro? —preguntó Rousdon en tono severo.

—Bueno, vi claramente una ventana abierta, por tanto no podía haber postigos delante. Entiende lo que quiero decir, ¿verdad?

—¿Cerró usted los postigos?

—No, desde luego que no. Después de cerciorarme de que sir Osmond estaba muerto, en lo único que pensé fue en comunicárselo a George y a los demás.

—Después de cerciorarse de que sir Osmond estaba muerto —repitió Rousdon despacio, con voz pesada. Witcombe lo observó ligeramente sorprendido—. ¿Y cómo se cercioró usted? —le soltó de repente.

—Creo que ya se lo comenté. Le puse la mano en el corazón; no había latido alguno. De hecho, lo comprendí nada más ver el agujero de la cabeza.

—Y supongo que sabía usted perfectamente dónde estaba el corazón —dijo Rousdon en tono sarcástico.

—¡Por supuesto! He hecho un curso en la Cruz Roja. ¿Insinúa usted que sir Osmond no estaba muerto cuando lo encontré?

—No, no —respondió Rousdon con una desagradable sonrisa—. Usted se cercioró de que estaba muerto, pero también parece que lo toqueteó bastante. Si no buscaba el corazón, ¿qué buscaba?

—No tengo la menor idea de lo que quiere decir —afirmó Witcombe.

No parecía nada amedrentado por las preguntas de Rousdon y tampoco había aportado ningún detalle valioso. No me gustaba el método de Rousdon, de modo que me provocó cierta satisfacción comprobar que no estaba teniendo mucho éxito.

—Entonces —preguntó Rousdon—, ¿cómo explica usted el hecho de que la chaqueta de sir Osmond estuviera repleta de pelos blancos procedentes de los adornos de su disfraz de Santa Claus?

—¿De verdad tengo que explicarlo? —replicó Witcombe con una ligera sorpresa.

—¡Evidentemente! —gruñó Rousdon—. La chaqueta de sir Osmond estaba llena de pelos y son del disfraz que usted llevaba.

—Bueno, lo cierto es que se caían muy fácilmente. Esta mañana me he dado cuenta de que mi propia ropa también quedó llena de pelos. Y, como usted sabe, el disfraz tiene unas mangas anchas y flexibles. —Witcombe adoptó la actitud de quien está más que dispuesto a ayudar—. ¡Vamos a hacer una cosa! ¿Le importa ser el cadáver? Solo tiene que dejarse caer en la silla igual que estaba sir Osmond cuando lo encontré, para que pueda demostrarle cómo le busqué el corazón.

Rousdon, que no parecía muy convencido, como si creyera que Witcombe podía sacar una pistola en cualquier momento, apretar el gatillo y decir «Así es como lo hice», se inclinó torpemente sobre uno de los brazos del sillón.

Witcombe se puso en pie y lo observó con aire pensativo, tras lo cual cerró los ojos.

—¡Está usted un poco rígido! —observó en tono crítico—. ¿Puede dejarse caer un poco más? Y... sí, creo que sir Osmond tenía los brazos caídos a los lados de la silla.

Rousdon se dejó caer un poco más y movió los brazos.

—Sí, creo que estaba más o menos así. Yo pasé entre la mesa y la pared, y me incliné así... —dijo Witcombe.

Se inclinó sobre Rousdon y este siguió atentamente sus movimientos.

—¡Un momento! —gritó de repente Rousdon—. ¿No dejó usted algo en el suelo?

Witcombe se incorporó y reflexionó de nuevo.

—Ah, ¿el saco? Estaba vacío, claro. No me acuerdo. Estaba bastante conmocionado, como imaginará. Puede que lo dejara caer...

—No importa —gruñó Rousdon—. Continúe.

Witcombe desabrochó el botón superior de la chaqueta de Rousdon e introdujo la mano por dentro.

—¡He acertado de pleno, creo! —comentó satisfecho—. Sí, aquí está el corazón, latiendo la mar de bien. Ahora, imagine la manga ancha del disfraz. La arrastré por el lado derecho de la chaqueta, como puede ver, y dejé un rastro de pelos.

Witcombe se incorporó, complacido consigo mismo, y su «modelo» se sentó.

—Sí, la parte inferior del lado derecho, pero no justo debajo del cuello. ¿Y qué me dice del lado izquierdo?

—¿Qué tengo que decirle? —preguntó Witcombe cordialmente.

—¿Cómo explica que también estuviera cubierto de pelos blancos?

—Pues no sé qué decir para explicarlo —admitió Witcombe, como si se hubiera entristecido un poco—. Excepto que estaba alterado, como ya he señalado, y con toda probabilidad no fui tan cuidadoso como ahora en mis movimientos, así que supongo que debí de arrastrar la manga también por el otro lado de la chaqueta. Como comprenderá, no me di cuenta de que había dejado pelos pegados.

—Eso ya lo había imaginado —comentó Rousdon un tanto satisfecho—. Bien, dejemos esa cuestión y volvamos a la ventana. ¿Estaba abierta cuando usted volvió al estudio?

—¿Que si estaba abierta...? Ah, claro, antes estaba abierta. Pues verá usted, es curioso pero no lo recuerdo. No me fijé especialmente, pero supongo que los demás podrán darle más detalles. La señora Wynford entró al mismo tiempo que yo, como sabe, y también alguien más. George, creo.

Se quedó en silencio, con expresión perpleja.

Rousdon se inclinó hacia él.

—Señor Witcombe, a ver si me aclara esta cuestión: usted entró en el estudio de sir Osmond; lo encontró, según dice, muerto. Se fijó en que la ventana que tenía detrás estaba abierta, pero no nos dijo nada sobre la ventana. ¿Le pareció que era un detalle sin importancia?

—Estaba demasiado asustado para pensar en eso. Oigan, ¿esto es una trampa o algo así? —se apresuró a preguntar Witcombe. Por primera vez durante todo el interrogatorio daba muestras de experimentar cierta incomodidad—. Recuerdo claramente haber visto una ventana abierta cuando entré en el estudio, pero en lo único que pensé entonces fue en ir a buscar a George o a alguien. Si le digo la verdad, al principio creí que sir Osmond se había pegado un tiro, así que no se me ocurrió que alguien pudiera haber entrado por la ventana. Y ya no volví a pensar en ese detalle. Al fin y al cabo, no soy yo el que está investigando. No es trabajo mío recordar todos los detalles que vi y contárselos, ¿verdad? Si la ventana estaba abierta, todo el mundo pudo verlo. Yo no la cerré, eso sí puedo jurarlo.

—O sea —insinuó Rousdon—, ¿usted pensó que quizá fuera mejor que otra persona se fijara y lo comentara?

—No tiene usted ningún derecho a imaginar lo que yo pensé. Y, además, se equivoca: no pensé eso en ningún momento —replicó molesto.

—Muy bien —dijo Rousdon en tono conciliador—. Bueno, hay un detalle más. ¿Por qué entró usted en el estudio de sir Osmond?

—Eso es fácil —respondió Witcombe con cierto alivio—. Cuando lo dejé en el estudio y me dirigí al comedor de los sirvientes a hacer de Santa Claus, me pidió que volviera para informarle de cómo había ido.

—¿Le dijo sir Osmond por qué se quedaba él en el estudio?

—Creo que no. Pero tampoco era hombre de dar muchas explicaciones. Creo que estaba un poco cansado por el alboroto de los niños. No era raro que se fuera al estudio y se quedara allí solo.

—¿Le dio instrucciones acerca de los petardos?

—No mencionó los petardos. Todo el mundo habla de los petardos, pero la verdad es que no sé de dónde salieron y, desde luego, yo no tuve nada que ver con eso.

Rousdon apenas ocultó su sorpresa, pero se limitó a preguntar, en tono firme:

—Es decir, ¿lo de repartir los petardos en el salón fue idea suya, señor Witcombe?

—Ya le he dicho que no sé nada de eso. Desde luego, no fue idea mía. No sé quién lo hizo, ni consigo que nadie me lo diga. Esos petardos son un misterio, ¿sabe? Por la forma en que todos hablan de ellos, o mejor dicho, por la forma en que no hablan de ellos, ¡cualquiera diría que uno de esos petardos era una bomba!

Rousdon se lo quedó mirando con incredulidad.

—¿Me está usted diciendo que usted no repartió los petardos entre los niños antes de llevar los regalos al comedor de los sirvientes?

—Eso es justo lo que le estoy diciendo. ¿Yo repartir petardos? Es absurdo. Si ni siquiera los vi.

—¿Es usted consciente de que dos o tres personas lo vieron repartiendo esos petardos en el salón?

—Es imposible que me vieran —insistió Witcombe—. Quien diga que me vio, ¡miente! ¡Es una conspiración! No sé a qué venían los petardos, pero yo no tuve nada que ver con ellos.

Rousdon estaba desconcertado. Observó a Witcombe como si no fuera capaz de decidir si estaba loco o no. Pero, que yo hubiera visto, Witcombe no había vacilado en su negativa. Lo habían incomodado las preguntas sobre la ventana, pero después se había tranquilizado. Yo tenía delante, en ese momento, un plano de la planta baja de Flaxmere y le pedí a Witcombe que se acercara y me mostrara en él sus movimientos desde que se había separado de sir Osmond. Witcombe se acercó a mi mesa, junto a la ventana, cogió un lápiz y trazó sobre el mapa un recorrido: desde la puerta del estudio cruzó el salón y salió por la puerta del fondo; luego cruzó el pasillo y entró en el comedor de los sirvientes.

Rousdon observaba, tras él, y cuando Witcombe llegó a ese punto, el inspector le quitó el lápiz.

—¡Se deja usted algo!

Witcombe dio un respingo y pareció preocupado. Observó con atención mientras Rousdon trazaba una línea que recorría el pasillo, entraba en el comedor y volvía a salir al salón por la otra puerta del comedor. Luego miró a Witcombe, pero este negó con la cabeza.

—No, yo no volví por ahí. Y, además, ¿qué puerta es esa? —dijo al tiempo que señalaba la puerta que comunicaba el comedor con la biblioteca—. Ahí no hay ninguna puerta. Este mapa está mal.

Desvió la mirada del mapa y la dirigió hacia un rincón de la biblioteca.

La puerta está oculta. Normalmente no se usa, por lo que yo desconocía su existencia antes de esta investigación. En el lado del comedor está revestida con el mismo papel que las paredes y, en el lado de la biblioteca, la puerta tienen unos estantes clavados que giran con ella al abrirla y cerrarla. Solo observando atentamente, como hacía Witcombe en ese instante, se veía que era una puerta.

—Ah, claro, ya me acuerdo. Los sirvientes entraron por aquí para ver el árbol de Navidad. Pero la verdad es que ni me había fijado en ella.

—No es usted muy observador, ¿verdad? —se burló Rousdon.

—Me considero dentro de la media, pero ¿por qué motivo iba yo a fijarme en algo así? Además, no la usé. Regresé al salón por la misma puerta que usé para salir.

—La primera vez no —puntualizó Rousdon despacio.

—No sé a qué se refiere usted con la primera vez. Fui al comedor de los sirvientes, luego volví al salón y entré de nuevo en el estudio de sir Osmond.

—¿Me está usted diciendo que no volvió al salón después de salir, pero antes de dirigirse al comedor de los sirvientes?

—Eso es lo que le estoy diciendo. Ya les he enseñado en el mapa por dónde salí; volví por el mismo sitio.

Rousdon, que ahora parecía bastante acalorado y alterado, se rindió y le dijo a Witcombe, no demasiado amablemente, que podía marcharse. Witcombe se volvió hacia mí.

—Mis planes iniciales, coronel Halstock, eran volver a casa mañana. Supongo que no hay ningún inconveniente, ¿verdad? —preguntó en un tono que me pareció bastante ansioso.

—Tal y como están las cosas en este momento, me temo que sí lo hay —le dije—. Es usted un testigo material de los hechos y tal vez tengamos que hablar de nuevo con usted. No puedo permitir que ningún miembro del grupo abandone la casa hasta que..., bueno, hasta que hayamos aclarado los hechos.

—Claro, lo entiendo. Bien, le estaré muy agradecido si me deja marchar lo antes posible. Lo hago por la familia, claro —añadió—. Al fin y cabo, no creo que quieran tener visitas en estos momentos.

Le hice una última pregunta antes de que se marchara. ¿Se había quitado en algún momento el disfraz de Santa Claus entre el momento en que se lo había puesto y el hallazgo del cadáver de sir Osmond?

—¡Santo cielo, no! Aunque no me habría importado, se lo aseguro. Pero tenía órdenes estrictas de representar el papel de Santa Claus hasta salir de la casa. Luego debía entrar de nuevo por la puerta de atrás, esta vez ya sin disfraz —explicó.

Rousdon estalló después de que Witcombe se marchara.

—¡Es de locos! ¡Ese hombre es estúpido! ¿De verdad piensa que nos lo vamos a creer? Es la palabra de la señora Wynford y de la señorita Portisham contra la suya, y ellas son los testimonios más fiables que tenemos. Sé que están dispuestas a jurarlo.

—Exactamente, ¿qué es lo que están dispuestas a jurar? —me limité a preguntarle.

Cuando se calmara, me dije, se le ocurriría la misma idea que se me había ocurrido a mí. Sin embargo, yo me había fijado en dos detalles que Rousdon no había tenido oportunidad de ver. El primero era la mirada de auténtica sorpresa en los ojos de Witcombe cuando se había fijado en la puerta marcada en el mapa, la que comunicaba la biblioteca con el comedor. La otra era su expresión de inquietud, quizá de culpabilidad, cuando Rousdon había exclamado «¡Se deja usted algo!» y la forma en que había relajado los músculos de la cara y había adoptado una expresión de alivio al ver a Rousdon trazar con el lápiz una línea que iba desde la puerta que estaba al fondo del salón hasta el comedor.

Rousdon estaba junto a la chimenea, observándome con aire sombrío. Justo en ese momento, Kenneth Stour pasó al otro lado de la ventana: iba paseando por el sendero de losas, con una pipa en la boca.

—¿Sigue pensando que no debemos detener a ese hombre? —preguntó Rousdon.

—Ahora menos que nunca, a no ser que haga algo que lo justifique; no lo pierda de vista —advertí.

Kenneth pasó de nuevo frente a la ventana y, esta vez, miró hacia el interior. Al verme, arqueó las cejas con un gesto interrogante.

—Intente también localizar ese coche anticuado que el médico dijo haber visto —le sugerí al inspector—. Y averigüe si sus hombres han podido contactar ya con el abogado de sir Osmond para saber cuándo regresa de sus vacaciones navideñas —añadí.

Lo dejé despotricando acerca de los días festivos y me fui en busca de Kenneth, para descubrir qué era lo que tenía que decirme.

Ya había dejado de llover y encontré a Kenneth paseando por la curva de gravilla, entre la puerta principal y el sendero de losas que pasa bajo las ventanas del estudio y de la biblioteca.

—¿Aún no ha dado usted con la solución del caso? —me preguntó—. Los demás tampoco. Nadie de la familia sabe quién lo hizo. Se dan cuenta de que los hechos conocidos apuntan a Witcombe, pero no creen que tuviera ningún motivo para querer disparar a sir Osmond, así que están dando rienda suelta a sus sospechas. Bien, creo que si consiguiéramos que nos contaran todo lo que ocurrió los días antes de Navidad, es decir, desde que llegaron aquí, veríamos las cosas de forma mucho más clara.

—¡Por supuesto! —respondí en tono sarcástico—. ¡El asesino nos dirá exactamente cómo lo hizo y por qué!

—Hago una excepción con el asesino, claro. Creo que los demás tienen la pista que puede guiarnos, pero en parte no se dan cuenta y en parte se muestran reacios a contarle cosas a usted porque no saben a quién están inculpando.

No hacía falta que viniera hasta Flaxmere para decirme todo eso, y así se lo hice saber. Stour, sin embargo, prosiguió sin hacerme demasiado caso.

—Les he dado a Hilda, a Jennifer y a Philip Cheriton algo que los mantendrá tranquilos durante las próximas veinticuatro horas, puede que más. Les he pedido que escriban un relato confidencial de los sucesos previos al asesinato. Philip se ocupará de la situación de la familia en general, vista desde la perspectiva de un extraño. Hilda describirá los sucesos de sábado y domingo y Jennifer, los del lunes. Les he pedido que anoten todo lo que recuerden acerca de incidentes banales, conversaciones, etcétera. Ahora, quiero que le pida usted a la señorita Melbury y a la señorita Portisham que hagan lo mismo con el martes y el día de Navidad, respectivamente. No las conozco lo bastante bien como para pedírselo personalmente y no quiero acercarme a ellas en calidad de emisario suyo.

—¡No pienso hacer tal cosa! —conseguí decir.

Lógicamente, rechazó todas mis objeciones. Estaba convencido de que todos los miembros de la familia bajarían la guardia cuando se sentaran a escribir, por lo que tal vez revelaran detalles valiosos que quizá les habían parecido demasiado banales para comunicármelos; detalles que, por otro lado, yo no habría podido extraerles con mis preguntas porque daba palos de ciego, etcétera. Había elegido a las personas que, en su opinión, podían escribir un relato coherente sin demasiados problemas: Philip Cheriton porque era un hombre de letras; Jennifer porque tenía aspiraciones literarias; la señorita Portisham porque era muy eficiente (y también porque mantenía un contacto estrecho con sir Osmond); Hilda porque había sido maestra de escuela y porque la consideraba más capacitada que cualquier otro miembro de la familia para ofrecer un punto de vista imparcial. Dittie estaba tan alterada, dijo, que era inútil pedírselo. Con Eleanor, Patricia y George no valía la pena ni intentarlo, pues estaba seguro de que no eran capaces de escribir ni tres frases gramaticales seguidas. Gordon Stickland no le inspiraba confianza porque se mostraría demasiado cohibido: escribiría lo que le pareciera adecuado y no se apartaría ni un milímetro de esa intención.

Me interesaban los motivos que habían llevado a Kenneth a elegir a ciertos miembros de la familia y le pregunté por qué no había incluido a Carol. Era una joven culta, serena y, si no me equivocaba, observadora.

Se mostró un poco inquieto.

—Pídaselo usted, si quiere —respondió—. No la conozco bien. No creo que pueda decirnos más de lo que nos dirán Jennifer y Hilda.

—¿Y Witcombe por qué no? —pregunté.

—Me parece demasiado obtuso. No tiene imaginación.

—Pero no queremos imaginación; queremos hechos —señalé.

—Para ver los hechos se necesita imaginación.

—¿Y por qué demonios incluye usted a la señorita Melbury? —le pregunté finalmente.

—He oído decir que la tía Mildred es famosa por sus largas cartas; escribe a menudo a todos sus conocidos para contarles las últimas noticias y darles toda clase de detalles. Seguro que su relato estará repleto de chismes, puede que algunos de ellos maliciosos. Sin duda, todos los motivos que nos ofrezca para justificar el comportamiento de los demás serán erróneos, pero le gusta mucho escuchar a escondidas. Es especialista en los asuntos de los demás y puede que nos cuente algo útil.

Como es lógico, al criticar la elección de escritores por parte de Kenneth y discutirla con él, lo que había hecho era aceptar implícitamente su propuesta. Así es como actúa. Lanza propuestas escandalosas, uno se ve arrastrado a discutirlas con él y, antes de darse cuenta, ya lo está viendo como un plan al que ha accedido. En fin, le prometí que les pediría a la señorita Portisham y a la señorita Melbury que escribieran sus relatos y Kenneth fue a reunirse con la familia para comer.

Me quedé unos minutos en el camino de entrada, desde el cual descendía un prado de césped —en realidad, un parterre de hierba de un verde vivo que destacaba en aquel apagado paisaje invernal— hasta la superficie del estanque, gris como el peltre. Me estaba preguntando si antes de comer —George había insistido en que yo debía comer con la familia— tenía tiempo de dar un paseo hasta el estanque y el bosquecillo que estaba un poco más allá cuando vi dos figuras al borde del agua. En ese momento empezaron a moverse lentamente hacia el sendero que sube por la pendiente para volver a la casa: gracias a un destello de pelo cobrizo y al vestido negro que asomaba bajo el abrigo oscuro que lo cubría, me di cuenta de que la figura más pequeña correspondía a la señorita Portisham. Su garboso compañero, que llevaba polainas, era Bingham, el chófer. Recordé haber oído algún comentario sobre el cariño que se profesaban y me alegré de saber que la señorita Portisham tenía por lo menos un amigo en aquella casa hostil. Renuncié a mi idea de dar un paseo porque vi la oportunidad de abordar a la señorita Portisham para hacerle la propuesta que me había encomendado Kenneth.

NOTA. Los relatos escritos por Philip Cheriton, Hilda Wynford, Jennifer Melbury, la «tía Mildred» y la señorita Portisham se han utilizado, con muy pocas modificaciones, para conformar los primeros cinco capítulos de este relato.

10

La pista del guante

POR EL CORONEL HALSTOCK

La señorita Portisham entró en el salón con actitud bastante alegre y una sonrisita en los labios. Cuando le pedí que me escribiera un relato de los acontecimientos del día de Navidad, en forma de crónica más que de declaración, me alivió que la propuesta no le pareciera insólita. Es más, creo que agradeció tener alguna tarea de la que ocuparse. Le pedí que no se lo mencionara a los demás. Ella estuvo de acuerdo y lo dijo en un tono con el que daba a entender que jamás se le hubiera ocurrido hacer algo así. Luego dio media vuelta pero vaciló antes de marcharse.

—Coronel Halstock... ¿Cree que podría recuperar... del estudio... mi máquina de escribir? Si es que no la necesitan, por supuesto.

La acompañé a buscarla. Estaba sobre la mesa del teléfono del rincón, con la funda rígida puesta. Al fijarnos mejor, sin embargo, ambos nos dimos cuenta de que la funda no estaba bien colocada, sino un poco suelta, ligeramente torcida y sin cerrar.

—¡Oh, entiendo! —exclamó en tono animado la señorita Portisham—. Supongo que el inspector Rousdon, o alguno de sus hombres, la habrá utilizado y no ha sabido colocar correctamente la funda. Es un poco complicado, si uno no conoce esta máquina. Es una Remington: son estupendas, ¿no cree? Mire, hay que pulsar este botón hacia dentro. Así, hasta que hace clic. Y entonces la funda encaja. Pero... me pregunto si debo llevarme la máquina, en el caso de que el inspector Roùsdon la esté usando.

Se me ocurrió que quizá Mere había estado mecanografiando sus notas a las respuestas de Witcombe, pero si necesitaba la máquina podía pedirla prestada, así que le dije a la señorita Portisham que podía llevársela.

—Por cierto —le pregunté—. ¿Cuándo la usó usted por última vez? Supongo que siempre le pone la funda cuando termina.

—Desde luego. Sir Osmond era muy estricto con eso, no le gustaba ver la máquina sin funda. A ver, déjeme pensar: el día de Navidad no escribí nada, por supuesto. Sí, supongo que fue el martes por la mañana, cuando sir Osmond me dictó unas cuantas cartas.

Le pregunté si sir Osmond usaba la máquina de escribir en alguna ocasión. Estaba segura de que no. Dijo que seguramente ni siquiera sabía cómo funcionaba. Sir Osmond le dictaba casi todas sus cartas, incluso las personales.

—Por supuesto —añadió—, no tengo ningún inconveniente en que los demás la utilicen, aunque sea mía. Y cualquiera podría haber quitado fácilmente la funda y utilizar la máquina. Entiendo que no le resultara tan sencillo ponerla correctamente, pero no pasa nada. Muchas gracias.

La señorita Portisham terminó de poner bien la funda y cogió la máquina por el asa. De nuevo, vaciló antes de marcharse.

—Coronel Halstock, me encuentro en una situación difícil. Lo cierto es que no sé cuál es mi lugar ahora en esta casa. Deseo hacer lo correcto, por supuesto, y lo que sir Osmond hubiera deseado. ¿Cree usted que debería prepararme para dejar Flaxmere lo antes posible? ¡Le aseguro que no sé qué debo hacer!

Le prometí que hablaría con sir George, pero que en todo caso la íbamos a necesitar en la casa durante unos cuantos días. Se alejó correteando, aparentemente más satisfecha.

Se había dispuesto que enviaran una bandeja de comida a la biblioteca para Rousdon, que en ese momento comía ávidamente. Le pregunté por la máquina de escribir. Rousdon estaba seguro de que Mere no la había usado y él tampoco la había tocado. Dijo que tal vez alguno de sus hombres hubiera tocado la tapa mientras registraban el estudio, aunque le parecía poco probable.

Tenía noticias sobre Crewkerne, el abogado de sir Osmond. El hombre había cerrado su casa para pasar fuera las vacaciones de Navidad y, desde entonces, la policía había estado intentando localizarlo.

—Llega a Bristol esta tarde, maldiciendo como un condenado. Dice que no puede reunirse con usted porque ya le había dado vacaciones a su chófer durante el resto de la semana y no puede ponerse en contacto con él, y que además él no conduce y que no puede alquilar un coche en día festivo, ni sabe dónde coger un autobús. Vamos, que todo eran problemas, así que le he dicho que le enviaremos a alguien a recogerlo en la estación. Pero creo que debería ser uno de nosotros dos: nadie debería salir de esta casa a no ser bajo supervisión.

No sin envidiar el tranquilo ágape de Rousdon, me dirigí al comedor, tarde y sin ganas. Ya estaban todos sentados a la mesa. Se había dispuesto un bufé, así que me serví y encontré un sitio libre entre George y Dittie. No fue una comida precisamente agradable. La señorita Melbury y Patricia, que charlaban en voz baja en un extremo de la mesa, me observaban con frialdad. Durante uno de los frecuentes e incómodos silencios de la conversación, me llegó la voz irritada de la señorita Melbury:

—... no han hecho nada, lo cual significa, querida, que ese repugnante criminal que ha acabado con la vida de tu pobre padre sigue entre nosotros, impune. ¡No me sorprendería en absoluto que se produjera otro crimen atroz antes de que pasen muchos días! Bueno, al menos ya he dicho lo que he podido, aunque nadie tenga en cuentas mis advertencias...

George hizo un valiente aunque inútil esfuerzo de silenciarla. Muy rojo, se inclinó hacia sir David, que estaba sentado justo delante de él, y farfulló:

—¿Te apetece tomar un poco el aire esta tarde, David? El coronel me ha dicho que podemos salir al camino. No podemos cazar conejos, pero ¿qué te parece si hacemos unas prácticas de tiro?

—George, ¡eres imbécil! —dijo Gordon Stickland mirando su plato.

La caída de ese jarro de agua fría silenció de nuevo a todo el mundo. Gordon levantó entonces la mirada.

—Enid ha hecho unas fotos con su cámara nueva —anunció en voz alta— y necesita a alguien que la ayude a revelarlas en el cuarto oscuro. ¿Algún experto?

Por desgracia, el cuarto oscuro —dispuesto muchos años atrás para George en la lechería ya en desuso— se había reconvertido en depósito de cadáveres, cosa que sabían muchos de los presentes en la mesa, pero no Gordon. Mientras nosotros comíamos, Bingham y Parkins se ocupaban de trasladar el cadáver del «cuarto oscuro» al dormitorio de sir Osmond. Stickland se sintió consternado por el horrible silencio que siguió, interrumpido tan solo por el ofrecimiento de un nervioso Witcombe.

—Bueno, yo tengo algo de experiencia... —dijo, pero no terminó la frase porque todo el mundo lo observó con hostilidad.

—¡Dios! —murmuró Carol—. ¡Qué día tan horrible! Nada es seguro.

Curiosamente, Dittie parecía la única que conservaba un poco de sentido común, pues fue ella quien inició una conversación sobre la gira teatral de Kenneth por Estados Unidos, conversación a la que se unieron con alivio todos los que estaban lo bastante cerca.

Me di cuenta de que debían de estar pasándolo francamente mal, sobre todo teniendo en cuenta que la mayoría de ellos no eran muy dados a los pasatiempos intelectuales. Tenían prohibido abandonar la casa, excepto para pasear por el camino de entrada a la vista de todo el mundo. No tenían nada más que hacer, como no fuese dedicarse a sospechar unos de otros.

Terminé de comer y me levanté lo antes que pude. Al salir pasé junto a Kenneth y le comenté discretamente que deseaba hablar con él. Me quedé en el salón durante unos minutos, hasta que apareció. Le dije que si quería que la señorita Melbury escribiera su propio relato de los acontecimientos, debía pedírselo él mismo, pues no creía que la señorita en cuestión accediera a ninguna petición por mi parte.

—Está usted dejando escapar una gran oportunidad —afirmó Kenneth—. La señorita Melbury pensará que por fin ha recobrado usted la cordura y que está buscando ayuda en el lugar indicado. Además, no tiene muy buena opinión de mí. La que tiene sobre usted no es tan mala, la verdad, pero cree que no le presta suficiente atención. Por otra parte, si supiera que yo voy a leer lo que escribe, sin duda alteraría su estilo...

En ese momento se abrió la puerta del comedor y Kenneth se escabulló rápidamente, dejándome solo en mitad del salón mientras salían algunos de los miembros de la familia. Abordé de inmediato a la tía Mildred, pues aún me hallaba bajo la ridícula influencia de Kenneth y estaba convencido de que era importante persuadirla de que escribiera un relato sobre lo ocurrido el día de Nochebuena. Tal y como Kenneth había previsto, accedió encantada y fingió haber comprendido enseguida por qué había elegido ese día.

—Por supuesto, coronel Halstock, será un placer para mí contribuir con mi pequeño granito de arena. Tampoco es que pueda contarle nada de importancia, pero creo que todo el mundo está de acuerdo en que soy muy observadora y, dadas las circunstancias, estando todos tan nerviosos ese día, me fijé especialmente en todos los detalles. Entiendo que esto es confidencial, ¿verdad?

Le aseguré que así era y se alejó a toda prisa. No intenté averiguar por qué estaban todos tan nerviosos el martes, pues ya había sondeado los motivos de una insinuación similar y no había encontrado nada excepto una ciénaga de inquietud provocada, al parecer, por toda reunión familiar de los Melbury.

Después de que se marchara, esperé a George con la intención de preguntarle por el coche. Una vez aclarado ese asunto, me quedé junto a la chimenea durante unos minutos, pensando en mis planes. Bingham entró en el salón por la puerta del fondo, con una gran manta cargada al hombro. Pensé que venía a buscarme y me sorprendió que hubiera tenido tiempo de preparar el coche con tanta rapidez.

—El coche estará listo dentro de cinco o diez minutos, señor —comentó al verme—. El motor tarda un poco en calentarse. Esto de aquí —dijo al tiempo que señalaba la manta— se mojó el día de Navidad cuando la pusimos sobre el capó y se estaba secando.

Rebuscó en un bolsillo y sacó un guante masculino de aspecto normal, confeccionado en piel de cerdo.

—Esta mañana —murmuró— he encontrado este guante en la biblioteca cuando estaba recogiendo el material eléctrico. Solo había uno. He pensado que debería saberlo.

Bingham parecía un tanto avergonzado de su descubrimiento. Fingí estar poco interesado, pero le pregunté dónde lo había encontrado. Dijo que estaba en el rincón del fondo, entre una montaña de papel de regalo que se había amontonado allí el día antes. Lo había encontrado por casualidad, pues cualquiera podría habérselo llevado con el papel y haberlo quemado. Después de encontrarlo, me dijo, había buscado el otro, pero sin éxito.

Intuí que el hombre se había pasado el día con aquel hallazgo en el bolsillo y me enfadé bastante con él, pero no quise asustarlo porque me parecía la clase de persona que no dudaría en recurrir a las mentiras si creyera que lo están culpando de algo. Me limité a preguntar amablemente por qué no nos lo había dicho enseguida. Al parecer, había encontrado el guante muy pronto, antes de que Rousdon o yo apareciéramos en el escenario del crimen. En aquel momento no había nadie, a excepción de una o dos doncellas, y en cualquier caso no le había dado mayor importancia, solo había pensado que alguien había perdido un guante. Más tarde, sin embargo, se le había ocurrido que era un lugar un poco extraño para perder un guante y que quizá tuviera alguna importancia.

—Espero haber hecho bien, señor —concluyó en tono nervioso.

Le aseguré que había hecho muy bien en entregar el guante, desde luego, y que probablemente el retraso no tenía importancia. Luego le pedí que fuera a buscar el coche. Le llevé el guante a Rousdon y le conté lo que me había dicho Bingham. Percibí un destello en sus ojos, pero después de examinarlo con mucha atención me pareció un poco decepcionado.

—Sí, todos los guantes de caballero se parecen mucho entre sí —le dije—. A menos que el dueño haya sido lo bastante estúpido como para guardar el otro, le va a costar a usted sacar algo en claro.

—¡Pero ese hombre debe de ser un imbécil de primera categoría! —afirmó Rousdon—. ¿Para qué lo iba a dejar allí? Aunque es cierto que no podría haberlo destruido ni aquí ni en el estudio, al menos con estas chimeneas de gas. En el salón hay una buena chimenea de leña, pero es posible que allí siempre hubiera alguien. De todos modos, si podía deshacerse de toda su ropa, ¿por qué tirar solo un guante? No acabo de decidir si en el fondo de este asunto se oculta la obra de un lunático o de alguien diabólicamente inteligente.

Alejó ese problema de sus pensamientos durante unos instantes para decirme que los petardos que había repartido Santa Claus pertenecían a un lote que había encargado la señorita Portisham, junto a otros artículos navideños, para una fiesta que iba a celebrarse la semana siguiente. Estaban guardados en un armario del comedor, donde cualquiera podía encontrarlos. La opinión general era que no estaba planeado usarlos el día de Navidad.

Dejé a Rousdon pensando en el guante y me fui a Bristol a recoger a Crewkerne y averiguar el contenido del testamento de sir Osmond.

11

El testamento de sir Osmond

POR EL CORONEL HALSTOCK

Me senté al lado de Bingham durante el trayecto hasta Bristol, pues ahora que disponía de un poco de tiempo deseaba animarlo a hablar, cosa que el chófer no perdía ocasión de hacer. Incluso los chismorreos de los sirvientes pueden proporcionar información relevante. Tal vez Bingham me hablara de algo menos tangible —pero para mí mucho más útil— que un guante sin identificar.

Su máxima preocupación eran «esos pobres críos. Qué horror para ellos que le hayan pegado un tiro a su pobre abuelo de esa manera, y a pocos metros de ellos, que pobrecillos jugaban la mar de inocentes y se divertían con los petardos. Y el cariño que les tenía sir Osmond y lo mucho que pensaba en ellos, porque lo de Santa Claus fue idea suya, ¿sabe? A mí me lo contó, claro, porque yo tenía que encargarme del árbol y eso. Qué poco se esperaba él que la cosa acabara así».

Le pregunté a Bingham si reconocería a Crewkerne, pues yo apenas había visto al abogado y no estaba seguro de que pudiéramos reconocernos el uno al otro en una estación abarrotada.

—Sí, señor, lo conozco bastante, creo que sabré distinguirlo. Una vez fui yo a Bristol a recogerlo porque el abogado venía a visitar a sir Osmond, pero la última vez que mi pobre señor lo vio fue él mismo hasta Bristol. Eso fue el jueves antes de Navidad, diría. Me acuerdo bien, porque sir Osmond se pasó todo el viaje sentado en el asiento de atrás tomando notas. Y yo no dejo de pensar —afirmó Bingham en tono de compasión— que si mi pobre señor estaba escribiendo un testamento, aunque yo eso no puedo saberlo, claro, pero se me ocurre pensar, ya que hablamos de abogados y de la muerte del pobre sir Osmond, que menos mal que lo hizo antes de que se lo cargaran de esa manera tan horrible, porque ahora todo se dividirá de la forma que él hubiera querido, sea cual sea. No sé, señor, me pregunto si es que a lo mejor tuvo una premonición o algo, como se suele decir. O a lo mejor es que se enteró de que algún enemigo suyo se la tenía jurada, ¿no?

Pensé que Bingham había visto demasiadas películas, pero le pregunté si tenía idea de quiénes podían ser los enemigos personales de sir Osmond.

—¿Qué? No, señor, no se me ocurre quién iba a querer pegarle un tiro en la cabeza, para mí es un misterio.

Bajo las falsas almenas que curiosamente adornan la estación de Temple Meads, en Bristol, surgió una multitud propia de los días festivos, entre la cual Bingham identificó a un hombre alto, demacrado y encorvado al que acompañó hasta el coche en el que yo esperaba. El señor Crewkerne tenía las negras cejas unidas en una expresión de enfado, la larga nariz se le había puesto roja y las facciones, amarillentas. Al parecer, los excesos navideños no lo habían ablandado.

Yo me había trasladado al asiento de atrás y Crewkerne se sentó a mi lado después de darle ciertas instrucciones a Bingham.

—Le he pedido a Bingham que nos lleve directamente a mi despacho —me dijo—. Por suerte, tengo todas las llaves y puedo hacerme con el testamento en un abrir y cerrar de ojos. Porque entiendo que si me ha obligado usted a hacer tan lamentable viaje en un día tan infame como este es para verlo, ¿no? Un asunto sorprendente, la verdad.

Acto seguido, procedió a describir la inmoralidad de los trabajadores ferroviarios, la grosería de los aficionados al fútbol y, en general, el deplorable estado del país.

Ya en la puerta de su despacho dijo:

—¡Adelante, pase! Muy acogedor, se lo aseguro. Hay un tronco de Navidad en la chimenea y un ramo de muérdago sobre la puerta. ¡Ja, ja!

Le dije que probablemente bastaban unos minutos para que me mostrara los puntos principales del testamento, y que luego lo llevaríamos en coche a su casa de Clifton.

—Ah, ¡pues allí sí que le prometo una excelente acogida! —gruñó—. Todas las doncellas están de vacaciones, la casa está cerrada y la plata en el banco. Oh, va a encontrar usted un ambiente muy festivo, ¡desde luego!

La solución más fácil era que Bingham nos llevara a los dos a mi casa y que más tarde yo lo enviara a la suya. Crewkerne ya le había enviado un telegrama a su ama de llaves, que estaba pasando las fiestas con unos familiares en Bristol, y creía que la casa estaría lista a la hora de la cena. Mi propuesta lo aplacó considerablemente, de modo que descorrió el cerrojo de la puerta exterior y subió apresuradamente al piso de arriba para coger el testamento de sir Osmond.

De camino a mi casa, Twaybrooks, comentamos el testamento en voz baja. Tal y como Bingham había dicho, sir Osmond había visitado a Crewkerne el jueves antes de Navidad y había acordado con él ciertos cambios en el testamento. Crewkerne había buscado el testamento anterior y sir Osmond lo había revisado, anotando en él las modificaciones que tenía pensadas. Tenía un pedacito de papel en el que obviamente había estado trabajando dichas modificaciones, pero se lo había llevado consigo. Crewkerne tomó notas mientras sir Osmond hablaba; conservaba dichas notas, así como las cifras que sir Osmond había anotado en el propio testamento. Aún no había pasado a limpio el nuevo testamento. Sir Osmond había dicho que no quería verlo hasta una semana después de Navidad. Crewkerne creía que su cliente aún no tenía las cosas del todo claras y que su decisión final dependería de la opinión que se formara de los diversos miembros de la familia durante la visita navideña.

—Por lo que sé de él, no le gustaba mucho hablar de lo que pensaba hacer con su fortuna —afirmó Crewkerne—. Pero es probable que dijera algo y, en mi opinión, encontrará usted dos grupos distintos de móviles en este pequeño documento. Son varias las personas que iban a perder mucho con ese nuevo testamento, así que me imagino que tendrían interés en que no se ejecutara. Pero hay otro grupo de personas que hubieran salido ganando de forma sustancial con el nuevo testamento: de haber llegado a sus oídos algún relato confuso de lo que el pobre sir Osmond se proponía, es posible que creyeran que las modificaciones ya estaban introducidas, o que estas notas eran válidas. Y que, por tanto, era el momento de pasar a la acción. —El abogado se humedeció los labios—. Tiene usted un buen problema, coronel Halstock. Un buen problema.

No demostró el menor interés por el asesinato; ni siquiera preguntó cómo se había producido, ni si se había arrestado a alguien.

—Los profanos en la materia, coronel Halstock —prosiguió Crewkerne—, están particularmente desinformados, lamentablemente desinformados, diría yo, sobre un asunto tan importante en la vida de todos como es la redacción de un testamento. No me sorprendería en absoluto descubrir que cualquiera que estuviera enterado de las modificaciones del testamento, si es que alguien las conocía, considerara que debían ratificarse y que constituían la última voluntad del difunto sir Osmond.

Le pregunté si aquellas modificaciones tenían algún poder; si aquellos a quienes beneficiaban podían considerarlas un motivo justificado para tratar de alterar las disposiciones originales del testamento.

—¡En absoluto! —afirmó Crewkerne mientras se reclinaba en su silla, fruncía los labios y unía las puntas de los dedos—. Esas notas no tienen peso. ¡Ni un solo gramo! Aparte de que podría aportar pruebas de que no representan ninguna decisión definitiva de sir Osmond, yo había resuelto no redactar el nuevo testamento hasta tener más noticias de mi cliente, porque ya intuía que iba a cambiar de opinión.

Una vez en Twaybrooks, llevé a Crewkerne a mi estudio y pedí que nos trajeran té. El abogado desató la cinta rosa y desenrolló el documento. Me había dado cuenta, durante el trayecto, de que a Crewkerne no le había parecido oportuno comentar nada excepto los detalles generales, de modo que me había limitado a especular con la posibilidad de que el nombre de Wit-

EL ASESINATO DE SANTA CLAUS

combe apareciera en las notas. Me bastó una rápida ojeada al testamento para convencerme de que no se le mencionaba.

Flaxmere y las demás propiedades pasaban a George, con la excepción de Dower House, que heredaba la señorita Melbury. Una broma macabra, la verdad. Dower House estaba en el pueblo, casi en la verja del camino de acceso a Flaxmere. Si en vida sir Osmond se había negado a tener a su hermana tan cerca, ahora le pasaba claramente la pelota a George. La señorita Melbury recibía también una herencia de quinientas libras, cosa que —pensé— no la haría especialmente feliz. Todos los empleados de Flaxmere que llevaban más de tres años al servicio de la familia, ya fuera en la casa o en las tierras, recibían una pequeña cantidad. Parkins y Bingham eran los que mejor parados salían, con quinientas libras cada uno. Las donaciones a diversas entidades benéficas ascendían a algo menos de diez mil libras. Carol Wynford heredaba mil libras y Grace Portisham otras mil. Una herencia nada despreciable para una secretaria personal, pero —pensé— nada que diera mucho que hablar a la familia. El resto del patrimonio debía dividirse en seis partes, dos de las cuales eran para George; Hilda, Eleanor, Edith y Jennifer recibirían una parte cada una.

El testamento, pues, no era ningún escándalo; era más o menos lo que podría haberse esperado, así que pensé que la familia se sentiría aliviada. Crewkerne me observó atentamente mientras meditaba la cuestión.

—Un reparto bastante sensato, ¿no? Ah..., pero ahora, eche un vistazo a las notas. O, si no puede leerlas, porque a veces sir Osmond escribía con una letra muy pequeña, examine las notas que yo tomé.

Me pasó una hoja de papel y me concentré en ella, aliviado después de haber dado una ojeada a las cifras escritas con la letra minúscula de sir Osmond y conectadas a las partes relevantes del documento con líneas que parecían los hilos de una telaraña.

En la versión revisada, las donaciones a entidades benéficas, a empleados y a la señorita Melbury permanecían inalteradas. Los nombres de Carol y de la señorita Portisham se habían eliminado de la lista. El resto de la herencia se dividía ahora en ocho partes, de las cuales George recibía dos, como antes; Hilda, Eleanor y Carol, una parte cada una; Jennifer, en el caso de que siguiera soltera en el momento de la muerte de su padre, dos; Edith y Grace Portisham debían dividirse a partes iguales la octava. En el caso de que Jennifer se hubiera casado, recibiría solo una octava parte y la otra se dividiría entre Hilda, Carol, Eleanor y Edith.

He anotado los dos repartos distintos del patrimonio según los herederos principales:

	Recibido según testamento	Recibido según revisión
George	Una tercera parte	Una cuarta parte
Hilda	Una sexta parte	Una octava parte
Carol	1.000 libras	Una octava parte
Eleanor	Una sexta parte	Una octava parte
Edith	Una sexta parte	Una decimosexta parte
Jennifer	Una sexta parte	En caso de seguir soltera, una cuarta parte. En caso de estar casada, una octava parte
Grace Portisham	1.000 libras	Una decimosexta parte

Después de haber asimilado la esencia de las modificaciones de sir Osmond, lo primero que pensé fue que era una suerte que el anciano no hubiera redactado un testamento válido en esos términos. ¡Ya sería bastante complicado cuando la familia descubriera lo que sir Osmond tenía pensado! Supuse que si a Jennifer le dejaba dos partes de la herencia con la condición de que siguiera soltera, era porque sir Osmond estaba convencido de que no seguiría soltera mucho tiempo. Por tanto, era algo que pendía ante ella como un castigo, puesto que no había accedido a los deseos de su padre.

—Y bien —le pregunté a Crewkerne, que me observaba con una mirada sarcástica—, ¿qué significa todo esto? ¿A cuánto asciende *grosso modo* la herencia?

—Lo dividió, muy bien. Era un hombre muy cuidadoso. Pero ni yo ni nadie puede afirmar, en estas circunstancias, cuál era su patrimonio. Le voy a decir algo, en confianza: me sorprendería que su patrimonio, dejando a un lado Flaxmere y el resto de las propiedades, ascendiera a menos de doscientas mil libras.

Hice unos cálculos rápidos.

—Así que las chicas heredarían unas treinta y tres mil libras cada una. Según el testamento revisado, esa cantidad se reduciría a veinticinco mil, excepto en el caso de Edith. Quienes más se hubieran beneficiado de la revisión son: Carol, que obtendría veinticinco mil libras en lugar de mil; Grace Portisham, que heredaría doce mil quinientas, lo cual sería una asombrosa fortuna para ella y le permitiría llevar una vida desahogada para siempre; y Jennifer, que en el caso de seguir soltera heredaría unas cincuenta y cinco mil libras en lugar de treinta y tres mil.

Pensé en esas cifras y no me gustó mucho la idea.

—Lo ha calculado usted al alza —señaló Crewkerne—. Hay que deducir gastos varios del total antes de dividirlo en partes, y luego está el impuesto de sucesiones.

—Da igual —dije—. Mis cálculos nos dan una idea. Y si el patrimonio se acerca a lo que usted insinúa, las sumas no serán muy distintas a las que he mencionado. Bien, vamos a analizar quién sale perdiendo según la versión revisada. En primer lugar Edith, que heredaría la triste cantidad de doce mil quinientas libras en lugar de treinta y tres mil. Ese es el detalle más importante. Tanto George como Eleanor perderían un poco: Eleanor unas ocho mil libras y George más o menos el doble, pero aun así se llevarían una buena tajada. Jennifer perdería algo si se casara, pero creo que no vale la pena ni considerarlo. Debemos colocarla en la lista de los que salen ganando. Hilda recibiría unas ocho mil libras menos, pero esa pérdida quedaría más que compensada porque su hija ganaría veinticuatro mil.

—Bueno, ¡los Melbury ya tienen algo en lo que pensar! —se burló Crewkerne.

—¿Está usted completamente seguro de que el testamento original no puede alterarse para incluir esas modificaciones? —le pregunté de nuevo.

—¡No hay ninguna posibilidad! Esas notas no constituyen un testamento válido. Es cierto que están firmadas, pero no ante testigos. Dicho eso, seguro que habrá personas lo bastante estúpidas como para intentar alterar el testamento, y colegas míos lo bastante irresponsables como para ayudarlos. Y luego está la posibilidad de alguna especie de chantaje. Alguien que se beneficiara sustancialmente con el nuevo testamento propuesto, de un modo que a la familia pudiera resultarle desagradable, podría amenazar con emprender acciones legales, no con la esperanza real de ganarlas, sino con la idea de asustar a la familia y conseguir que le ofrecieran dinero a cambio de evitar publicidad sensacionalista. Ya sabe usted a qué me refiero. Titulares de prensa como «La familia de un acaudalado difunto impugna las reclamaciones de una atractiva mecanógrafa». Muy desagradable.

No me imaginaba a Grace Portisham metiéndose en esa clase de historia, pero tal vez tuviera una familia ávida y necesitada que la obligara.

Estaba tan absorto analizando las implicaciones del testamento y de las notas que me había olvidado del té, así que me deshice en disculpas con Crewkerne cuando me di cuenta de que se había servido discretamente una taza. De hecho, por lo poco que pesaba la tetera sospeché que había conseguido beberse una y servirse otra mientras yo estaba ocupado tomando notas y haciendo cálculos.

Ahora ya disponía de toda la información que necesitaba del testamento, así que se lo devolví a Crewkerne y le pregunté si en el momento de proceder a la lectura del testamento debía leer también las notas.

—No. Estrictamente hablando, no forman parte del testamento. Pero todos los familiares tienen derecho a consultarlo y puede estar seguro de que les faltará tiempo. ¡Todo el mundo lo hace! Al parecer, piensan que yo habré cometido errores en los cálculos o que encontrarán alguna que otra frase que a mí se me ha pasado por alto —dijo riéndose entre dientes.

Oí el timbre del teléfono y, segundos más tarde, el timbre de la extensión que tenía en mi despacho me indicó que la llamada era para mí. Nada más llegar a casa, había pedido que enviaran un mensaje telefónico a Flaxmere para indicarle a Rousdon dónde podía encontrarme.

Cuando descolgué el auricular, casi me quedé sordo debido al ruido de fondo, entre el que se filtraban débilmente algunas conversaciones ininteligibles de la centralita. El aparato había funcionado muy mal el día de Navidad y debido a la noticia de la muerte de sir Osmond se me había olvidado informar del problema. Seguía funcionado igual de mal. Finalmente, me llegó la voz de Rousdon, que repetía en tono de fastidio: «¿Está usted ahí? ¿Hola? ¡Hola!».

Cuando respondí, su voz me llegó con más claridad:

—¿Recuerda usted lo que dijo sobre los guantes de caballero? Bueno, ¡pues el dueño ha sido increíblemente torpe! Más aún, ¡lo tengo aquí mismo!

Se oyeron unas cuantas frases ininteligibles, silenciadas por las ruidosas interferencias del teléfono. No entendí nada, a excepción de que Rousdon se disponía a llevar a Witcombe a la comisaría de policía, por lo que no era necesario que yo fuera a Flaxmere a verlos a ninguno de los dos. Le pedí a Rousdon que me enviara información a través de Kenneth Stour, que —supuse— aún seguía en la casa y pasaría por delante de nuestra verja cuando volviera a casa de los Tollard. Le dije que podía confiar en Kenneth, a lo cual Rousdon respondió con un resoplido.

Di órdenes de que Bingham llevara a Crewkerne de vuelta a Bristol y le dije que después volviera enseguida a Flaxmere.

No creía que pudiera resultar perjudicial: Bingham no podía saber que se iba a quedar solo y, por otro lado, lo habían vigilado de cerca mientras sacaba el coche, de lo cual me alegraba porque creía que en Flaxmere había algo oculto que yo esperaba descubrir antes de que pasara mucho tiempo.

Mientras despedía a Crewkerne, mi mujer entró en el salón. Le dije que estaba esperando a Kenneth Stour y que quería hablar con él a solas en el despacho.

—Kenneth Stour... es ese joven que solía venir mucho por aquí hace unos años, ¿verdad? Sí, claro que me acuerdo. ¡Tenía una sonrisa encantadora! Ahora es un actor bastante famoso, ¿no? Lo vi un momento en casa de los Tollard, justo antes de Navidad. Eso fue el lunes, Dittie Evershot también estaba allí.

—¿Dittie? ¿Estás segura? —le pregunté.

—¡Pues claro que estoy segura! Conozco a Dittie desde antes de que se casara con ese hombre horrible. Me pareció que había envejecido muchísimo. Tiene una mirada muy dura, y eso que no debe de pasar mucho de los treinta. ¡Pobrecilla Dittie! ¿Sabes? Es mucho más agradable de lo que parece si no se la conoce bien. Siempre ha sido una joven muy introvertida. En algún momento se habló de una aventura entre ella y Kenneth Stour. Supongo que tendría que haberse casado con él, pero como ocurre con todos los Melbury, a Dittie le gusta demasiado el dinero y él por entonces no tenía.

Me entraron ganas de comentar el caso Melbury con mi esposa, pero no podía. Me limité a preguntarle si el esposo de Dittie, sir David, también estaba en casa de los Tollard el lunes.

—No, estoy segura de que no. Pero tampoco me quedé mucho. Solo pasé a llevar unos regalos a los niños. Dittie no se quedó a dormir, creo que había ido en coche desde Flaxmere. Invita al joven Stour a comer o a cenar un día de estos. Me gusta la forma en que me sonríe, ¡como si yo fuera una persona muy especial! Supongo que lo hace con todo el mundo, pero aun así me gusta.

Medité la cuestión. Cuando Kenneth se había presentado de forma tan inesperada en Flaxmere, le había preguntado cómo sabía que Dittie estaba allí, pero él había evitado la respuesta obvia, es decir, que se habían visto el lunes. Le había permitido husmear en el caso porque lo conocía y porque —como había dicho mi mujer— tiene un no sé qué especial. Pero empezaba a sentirme inquieto.

Llamé a Max Tollard, a quien conocía bien, para preguntarle si podía proporcionarle a Kenneth una coartada sólida para el día de Navidad. Le quité importancia al asunto insinuando que, dado que Kenneth entraba y salía de Flaxmere, me parecía correcto interesarme por sus movimientos igual que habíamos hecho con las demás personas de la casa. Tollard estaba bastante seguro de que Kenneth había pasado la tarde con ellos y afirmó que su esposa, sus hijas y varios invitados estarían dispuestos a jurarlo.

—Es un hombre muy discreto —añadió Tollard—. No hay manera de sacarle nada y supongo que no debo preguntarte a ti, pero es un asunto muy desagradable para los Melbury, así que me alegraré cuando me digas que has resuelto el caso.

12

Pelea con atizadores

POR EL CORONEL HALSTOCK

Ya era casi la hora de cenar cuando Kenneth llegó a Twaybrooks, cargado con un detallado relato de los sucesos de aquella tarde en Flaxmere. Rousdon, alborozado por lo ocurrido,
se había mostrado bastante efusivo. George, Carol y el propio
Witcombe le habían proporcionado más detalles a Kenneth y
este los había adornado a su modo. La historia era la siguiente:
Aunque Witcombe había salido bastante tranquilo de su
charla con Rousdon aquella misma mañana, se le veía preocupado. («Por supuesto, él no lo hizo —comentó Kenneth— ni
sabe quién pudo hacerlo.») Así que había dedicado la tarde
a husmear, tratando de descubrir alguna pista (o tal vez buscando la oportunidad de dejar alguna) que dirigiera la investigación hacia otra persona. Pero Rousdon le había ordenado
a Mere que no perdiera de vista a Witcombe y el propio Kenneth también lo vigilaba estrechamente. Los miembros de la
familia tenían permiso para salir a tomar el aire en el camino
de grava, delante de la casa, y en el sendero de losas que pasaba bajo las ventanas del estudio. Allí, precisamente, estuvo
Witcombe merodeando durante un rato. Mere también estaba
allí, contemplando con aire impasible el estanque, mientras
que Kenneth se hallaba en el camino de entrada, limpiando el

parabrisas de su coche u observando las primeras campanillas de invierno. Así que, finalmente, Witcombe se rindió y volvió al salón con semblante atormentado.

Mere dio la vuelta a la casa, entró por la puerta trasera y subió la escalera posterior, de modo que llegó a la escalera principal y se apostó en uno de los tramos que parten en ángulo recto desde el primer descansillo. Desde allí, entre la barandilla, veía el salón. Witcombe no se percató de su presencia y debió de asumir, sin duda, que la vigilancia del agente se limitaba a impedir movimientos extraños en el exterior. En realidad, Mere no solo estaba observando a Witcombe en el salón, sino que también vigilaba la escalera mientras el agente Stapley registraba la habitación de Witcombe.

Jenny, la señorita Melbury, la señorita Portisham y Philip estaban en sus habitaciones, muy ocupados en lo que Kenneth define como sus «deberes» y casi todos los demás se encontraban en la sala de estar, cosa que Witcombe sabía. Acercó un sillón a la chimenea del salón y cogió un ejemplar del *Tatler*. Después de pasar las páginas durante un rato, lo apoyó en el brazo del sillón y, aparentemente, buscó algo en el bolsillo superior de la chaqueta. Mere no vio con detalle qué ocurría detrás del *Tatler*, pero no le cupo duda de que actuaba como pantalla para evitar las miradas de cualquiera que entrara en el salón en aquel momento.

La sensación de Mere es que Witcombe sacó un cuaderno o billetera del bolsillo, cogió algo y luego volvió a guardarse la billetera, o lo que fuera, en el bolsillo. Echó un rápido vistazo al salón. Mere, expectante, se había puesto de puntillas y al ver el gesto se aventuró a descender uno o dos escalones. Witcombe cogió un atizador y removió las brasas del fuego, que se había encendido poco antes y no ardía mucho, hasta que surgió una llama. Mere bajó a toda prisa la escalera. Witcombe lo oyó, perdió los nervios y trató de coger lo que había sacado de su billetera, que resultó ser una hoja de papel de carta. La buscó a tientas, porque el ejemplar del *Tatler* había caído encima, y finalmente consiguió arrugar el papel y lanzarlo, junto con un fragmento de una página del *Tatler*, al fuego, aunque sin demasiada puntería. Para entonces, Mere ya había llegado junto a él. Cogió unas tenazas y trató desesperadamente de recuperar el papel. Gran parte de las chispas cayeron en la alfombra que estaba delante de la chimenea y algunas incluso llegaron al suelo.

Witcombe aún tenía el atizador y atacó con él a Mere, un hombre alto y robusto, que paró el golpe con las tenazas y gritó para pedir ayuda. Los dos hombres forcejearon y rodaron por el suelo. George salió a toda prisa de la sala de estar, seguido de los demás; Patricia se quedó junto a la puerta y empezó a gritar; Rousdon salió apresuradamente de la biblioteca y Stapley bajó la escalera. El propio Kenneth oyó los gritos desde el exterior y entró corriendo, justo a tiempo de ver a Witcombe en el suelo, inmovilizado por George y Rousdon, mientras Mere —que había conseguido desembarazarse de su atacante— rodaba absurdamente hacia la chimenea y empezaba a hurgar con las tenazas en el lecho de brasas y cenizas.

El grueso papel de la página del *Tatler*, que no se quemaba fácilmente, había protegido la otra hoja de papel. Había prendido en una esquina y se había chamuscado, pero Mere consiguió salvar una parte. El papel en cuestión era parte de una nota escrita por sir Osmond —George y otras personas han identificado la letra—, que Rousdon había guardado en un sobre y que Kenneth me entregó justo en ese momento.

Junto al trozo de papel chamuscado, el sobre contenía una nota de Rousdon que decía así: «Entiendo que se refiere al testamento. El último nombre... ¿podría ser Witcombe?».

Witcombe se tranquilizó en el suelo, todavía sujeto por George y Rousdon. Cuando finalmente le permitieron ponerse en pie, se dirigió a la biblioteca con aire resignado, limitándose a afirmar en tono de protesta que «ese patán enorme se me ha echado encima como un elefante loco y me ha atacado con las tenazas».

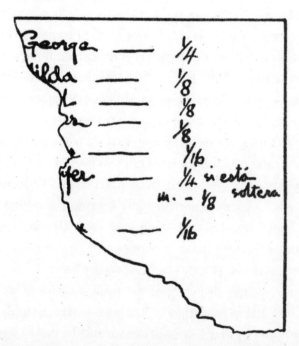

Stapley retomó la tarea de registrar la habitación de Witcombe y no tardó mucho en bajar con una expresión triunfal y la pareja del guante que Bingham había descubierto en la biblioteca. Había encontrado el trofeo en el cajón de la cómoda, al fondo y debajo de unos cuantos pañuelos, pero no especialmente bien escondido.

Le habían mostrado los dos guantes a Witcombe y le habían preguntado si eran suyos. Afirmó, bastante tranquilo, que se parecían a un par que había traído a Flaxmere; de hecho, señaló sus iniciales, O. W., claramente marcadas en el interior. Quiso saber dónde los habían encontrado y qué tenían que ver con el caso. Rousdon le preguntó si podía explicar el hecho de que uno de ellos hubiera aparecido en la biblioteca.

—Bueno, vamos a ver —declaró Witcombe—. Yo no puedo explicar nada más. No pensarán que voy a resolver todos sus problemas, sobre todo cuando alguien se ha dedicado a jugar con mis guantes —dijo. (Más tarde, el propio Witcombe le había repetido ese mismo discurso a Kenneth)—. Si insisten ustedes en el tema de los petardos, vayan a hablar con la señorita Wynford. Ella les dirá que cuando dejé a sir Osmond y salí del salón no volví a entrar, porque estuve con ella unos minutos hablando en el pasillo.

Mandaron a buscar a Carol y, cuando llegó, encontró a Witcombe frente a Rousdon, un poco pálido pero bastante sereno. Se estaban observando con cautela el uno al otro, dijo Carol, como si ambos estuvieran esperando la oportunidad de pelear.

Rousdon le preguntó en tono severo a Witcombe de qué quería hablar con Carol.

—Carol —dijo—, ¿te importaría contarle al inspector Rousdon qué hice la tarde del día de Navidad, cuando salí del salón al pasillo vestido de Santa Claus?

Carol se alteró bastante (según su propia confesión) y dijo, indignada:

—¡No sé qué quieres que le cuente!

—Esto va en serio, Carol —dijo Witcombe—. El inspector Rousdon —dijo al tiempo que lanzaba una mirada al rostro pétreo de Rousdon— tiene intención de acusarme del asesinato de tu abuelo. Afirma que volví por el comedor para matarlo justo después de haber salido al pasillo y haberte encontrado a ti allí.

—¡Ah! Sí, claro —dijo Carol al tiempo que se volvía hacia Rousdon—. Sé que el señor Witcombe no volvió al estudio porque, como él dice, nos encontramos en el pasillo y estuvimos hablando unos minutos.

—Dice que se encontraron cuando él salió del salón. Por favor, muéstreme en este plano dónde se encontró con él —le pidió Rousdon.

Carol señaló el pasillo al que da la puerta del fondo del salón. Concretamente, señaló un punto muy cercano a la armería.

—¿Y cómo es que usted estaba allí, señorita Wynford? —le preguntó Rousdon en tono gélido.

—Ah, había ido a la habitación de Jennifer a buscar una cosa..., una pitillera que me había dejado allí.

Lógicamente, Carol afirmaba haberse encontrado con Witcombe justo delante de la pequeña habitación de Jennifer.

—¿Y cómo sabe usted que cuando se encontró con el señor Witcombe no había salido una primera vez del salón, había regresado con los petardos y había vuelto a salir una segunda vez?

Según las declaraciones, claro, Witcombe no había salido por aquella puerta la segunda vez, después del asunto de los petardos, sino que Rousdon le estaba tendiendo una trampa. O, mejor dicho, dos trampas. Witcombe, sin embargo, no cayó en ella, como seguramente esperaba Rousdon, y exclamó: «¡Pero yo no salí por ahí la segunda vez!».

—Estoy segura de que esa fue la primera vez que el señor Witcombe salió —insistió Carol.

—¿Y por qué está segura?

Carol meditó la respuesta.

—Bueno, pues porque los petardos aún no habían empezado cuando él salió del salón, de eso estoy segura porque el primero sonó muy fuerte unos minutos más tarde y di un respingo. Te acuerdas, ¿verdad? —le preguntó a Witcombe.

—Sí, por supuesto —afirmó él—. Sabe usted, la verdad es que no tengo muy buen oído y no oí el petardo, pero sí vi a la señorita Wynford dar un respingo. Me acuerdo muy bien.

—¿Me está usted diciendo —le preguntó Rousdon en tono deliberado— que oyó el primer petardo mientras estaba hablando con el señor Witcombe en el pasillo?

Carol respondió afirmativamente.

—¿Y por qué —quiso saber Rousdon— no mencionó usted esta pequeña excursión anoche, cuando les preguntamos a todos qué estaban haciendo aquella tarde?

—Bueno, la verdad es que estábamos todos muy alterados en aquel momento y no se me ocurrió mencionarlo. No sabía que fuera importante.

—Pero se le preguntó dónde estaba y usted no dijo que hubiera salido al pasillo. Supongo que entendía que era importante. Sobre todo porque la armería está justamente allí y la pistola salió de la armería.

—Ni se me ocurrió pensar en la armería —respondió Carol—. Creo que nunca he estado allí. ¿Por qué iba a acordarme de que había ido a buscar mi bolso?

—Pensaba que había dicho una pitillera.

—Bueno, sí, la pitillera estaba dentro del bolso. Cogí el bolso por la pitillera, claro.

—Si hubiera estado usted esperando al señor Witcombe en aquella puerta, sabría, por supuesto, que no había salido antes de allí, ¿verdad?

Carol dijo que se había quedado un poco sorprendida; «apareció de repente»; pero después contestó que si el señor Witcombe hubiera salido antes, ella lo habría visto cuando aún estaba en el salón. Carol había salido de la biblioteca y había dejado a Witcombe allí esperando, dijo. Luego le había apetecido un cigarrillo y había salido por la puerta del fondo del salón para ir a la habitación de Jenny, donde había olvidado su pitillera. Después de dejar al señor Witcombe en la biblioteca, no había vuelto a verlo hasta más tarde, cuando ella volvía de la habitación de Jennifer y se dirigía al salón. En ese momento, lo había visto entrar por la puerta que daba al pasillo.

—Lo juro —había dicho Carol.

—Espero, señorita Wynford —dijo Rousdon en tono desagradable—, que esté dispuesta a declarar bajo juramento, si es necesario, todo lo que me acaba de contar.

Carol estuvo de acuerdo.

Luego, «con esos modales suyos tan espantosos», Rousdon le preguntó a Witcombe:

—¿Durante cuánto tiempo habló usted con la señorita Wynford en el pasillo?

—Oh, en realidad no lo sé. Unos minutos, supongo, no mucho tiempo porque yo debía ir al comedor de los sirvientes con los regalos.

—¿Y de qué hablaron? —le espetó Rousdon a Carol.

—Oh, de nada en especial. De cómo estaban yendo las cosas y de si todo saldría bien.

Carol se quejó más tarde de que «al inspector Rousdon le pareció que eso era sospechoso, pero en realidad era bastante normal; el plan de Santa Claus había puesto de los nervios a todo el mundo y temíamos que desembocara en una escena con el abuelo. Aquella tarde, todos dijimos por lo menos un centenar de veces "Parece que la cosa va bien, ¿no?"».

El resultado fue que el inspector Rousdon había insistido en que Witcombe lo acompañara en el coche policial a la comisaría de Wellbridge para hacer una declaración sobre los guantes y el fragmento de papel. Creo que la idea de Rousdon era asustar a Witcombe con ese procedimiento para que se viera obligado a confesar.

—¡Y eso es todo! —dijo Kenneth—. Espero que Witcombe no vuelva a perder la cabeza: le he aconsejado que no diga nada excepto la verdad, y con cuentagotas. Y que si lo acusan de asesinato, se limite a no decir nada excepto que no es culpable y que quiere ver a su abogado.

—¿Que lo ha aconsejado, dice? —exclamé—. Veamos, ¿ayuda usted a la policía o actúa como detective-consejero del acusado?

—A Witcombe no lo han acusado de nada, que yo sepa; en

todo caso, podrían acusarlo de agresión —señaló Kenneth—. Si le he dado un consejo ha sido de corazón, como amigo. Estoy seguro de que no puede contarles nada útil. El pobre hombre está atónito. Si lo acorralan y él trata de explicar lo ocurrido, lo único que hará es inventarse un montón de historias que solo servirán para confundir a todo el mundo.

Le pregunté si tenía en mente algún plan.

—¡Espere! —me pidió—. Mañana tendremos las declaraciones de los testigos oculares y eso nos dará algo con lo que trabajar. Además, estoy seguro de que va a ocurrir algo; lo presiento.

Temí que hubiera planeado alguna diablura, pero me aseguró que ese día no había hecho nada excepto hablar con la gente, pasear y pensar.

Señaló que, si creíamos la historia de Witcombe, entonces resultaba obvio que otra persona disfrazada de Santa Claus había ido al salón con los petardos nada más marcharse Witcombe, y que probablemente había entrado en el estudio a través de la biblioteca y le había disparado a sir Osmond. Yo había llegado a esa misma conclusión. Si Witcombe había regresado al salón de forma tan llamativa, repartiendo petardos como afirmaban la señorita Portisham y la señora Wynford, ¿por qué negarlo y esperar que lo creyéramos? Yo estaba convencido de que Witcombe debía de saber quién era el otro hombre, porque en algún momento tenía que haberle prestado el disfraz y recuperarlo más tarde. Y... ¿cómo encajaba Carol en todo eso, si ella estaba en el pasillo?

—No estoy muy seguro de eso —dijo Kenneth—. Creo que Witcombe no encaja en todo esto. Es decir, en algunos momentos no lo creo. Pero si me hago una pregunta en concreto, me parece que de alguna manera tiene que estar relacionado con los hechos. Y la pregunta es: ¿qué hacía en Flaxmere?

Yo daba por hecho que estaba invitado y no me había parecido que su presencia exigiera una explicación.

—Pero a nadie le cae bien —insistió Kenneth—. Uno por lo general no acepta una invitación a una casa en la que sabe que no es bienvenido, a menos que esté desesperado y no tenga adónde ir. No es el caso de Witcombe: tiene una casa, padres y muchos amigos. No creo que se divirtiera mucho en Flaxmere, donde más bien lo tratan con frialdad.

Le recordé a Kenneth que sir Osmond apreciaba a Witcombe y que, supuestamente, cortejaba a Jenny.

—Sandeces. A Jenny le importa un rábano Witcombe. De hecho, más bien lo detesta desde que su padre intentó imponérselo. Oliver Witcombe nunca ha tenido la más mínima posibilidad de casarse con Jenny y él lo sabe. Puede que sea obtuso, pero no tanto. No, no fue a Flaxmere para declararse a Jenny otra vez. ¿De verdad cree usted que fue a la mansión para disfrutar de la compañía de sir Osmond, un hombre cuarenta años mayor que él, precisamente cuando el hombre en cuestión estaba rodeado de su familia? La familia, lógicamente, se mostraba aún menos cordial que de costumbre con Witcombe al ver que sir Osmond confiaba en él y lo trataba con afecto.

Puede que ese punto de vista no anduviera del todo equivocado, pero tampoco me pareció demasiado importante. Analicé los detalles del caso con Kenneth durante un rato porque, si bien sus ideas son erráticas, a veces es de ayuda contar con un punto de vista completamente distinto. Tenía la esperanza de que hubiera conseguido obtener información sobre la llamada telefónica que sir Osmond esperaba cuando se encerró en su despacho el día de Navidad por la tarde. Puesto que la llamada no se había recibido nunca, estaba prácticamente seguro de que era el cebo que había utilizado el asesino para asegurarse de que sir Osmond estuviera solo en su estudio a la hora prevista. Pero aún no había conseguido averiguar cómo y cuándo se había informado a sir Osmond de que debía esperar dicha llamada. Kenneth no supo decirme nada, por lo que no me resultó más útil de lo que ya esperaba.

Había otras pistas que quería explorar, de modo que le dije a Kenneth que por la mañana iría a Flaxmere para hacer algunas pesquisas. Le formulé una última pregunta: si tan seguro estaba de la inocencia de Witcombe, ¿cómo explicaba que hubiéramos encontrado uno de sus guantes en la biblioteca?

—Eso es sencillo: si el asesino tenía pensado implicar a Witcombe, seguro que no le resultó difícil birlarle previamente un par de guantes. Dadas las circunstancias, mejor usar los guantes de otra persona, ¿no le parece? Dejó caer uno deliberadamente y devolvió el otro a su sitio. Puede que Witcombe sea obtuso, pero no es tan tonto como para dejar un guante en la escena del crimen. Si se llevó uno a su habitación, ¿por qué no llevarse también el otro?

—Bingham dice que lo encontró por casualidad entre el papel de regalo.

—Lo cual demuestra que quien lo escondió es muy astuto. Lo preparó todo de tal modo que quien encontrara el guante no pudiera pasarlo por alto y, aun así, pensara que alguien lo había escondido allí.

Para reforzar las propias ideas, nada mejor que verlas confirmadas por las conclusiones a las que otra persona llega por su cuenta. Por ese motivo, y no otro, me alegraba de contar con la colaboración de Kenneth. Si Kenneth pasaba otro día con la familia de Flaxmere —cosa que, al parecer, tenía intenciones de hacer—, tal vez pudiera arrojar algo de luz sobre sus inquietudes personales, sospechas y posibles móviles. Yo creía conocerlos bastante bien a todos, pero algunos de ellos se comportaban de forma poco coherente. No me decidía a preguntarle a Kenneth si podía explicar el estado de pánico de Dittie, pero esperaba que él mismo lo aclarase antes de que pasara mucho tiempo.

13

Pesadillas

POR EL CORONEL HALSTOCK

Aquella noche tuve otra conversación telefónica con Rousdon. Recordé que al día siguiente se publicaban los periódicos y que, probablemente, los reporteros ya lo estarían acosando. No quería que pensaran que Witcombe estaba detenido, porque cuanto más pensaba en esa cuestión, más seguro estaba de que la culpabilidad de Witcombe no solo no despejaría la mitad de las dudas del caso, sino que plantearía unas cuantas más.

Le hablé a Rousdon de las notas de sir Osmond para la revisión del testamento y le dije que el último nombre no era el de Witcombe. En cuanto a la pista del guante, si Rousdon se la tomaba al pie de la letra, entonces también debía admitir que los policías que habían buscado de forma exhaustiva los guantes, especialmente en las habitaciones próximas a la biblioteca, habían hecho muy mal su trabajo. ¿No era más factible que alguien los hubiera ocultado más tarde? La tercera cuestión que le planteé fue que, en general, los hechos parecían indicar que el asesino había planeado cuidadosamente el crimen con antelación. Si lo hubiera cometido Witcombe, ¿resultaba creíble que lo hubiera planeado de forma que toda la atención se centrara en él cuando se dirigía a cometerlo? Porque eso era, precisamente, lo que había hecho al entrar la segunda vez en el salón con los petardos. Si los necesitaba para amortiguar el ruido del disparo, podría haberlos repartido tranquilamente antes de salir y, luego, haber vuelto al estudio sin ser visto por el comedor y la biblioteca. Sus movimientos reales, asumiendo que dichos movimientos fueran de Witcombe, cosa que yo dudaba, apuntaban más bien a la idea de que alguien se había hecho pasar por él.

Al parecer, Rousdon escuchó todo lo que dije, pero el teléfono seguía embrujado y apenas pude entender lo que decía sobre las huellas dactilares, que ya estaban analizadas. Le pedí que se reuniera conmigo en Flaxmere al día siguiente, acompañado de un par de hombres de confianza, para llevar a cabo un registro exhaustivo. Además, le dije, consideraba que no debíamos dejar solos a los residentes de la casa y que era preciso apostar a dos de nuestros mejores oficiales para que vigilaran durante la noche.

Aquella tarde me dediqué a cambiar una y otra vez de sitio las piezas del rompecabezas y traté de encontrar un patrón. Estaba convencido de que sir David Evershot tenía que encajar en algún sitio, pues no me convencía la idea de que fuera tan solo un cómplice accidental que había encontrado el cadáver por casualidad y no había querido mencionarlo. Por fuerza tenía que existir una relación más clara entre la ventana abierta y el hombre que había salido a respirar un poco de aire fresco en el momento en que se había cometido el asesinato. La inquietud de Dittie, por otro lado, también se explicaría si hubiera encontrado algo en el estudio que probaba que su esposo había estado allí.

Pensé en la puerta oculta que conectaba la biblioteca con el comedor: por lo general estaba cerrada con llave, pero el día de Navidad se había dejado abierta con la intención de que los sirvientes pudieran usarla para entrar en la biblioteca a ver el árbol de Navidad iluminado. Solo alguien que ya conociera de antemano los planes navideños podía saber que la puerta estaría abierta. De no haber sabido el asesino que podía usar esa puerta, entonces la ventana del estudio se convertía probablemente en el único camino para entrar o salir de la biblioteca sin ser visto desde el salón. Sin embargo, ya habíamos descartado la posibilidad de que alguien entrara por la ventana sin el conocimiento o la connivencia de sir Osmond. Por muchas vueltas que le diera a esa cuestión, no me imaginaba a sir Osmond invitando tranquilamente a sir David a entrar por la ventana del estudio con los pies mojados.

Dejé a un lado esa pieza realmente complicada del puzle que era sir David y empecé a reflexionar sobre otra pieza, esta llamada Carol. El hecho de que ni ella ni Witcombe hubieran mencionado el encuentro en el pasillo hasta que él se había visto obligado a proporcionar una coartada, y que ella hubiera vacilado incluso entonces a la hora de confirmarla, hasta que él apuntó que se hallaba en una situación difícil, me parecía extraño. No pude evitar pensar que Carol había esperado intencionadamente en el pasillo, cerca de la armería —¡una idea inquietante!—, para encontrarse con él. El nuevo testamento propuesto por sir Osmond habría beneficiado considerablemente a Carol, y ese dinero significaba para ella mucho más que para cualquiera de los hijos de sir Osmond. Significaba no solo despejar el camino hacia la profesión que tanto ansiaba, sino también la certidumbre de contar con la independencia económica que le permitiría hacerse un hueco en esa profesión. Estaba convencido de que el dinero en sí no significaba mucho para Carol, pero lo que el dinero podía comprar en estos momentos de su vida sí era importante.

La conclusión a la que esas ideas me llevaban me producía repugnancia, pues conocía a Carol desde que era una niña. Era posible que Witcombe hubiera obtenido del propio sir Osmond las notas para modificar el testamento y hubiera llegado a la conclusión de que se habían ejecutado debidamente. Se lo confesó a Carol. Ella acordó encontrarse con Witcombe cuando este saliera del salón y, luego, mientras él volvía con los petardos y creaba una distracción, Carol entró a hurtadillas en el estudio a través del comedor y la biblioteca y disparó. Pero... ¿cómo explicar los guantes? Si pensaba con frialdad en Carol, sin sentimentalismos, veía en ella una vena de dureza, una determinación tal vez implacable de conseguir lo que quería. Quizá fuera capaz de disparar, pero... ¿era capaz de idear un plan que, como ella misma habría comprendido enseguida, pues astucia no le faltaba, estaba destinado a arrojar sospechas sobre Witcombe? Y... ¿era lo bastante malvada para reforzar esas sospechas dejando deliberadamente uno de los guantes de Witcombe para ofrecernos una pista del asesino?

Existía una posible explicación, aunque no del todo verosímil, de por qué Witcombe había negado cualquier relación con los petardos, después de haber entrado en el salón y haberlos repartido de forma tan obvia. ¿Era factible que no se hubiera dado cuenta, cuando se trazó el plan, de que lo hacía parecer culpable? Tal vez estaba planeado que él saliera del salón por la puerta del fondo después de los petardos; es posible que siguiera un impulso repentino y entrara en la biblioteca para comprobar si Carol había representado su papel satisfactoriamente. Recordé la curiosa frase que había pronunciado: «Después de cerciorarme de que sir Osmond estaba muerto». Quizá albergara dudas acerca de si Carol tendría de verdad la sangre fría y la crueldad necesarias para pegarle un tiro en la cabeza a su propio abuelo. Suponiendo que así fuera, tal vez se hubiera dado cuenta repentinamente, cuando estaba siendo interrogado, de que su segunda visita al salón con los petardos y, sobre todo, su salida errónea a través de la biblioteca, lo colocaba en una posición muy difícil. En ese caso, quizá hubiera decidido negar esa segunda visita. Yo no terminaba de entender por qué esperaba que lo creyéramos. O, mejor dicho, sí: Witcombe lo había hablado con Carol antes de que Rousdon lo interrogara esta mañana y la había convencido para que se comprometiera a admitir, si era necesario, que se habían encontrado en el pasillo y declarara que era imposible que él estuviera ocupándose de los petardos en el salón porque se habían oído justo cuando Carol estaba hablando con él.

Repasé esa teoría una y otra vez. Nadie había declarado haber visto a Carol en el salón durante el momento crucial. De hecho, ella misma se había mostrado considerablemente vaga respecto a sus movimientos de aquella tarde. La estupidez cometida por Witcombe al entrar en la biblioteca desde el salón estaba a la altura de la estupidez que había cometido al provocar una pelea en su intento de destruir la nota de sir Osmond, después de haberse dado cuenta de que aún la tenía y de que si lo arrestaban —cosa que, como él mismo había empezado a ver, no era improbable— se convertiría en una prueba incómoda.

A regañadientes, admití que existía otro argumento en contra de Carol. A Kenneth no le había gustado que le preguntara por qué no había incluido a Carol en la lista de escritores de «deberes», como él los llamaba. Si él, que se relacionaba con la familia de un modo que a mí no me era posible, había visto en ella señales de un conciencia intranquila o incluso había recogido algún indicio que pudiera incriminarla, tal vez hubiera considerado inútil pedirle que escribiera un relato o tal vez no se hubiera atrevido a intentar confundirla sirviéndose de ese método. Si no tenía nada concluyente contra Carol, lo más probable era que no me hubiera dicho nada de momento con la esperanza de que aparecieran más pruebas que apuntaran en una dirección distinta.

El asunto me parecía tremendamente claro. Un plan ingenioso, en cuya ejecución se habían producido solo dos errores estúpidos, de esos que por lo general le dan una oportunidad a la policía.

Pasé una noche horrible y soñé con Carol. Tenía una pistola humeante en la mano y volvía a disparar, esta vez contra mí. Luego se daba la vuelta, echaba a correr por el salón de Flaxmere, salía por la puerta principal y descendía por la ladera tapizada de hierba verde esmeralda. Se quedaba un momento inmóvil en la punta del trampolín del estanque —llevaba un traje de baño de color azul vivo, como el que le había visto el verano pasado— y luego se lanzaba al agua con un chillido desgarrador. Atravesaba la superficie gris peltre del agua y formaba ondas que se hacían más y más amplias, rebasaban la orilla del estanque, subían por la ladera de césped, llegaban hasta donde yo estaba, en el camino de grava, y se estrellaban contra mis pies.

Sir Osmond salía entonces por la ventana del estudio y se me acercaba, con un agujero de bala en la cabeza y un petardo en la mano. «¡Tire! ¡Tire! —gritaba como un poseso—. ¡Así no se oirá el disparo! ¡No se oirá el disparo! ¡No se oirá!»

Luego aparecía Carol otra vez, paseando por mi jardín de Twaybrooks. Llevaba unos guantes de caballero, de piel de cerdo, y señalaba un edificio inmenso que surgía de mi pista de tenis, como si fuera la torre de la Universidad de Bristol, pero de ladrillo rosa claro.

«¡La he diseñado yo!», gritaba con orgullo. Al fijarme en su rostro, me daba cuenta de que se había vuelto horrible; era el rostro de Carol, sí, pero me pareció cruel, ávido y monstruoso.

14

Un par de cejas

POR EL CORONEL HALSTOCK

La mañana del viernes después de Navidad llegué a Flaxmere temprano. Me sentía viejo, vacío y estresado.

Parkins me abrió la puerta. Él también parecía más viejo y preocupado.

—Discúlpeme usted, señor, pero hay algo que me gustaría comentarle en privado y que tal vez tendría que haberle contado antes, pero no pensé que tuviera la menor importancia y tampoco deseaba ofender a nadie, y una promesa es una promesa, por supuesto, aunque en un caso de estas características no es fácil saber cuáles son las obligaciones de uno.

Se me ocurrió en ese momento que había algo patético en Parkins: obviamente, el ayuda de cámara del difunto sir Osmond trataba de ser leal a la familia y sin embargo, por algún motivo, había llegado a la conclusión de que otra obligación estaba por encima de esa lealtad. Al releer la noche anterior las notas que había tomado el día del crimen, me di cuenta de que había algo que debía preguntarle a Parkins. Ahora, él mismo se disponía a proporcionarme la respuesta.

Me siguió hasta la biblioteca y allí procedió a darme más explicaciones.

—El inspector Rousdon me preguntó al respecto ayer mismo, señor, y por algún motivo no fui capaz de contárselo, pero después comprendí que tenía que decírselo a usted, señor, ya que es amigo de la familia y por tanto lo entenderá, quizá, aunque tampoco es que sea nada demasiado importante, si bien considero que todas las idas y venidas de aquella noche deberían, tal vez, ponerse en conocimiento de las personas adecuadas.

—Y bien, ¿de qué se trata, Parkins? —pregunté en tono de impaciencia. Me compadecí del pobre hombre, pero no me sentía capaz de seguir soportando sus divagaciones—. ¿Va usted a contarme por qué motivo le entregó un mensaje a la señorita Wynford la tarde del día de Navidad?

Parkins se quedó estupefacto. Entreabrió ligeramente los labios, lo cual le otorgó un ridículo aspecto de rana.

—¿Mensaje, señor? Caramba, sí, tiene usted razón. Me había olvidado del mensaje, aunque por supuesto ahora lo recuerdo porque el mensaje tenía que ver, por así decirlo, con el coche. Era el coche de Ashmore, señor. ¿Se acuerda usted de Ashmore, el hombre que conducía el viejo Daimler de sir Osmond? Pues bien, señor, fue Ashmore quien estuvo aquí el día de Navidad, en ese mismo coche que ahora conduce en Bristol. Llegó después de comer, señor, con un mensaje para la señorita Carol y la señorita Jennifer en el que les daba las gracias por no sé qué cesta de Navidad que ellas le habían enviado, cosa que sin duda debió de agradecer mucho al no hallarse el pobre hombre en unas circunstancias económicas agradables, y le pareció correcto expresar su gratitud de inmediato, aunque ellas consideraron que era mejor no comentarle a sir Osmond que Ashmore estaba aquí, por lo que yo actué en consecuencia, pues no deseaba causar problema alguno y por otro lado, como usted sabe, sir Osmond es un caballero al que no le gusta que lo importunen, si me perdona la libertad.

Así que ese era el coche que Caundle había visto en la verja cuando entraba en Flaxmere. Dado que Jennifer y Carol habían hecho prometer a Parkins que no diría nada, comprendí que dudara a la hora de contarme la visita de Ashmore. Le pregunté a qué hora había llegado Ashmore.

—Poco después de comer, señor. Informé a la señorita Jennifer durante la ceremonia del árbol de Navidad, y ella salió inmediatamente después para hablar con Ashmore y le pidió que se quedara a tomar el té. Pero más tarde, señor, cuando llegó al comedor de los sirvientes la noticia de que había ocurrido algo, aunque por entonces ninguno de nosotros sabía que se trataba de una tragedia, sino que solo sabíamos que se había producido un accidente, Ashmore dijo que era mejor que se marchara y me rogó encarecidamente que hiciera saber a las señoritas Jennifer y Carol que les estaba muy agradecido por su amabilidad. Así que me dispuse a entregar el mensaje, pero al no encontrar a la señorita Jennifer fui a buscarla a su habitación. Supongo, señor, que sabe usted cuál es, la que está al final del pasillo. Allí encontré a la señorita Carol, así que le entregué el mensaje a ella, quien al parecer ignoraba que hubiese sucedido algo malo, así que le conté que se había producido un accidente en el estudio.

Le pregunté si recordaba a qué hora había encontrado a Carol.

—No sabría decirlo, señor, pero no había nadie en el salón; habían ido todos al estudio, creo.

Carol, por tanto, no había vuelto al salón. No se sentía capaz de enfrentarse a los demás y por eso se había refugiado en la habitación de Jennifer, esperando a que se diera la alarma para poder unirse al grupo y pasar desapercibida en mitad de la confusión, de modo que su agitación se considerase natural dadas las circunstancias.

Le dije a Parkins que podía marcharse y me senté a meditar el plan de acción. Dejando a un lado mi implicación personal, el caso era difícil. Teníamos pocas pruebas que apuntaran directamente a Carol y no resultaba fácil saber si encontraríamos algo más.

En ese momento llegó Rousdon y le pedí con impaciencia que me contara qué había hecho con Witcombe y qué había podido sacarle.

Rousdon estaba insatisfecho y gruñón. Antes de marcharse de Flaxmere el jueves por la tarde, había descubierto que ni la señora Wynford ni la señorita Portisham ni el resto de los miembros de la familia que habían visto a Santa Claus entrar en el salón con los petardos podían jurar que se tratara de Witcombe. De lo único que estaban seguros era de que se trataba de alguien con un disfraz idéntico, que llevaba la capucha bajada hasta los ojos. No se habían fijado especialmente en él, por supuesto, pues en aquel momento habían asumido que se trataba de Witcombe, pero era obvio que algunos de ellos habían llegado más tarde a la conclusión de que podía tratarse de otra persona, por lo que habían sido muy prudentes en sus declaraciones a Rousdon.

En la comisaría, Witcombe había solicitado tiempo para meditar bien las cosas y, al principio, había dicho que quería un abogado. No era algo fácil de solucionar un día festivo por la tarde y antes de que Rousdon hubiera conseguido localizar a un letrado, Witcombe había dicho que «si no lo estaban acusando de nada, sino simplemente solicitándole información», no necesitaba consejo legal. Era claramente inocente, sostenía, y estaba dispuesto a contar todo lo que sabía, pero necesitaba tiempo para pensar bien las cosas y recordar los detalles.

En primer lugar, había dicho que el fragmento de papel que contenía las notas de sir Osmond había caído de entre las páginas del *Tatler* cuando él estaba leyendo y, pensando que no tenía ningún valor, lo había arrojado al fuego. Más tarde dijo que quería retractarse de esas declaraciones y contar la verdad. Poco a poco, hizo una larga declaración. Sir Osmond, dijo, había hablado con él el martes por la tarde y le había contado que pensaba redactar un nuevo testamento, en el cual tenía intención de dejar una considerable suma a Jennifer siempre y cuando siguiera soltera en el momento en que él muriera. Según el anciano, el motivo de tal decisión era que le había dicho claramente a Jennifer que quería que se quedara en Flaxmere y que, en el caso de que ella accediera a sus deseos, estaba dispuesto a recompensarla de forma más que generosa. Insinuó, además, que esperaba que el futuro marido de Jennifer se diera cuenta de que valía la pena esperar. Sin embargo, sir Osmond sospechaba que Jenny tenía intenciones de arrojarse a los brazos del joven Cheriton: si eso ocurría, dijo, cuando él muriera se darían cuenta los dos de lo estúpidos que habían sido. Si le contaba todo eso a Witcombe era para que le dejara caer alguna que otra indirecta a Jenny y, quizá, incluso a Cheriton. Witcombe pensaba que, en cierto modo, a sir Osmond se le había metido en la cabeza la idea de reclutarlo como aliado a la hora de descubrir y frustrar cualquier plan de fuga que Jenny y Cheriton pudieran trazar.

Witcombe declaró que no había comentado ni una sola palabra de todo lo anterior a ningún miembro de la familia. No creía que pudiera influir en Jennifer y, en cualquier caso, tampoco se le había presentado la oportunidad de tratar el asunto con ella. Pero al terminar su conversación con sir Osmond, que tuvo lugar en el estudio, el anciano fue el primero en salir de la habitación. Witcombe se quedó cortésmente a un lado y, al echar un vistazo a la mesa, descubrió que la hoja de papel con los nombres y las cifras se había quedado allí. Movido por la curiosidad, se la guardó en el bolsillo. Sir Osmond no había dicho nada del resto de los herederos y Witcombe no podía evitar preguntarse qué tenía pensado el anciano para ellos. Le confesó a Rousdon que coger el papel «no había sido correcto», pero al parecer creía que su intención de devolverlo al estudio lo eximía de todo comportamiento deshonesto.

Había analizado la hoja en su habitación y, obviamente, se había regodeado de poseer la información que el resto de los miembros de la familia habían buscado en vano. La había guardado en la cartera, para tenerla preparada y aprovechar la primera oportunidad que se le presentara de colarse en el estudio vacío y dejarla junto al papel secante de sir Osmond. Tras los sucesos del día de Navidad, se le había olvidado hasta que Rousdon lo hostigó con sus preguntas. Entonces, dijo, se preguntó a sí mismo qué tenía la policía contra él, recordó la nota de sir Osmond y se inquietó, pues no podía explicar por qué estaba en su poder. Y por eso había decidido destruirla.

—Ahora me doy cuenta —le dijo a Rousdon— de que fue una estupidez por mi parte no entregarle el papel, por si usted sabía que había desaparecido y lo estaba buscando. Como es lógico, ahora no tiene la menor importancia, porque sir Osmond no llegó a cambiar el testamento.

Rousdon pensaba que la historia de Witcombe resultaba creíble. En cualquier caso, era poco probable que hubiera robado esa nota del bolsillo del difunto. En cuanto a los guantes, Rousdon estaba de acuerdo en que no constituían una prueba concluyente. Witcombe dijo que se los había puesto el día de Navidad para ir a la iglesia y que luego los había guardado en un cajón de su habitación; en la parte delantera del cajón, creía. Cualquiera podría haberlos cogido de allí. Witcombe se había disculpado por haber atacado al agente Mere y había justificado su actitud diciendo que se había asustado mucho cuando aquel hombre se le había echado encima. Ni siquiera, afirmó, se había dado cuenta de que era policía.

Cuando Witcombe terminó por fin su larga declaración y reveló todo lo que aseguraba saber, ya era más de medianoche. Rousdon se ofreció a enviarlo de vuelta a Flaxmere, pero a Witcombe no le hacía demasiada ilusión y había preferido quedarse, de forma voluntaria, en la comisaría. Por la mañana, cuando Rousdon había ido a verlo, Witcombe estaba durmiendo lo que Rousdon consideraba con ciertas dudas el sueño de los justos, pero más tarde un coche policial lo acercaría a Flaxmere.

El aspecto más importante de todo el asunto era la declaración de Witcombe según la cual sir Osmond no había ejecutado el nuevo testamento. Tras poner al día a Rousdon sobre la cuestión del testamento, señalé que dado que Witcombe conocía la situación, no podía tener motivos para asesinar a sir Osmond, ya fuera solo, con la ayuda de Carol o, incluso, de Jennifer. De hecho, si planeaba compartir la herencia con Jennifer o con Carol, le interesaba más que el anciano siguiera vivo.

Rousdon analizó mis notas sobre las cláusulas del testamento y la revisión propuesta.

—Me llama la atención que lady Evershot fuera la persona que más interés podría tener en impedir que se ejecutara el nuevo testamento —apuntó—. ¿Alguna posibilidad de que Witcombe le contara lo que su padre se disponía a hacer?

Me pareció bastante improbable, aunque aún no terminaba de creer que Dittie no conociera la identidad del asesino ni tuviera ninguna sospecha al respecto.

Rousdon me comentó a continuación el informe del experto en huellas dactilares. En la pistola había huellas de Jennifer. Estaban por todas partes, especialmente en el cañón y la culata, pero no en el gatillo. No se había encontrado ninguna otra huella. Era lo esperado, pues recordaba los comentarios de George que había oído por teléfono y, por otro lado, la propia Jennifer admitía haber tocado la pistola.

—Pero... ¿por qué iba a querer dejar sus huellas por todas partes? —insistió Rousdon—. ¿A quién creía que estaba protegiendo? Diría que tendríamos que analizar más a fondo los movimientos del señor Cheriton.

En los postigos se habían encontrado las huellas de la doncella, Betty Willett, pero Dittie también había dejado marcas.

—Lady Evershot cerró los postigos, de eso no tengo dudas —dijo Rousdon—. Es más, o abrió la ventana, o trató de cerrarla. Han aparecido huellas de sus dedos en la parte inferior de la hoja, como si hubiera intentado bajarla. En la parte superior, que es donde normalmente se ponen las manos para abrirla, no había marcas, así que yo diría que la abrió el asesino con los guantes puestos.

Le pregunté si habían encontrado alguna huella de sir David.

—Nada. Extraje unas cuantas de su cepillo de pelo, pero no encajan con las que hemos encontrado.

Así pues, mi teoría de que sir David hubiera entrado en el estudio por la ventana llevado por la curiosidad quedaba descartada. Difícilmente se habría puesto los guantes cuando había salido al camino de entrada para tomar un poco el aire y, de haberse encaramado al alféizar con las manos desnudas, forzosamente tendría que haber dejado huellas.

Pero Dittie intentaba proteger a alguien. Alguien que, pensaba ella, había usado aquella ventana.

Mientras Rousdon y yo nos mirábamos con aire sombrío y analizábamos esos problemas, alguien llamó a la puerta y entró la señorita Portisham con el hijo de George, Kit. El niño caminó con aire afectado, muy satisfecho de sí mismo, pero también un tanto nervioso. Por un momento, no entendí por qué tenía aquel aire tan absurdo. ¡Claro, eran las cejas! Llevaba unos penachos de pelo blanco pegados a las cejas. Estaban un poco torcidos y uno de ellos apuntaba hacia la sien, en una especie de gesto satírico.

—Me ha parecido —empezó a decir la señorita Portisham con timidez— que debían ustedes ver esto...

—Pero qué... ¡Aquí nos ocupamos de temas serios! —resopló Rousdon, molesto después de que lo interrumpieran con lo que parecía un juego infantil.

—¡Tengo las pestañas de Santa Claus! —canturreó Kit.

—No quiere decir dónde las ha encontrado —prosiguió la señorita Portisham en tono lastimero—, pero en el cuarto de juegos no estaban y Kit ha estado curioseando por la casa. Espero haber hecho bien.

—¿Dónde está el resto del disfraz? —le pregunté a Rousdon—. Se le debieron de caer a usted cuando se lo llevó.

Rousdon se puso muy rojo y dio la sensación de que iba a estallar. Se puso en pie de un salto y entró a toda prisa en el estudio, desde donde hizo una llamada a la comisaría de policía. Lo oí exigir que se pusiera al teléfono el p... inepto que se había llevado de Flaxmere el disfraz de Santa Claus, para guardarlo como «prueba A». Luego, enfurecido, le hizo una serie de preguntas.

—¿Las tienes ahí? Pues ve a buscarlas y tráemelas... ¡No! Aquí no, al teléfono. Y que el superintendente me confirme si las tenéis de verdad. Sabes distinguir entre unas cejas y una barba, ¿no? ¡Descríbemelas! Y ahora, léeme la lista de partes del disfraz que en su momento se recogieron en la sala de estar de Flaxmere. ¿Viste otras cejas? No, no en la cara de nadie, hijo de tu madre. Otras cejas como las que tienes ahí, sueltas, tiradas por ahí en Flaxmere. ¿Estás seguro? Hum.

Colgó el auricular en su soporte y volvió a la biblioteca.

Mientras escuchaba la mitad de ese acalorado diálogo desde la habitación contigua, me había dedicado a preguntarle a Kit dónde había encontrado las cejas, pero no conseguí sacarle nada. El niño también estaba interesado en la conversación telefónica y, en lugar de contestarme, ladeó la cabeza y empezó a saltar primero con un pie, luego con el otro.

—¿Lo ha oído? —exclamó—. ¿Con quién está hablando ese señor! ¡Ooh! Ojalá pudiera oír al otro hombre.

Rousdon entró hecho una furia y fulminó a Kit con la mirada.

—Ahora pórtate bien —advirtió— ¡y dime dónde las has encontrado!

El niño frunció el ceño y empezó a tartamudear.

—¡N-n-no! ¡N-n-n-no! —gritó.

La señorita Portisham se lo sentó en el regazo y trató de calmarlo, pero el niño empezó a darle patadas con rabia y a gritar aún más alto. Le recomendé a la señorita Portisham que lo llevara de vuelta al cuarto de juegos para ver si la niñera conseguía sacarle algo.

—Y quítele esas cosas de la cara y vuelva a traerlas aquí —ordenó Rousdon.

Se marcharon los dos.

—Ese es el primer vestigio del segundo disfraz de Santa Claus —le dije a Rousdon—. Quiero que dos hombres registren la casa a fondo en busca del resto. Si un niño ha podido encontrarlo, un policía también puede hacerlo.

—Si está aquí, le aseguro que lo encontrarán —resopló Rousdon.

Tenía la sensación de que estaba en la casa, y probablemente en la planta baja. Era un disfraz muy voluminoso como para llevarlo de un lado a otro sin que nadie se diera cuenta: la tarde del crimen hubiera sido casi imposible llegar a la escalinata principal sin ser visto. Por otro lado, tampoco habría resultado fácil acceder a la escalera posterior, que se hallaba justo al lado de la puerta del comedor de los sirvientes. Rousdon se marchó para poner en marcha la búsqueda.

La señorita Portisham regresó con las cejas.

—Kit ha cogido la cola que estaban usando para colocar fotos en un álbum y se las ha pegado con eso —explicó—. No estaban muy enganchadas. Es un niño muy difícil, la verdad. Lo he intentado de todas las maneras posibles, pero no he conseguido sacarle ni una palabra. Después de desayunar, cuando me iba arriba, lo he visto dando brincos al fondo del salón, más contento que unas pascuas. No tengo ni idea de dónde puede haberlas encontrado. He hecho lo que he podido, sinceramente, pero arriba se ha armado un buen jaleo porque Kit no deja de gritar como un histérico.

La puerta de la biblioteca se abrió de golpe y entró Patricia, ahora lady Melbury.

—En serio, coronel Halstock, en serio, ¿no le parece a usted excesivo someter a los pobres niños al cuarto grado, o como lo llamen ustedes, y aterrorizarlos de esa manera? Y señorita Portisham, creo que está asumiendo responsabilidades que no le corresponden. Si me hubiera traído el niño a mí, yo habría decidido la forma de proceder con él. Pero por el amor de Dios, ¡coger al niño sin decirle ni una palabra a su madre, traerlo ante unos desconocidos que no tienen ni la menor idea de cómo hay que tratar a los niños y darle un susto del cual puede que sus nervios no se recuperen jamás...!

La pobre señorita Portisham se encogió. Le empezaron a temblar los labios y me lanzó una mirada suplicante.

Hice todo lo que pude para poner paz y traté de hacerle entender a Patricia que las cejas que había encontrado Kit podían convertirse en una pista muy importante, por lo que era esencial que nos contara enseguida lo que sabía. No podía explicarle, claro, que de haberse hecho ella con el niño y las cejas, no habríamos podido estar seguros de si realmente las había encontrado, ni cuándo ni dónde. Es más, ella podría habérselas quitado y arrojarlas a la chimenea más cercana, por lo que solo nos quedaría la palabra de la señorita Portisham acerca de su existencia. Sí le recalqué, en cambio, que debíamos averiguar dónde había encontrado el niño esas pruebas. Me reservé mi opinión de que me parecía un mocoso consentido que gritaba como un poseso por una simple pataleta, y expresé sincera preocupación por el estado de sus pobres nervios. La señorita Portisham pareció relajarse durante la difícil conversación.

Antes de que hubiera conseguido librarme de Patricia, entró Gordon Stickland con su habitual piel suave y rosada, como si le acabaran de pulir el rostro. Sonreía, al parecer muy satisfecho de sí mismo.

—Entiendo, coronel, que desea usted saber de dónde ha sacado Kit esas «pestañas», como él las llama. ¡El muy bribón las ha encontrado en el armario que está debajo de la escalera! Sabe que no tenía que estar allí revolcándose en el polvo, claro, y por eso no quería decir nada. Pero yo se lo he sacado.

—¡Oh, Gordon! —le reprochó Patricia—. El pobre Kit ya está aterrorizado. Espero que no lo hayas vuelto a alterar. Es una criatura muy nerviosa, ya lo sabes, y yo siempre digo que no hay nada tan importante como la necesidad de proteger el sistema nervioso de un niño. ¡Nada en el mundo!

—Bueno, Patricia, no te indignes tanto por él. Está fresco como una rosa. Ve a verlo tú misma. Le acabo de enseñar un nuevo juego del escondite y, mientras jugábamos, me ha contado lo de las pestañas la mar de tranquilo. ¡Vámonos, pues! ¿Satisfecho, coronel?

Le di las gracias por lo que había hecho y por quitarme de en medio a lady Melbury, aunque esto último en silencio. Cuando regresaron todos al cuarto de juegos, me fui en busca de Rousdon e inspeccionamos juntos el armario que estaba debajo de la escalera. Era un espacio grande y oscuro que pasaba por debajo del tramo principal de la escalinata y desembocaba en el pasillo situado detrás del salón. Allí se guardaban toda clase de cachivaches: viejas mantas de coche, palos de golf, cestos, papel de estraza, palos de *hockey*, un juego de cróquet... Rousdon llamó a uno de sus hombres, que registró minuciosamente el armario con la ayuda de una linterna eléctrica —el armario no tenía luz—, pero no encontramos ni rastro del disfraz de Santa Claus. Kit tenía su propia linterna y, probablemente, había decidido que aquel armario enorme era un buen lugar para probarla.

Rousdon le dijo al agente que siguiera buscando en el resto de la casa y nosotros volvimos a la biblioteca para analizar la cuestión. El armario era, obviamente, un lugar perfecto para usarlo como vestuario en el caso de que alguien tuviera que ponerse un disfraz de Santa Claus y volver a quitárselo sin que nadie lo viera y lo más cerca posible del salón. La armería, por otro lado, también estaba cerca, lo cual resultaba conveniente. Me maldije por no haber registrado el armario desde el principio, pero en aquel momento no sabíamos que hubiera algo que buscar.

—Seguro que se lo ha llevado de la casa —refunfuñó Rousdon—. Eso en el caso de que exista un segundo disfraz. Será mejor que nos aseguremos de que esas cejas no estaban antes en la casa, que no formaban parte de ningún atrezo.

Interrogamos a Jennifer, a la señorita Portisham e incluso a George, con la idea de que quizá recordara alguna caja de utilería que pudiera guardarse en Flaxmere antes de que él se casara. Se mostraron todos convencidos de que no había nada parecido en la casa y, por otro lado, no encontramos nada que apoyara esa teoría ni en el armario ni en ningún otro sitio. George afirmó en tono campechano que esa clase de cosas no le iban. Jennifer dijo que nunca habían hecho muchas representaciones, excepto algún que otro juego de mímica improvisado por Philip Cheriton —que era bastante buen actor— durante la visita familiar de la última Navidad. No poseían ningún atrezo especial. La señorita Portisham lo confirmó. Recordaba las representaciones del año anterior y estaba bastante segura de que nadie había comprado vestuario de ninguna clase.

—Si le he llevado las cejas inmediatamente, coronel, es porque estoy segura de que no son propiedad de la casa —me dijo en tono de reproche.

—Entonces, ¿cómo sacó el disfraz de aquí? —meditó Rousdon. Para entonces ya se había registrado a fondo la casa, sin éxito—. Mis hombres han estado aquí todo el tiempo, vigilando a todo el que entraba o salía. ¡La ventana abierta! Siempre he pensado que no tenía mucho sentido abrir esa ventana pesada y ruidosa solo para tirar una llave que ni siquiera hacía falta tirar. Pero supongamos que el asesino quería entregarle el disfraz a un cómplice que esperaba fuera para... sir David, en realidad..., ¿para que se deshiciera de la ropa? ¿Qué haría con ella?

—¿Y las cejas? ¿Cómo volvieron al armario, que supuestamente es donde se disfrazó el asesino?

—A lo mejor no tuvo tiempo de ponerse las cejas, o se olvidó la cola. O... ¡claro! Al quitarse a toda prisa el disfraz, tal vez se olvidó de las cejas y cuando se dio cuenta sir David ya se había alejado. Así que se las despega, regresa al armario y las arroja al interior antes de volver al salón. ¡Lástima que no se le olvidara por completo quitárselas! Bien, vamos a centrarnos en sir David: estaba de vuelta en la sala de estar, o en la casa, antes de que se diera la alarma.

—¡El estanque! —exclamé. Supongo que tenía esa idea en la mente debido al sueño—. No tardaría más de unos minutos en correr por el césped, hacer un fardo con el disfraz y lanzarlo al agua. ¿O tal vez flotaría? Con poner una piedra en el fardo, y al final del estanque se encuentra la rocalla, sería suficiente. El fardo debe de estar cerca de la orilla. Lo encontraremos.

Por una vez, a Rousdon le gustó mi propuesta. A ninguno de los dos le convencía mucho la idea de que sir David hubiera representado el papel de cómplice, pero parecía poco probable que otra persona hubiera estado merodeando cerca de las ventanas del estudio y sir David no la hubiera visto.

—¡A mí me parece que solo otro chiflado lo elegiría como cómplice! —comentó Rousdon mientras se dirigía a dar instrucciones para que se trajeran rastrillos y azadas de la caseta del jardinero y se les ataran pértigas en el mango de modo que resultaran más largos. Luego mandó a sus hombres que rastrearan con ellos el fondo del estanque, cerca de las orillas.

15
Dittie se explica

POR EL CORONEL HALSTOCK

La investigación forense llevada a cabo el viernes por la mañana fue una breve formalidad en la que a George se le solicitó que reconociera el cadáver. A los demás miembros de la familia se les indicó que no se les iba a requerir más información y, por tanto, no estaban presentes. Las diligencias se aplazaron para la semana siguiente, por lo que Rousdon pudo regresar al estanque para ver cómo iban las operaciones de rastreo.

Por mi parte, le envié un mensaje a lady Evershot en el que le solicitaba que acudiera a la biblioteca para hablar conmigo. No había vuelto a verla desde la embarazosa comida que había compartido con la familia el día anterior y, en aquella ocasión, lady Evershot se encontraba en el otro extremo de la mesa, entre su esposo y Kenneth Stour. Me había parecido silenciosa y preocupada, pero también un poco nerviosa.

Cuando se reunió en la biblioteca conmigo, recordé los comentarios que había hecho mi esposa el día anterior. Dittie, pensé para mis adentros, no debe de tener más de treinta y dos años, pero cualquiera podría haberle echado fácilmente cuarenta, y no muy bien llevados. Nunca había sido tan atractiva como Eleanor, que poseía unas facciones perfectas y un gran talento para adoptar siempre la actitud correcta. Antes de que las dos jóvenes se casaran, sin embargo, siempre me había parecido que la más interesante de las dos era Dittie, pues era más alegre e inteligente. Ahora, como había dicho mi esposa, su mirada se había endurecido. Había algo impersonal en su expresión: el gesto de apretar los labios y el maquillaje descuidado le daban un aire rudo, que podría justificar que alguien la describiera como una mujer amargada de mediana edad.

Le pedí que me contara de nuevo, con todo detalle, qué había hecho exactamente la tarde del día de Navidad, después de conocer la noticia del asesinato. Para ponérselo más fácil, le dije que comprendía perfectamente que todos los miembros de la familia estuvieran alterados cuando yo había procedido a interrogarlos aquella tarde y que tal vez ahora pudiera proporcionar un relato más claro de los acontecimientos.

Estaba sentada enfrente de mí y la luz de la ventana le iluminaba de lleno la cara. Tenía las manos unidas sobre el regazo y, antes de empezar a hablar, las apretó con fuerza y respiró hondo, como si se estuviera preparando para hacer un gran esfuerzo. Miró por encima de mi hombro, hacia la ventana.

—Estaba sentada en la salita de estar con varios de los miembros de la familia. Me hallaba en estado de alerta, supongo, porque estábamos todos esperando que nos llamaran al salón para el último acto de la farsa de Santa Claus que había preparado mi padre. Entró Oliver Witcombe, aún con el disfraz de Santa Claus, nos miró a todos y se fue directamente hacia George, que estaba toqueteando los botones de la radio. Vi que pasaba algo. No, no me pregunte cómo pude verlo. No vi nada, lógicamente, pero fue uno de esos momentos en que una se da cuenta de que algo flota en el aire. Oliver habló con

George en voz baja y yo me levanté para aproximarme a ellos y me senté muy cerca. Los demás no parecían haber notado nada extraño. En mi caso, supongo que vivir con David me hace especialmente sensible a los sentimientos de los demás. Usted sabe, entiendo, que David es…, bueno, inestable. Padece una grave neurosis de guerra, por lo que es frecuente que se altere.

Lady Evershot hablaba casi como si yo no estuviera allí, como si estuviera recordando la escena por motivos que solo ella conocía. Hizo una pausa y se volvió a mirarme.

—Le cuento todo esto como amiga, coronel Halstock. Entiendo que es irregular, ya que usted me está interrogando como jefe de la policía, pero me resulta más fácil explicar las cosas de este modo, si a usted no le importa. El otro día fui una tonta porque estaba…, bueno…, asustada, así que me mostré cautelosa. No creo haberle contado ninguna falsedad, pero no le conté todo lo que podría haberle contado. Intentaré compensarlo ahora. Ayer, después del asunto de las huellas dactilares, supe que tendría que dar explicaciones, aunque usted no me las hubiera pedido.

—Adelante, Dittie. Cuénteme las cosas a su manera —la apremié—. Estoy seguro de que me consideran ustedes un hombre zafio y sin tacto, pero estoy haciendo todo lo posible por ayudar y me siento profundamente apenado por todos ustedes.

—Sí —afirmó Dittie con aire distraído—. Es terrible. —Luego, de repente, preguntó—: ¿No tendrá a algún policía escondido por ahí, tomando notas en taquigrafía?

La tranquilicé diciéndole que se trataba de una conversación privada, aunque si me contaba algo relevante para el caso, tal vez tuviera que pedirle más tarde que hiciera una declaración formal. Asintió, miró de nuevo por la ventana y prosiguió:

—Iba por el momento en que me acerqué a George y a Oliver en la sala de estar para averiguar qué ocurría. Intento explicarle los motivos de que yo, como probablemente ya sabe, llegara al estudio antes que los demás. Pronto comprendí que ocurría algo grave en el estudio y no me quedé a escuchar los detalles. George estaba empezando a ponerse nervioso pensando en lo que debíamos hacer. Me escabullí de la salita de estar, crucé el salón y entré en la biblioteca.

—¿No entró usted por la puerta que comunica el salón directamente con el estudio? —le pregunté.

Dittie se volvió hacia mí con una mirada de ligera sorpresa.

—No. La verdad es que no sé por qué, excepto que solemos entrar en el estudio por la biblioteca. Encontré la puerta del estudio cerrada, pero la llave estaba puesta, así que la abrí y entré. Vi a mi padre..., bueno, ya sabe usted cómo estaba. Me acerqué a su mesa para ver qué había ocurrido. Había una pistola sobre la mesa y, justo detrás de él, una ventana abierta. Claro, pensé, alguien ha entrado por la ventana y le ha disparado. No sabía qué hacer. Tenía la sensación de que debía hacer algo, pero la mente no me respondía. Solo podía pensar en la ventana, así que me acerqué para bajarla, pero estaba encallada. Pensé que solo disponía de unos minutos, así que cerré los postigos y los enganché. Justo cuando me volvía, la puerta se abrió y entró Hilda, seguida de varios miembros de la familia. Lógicamente, ahora me doy cuenta de que lo que hice fue una solemne tontería. Que si las cosas habían sucedido como yo pensaba, no había ayudado en absoluto. En absoluto. Pero no podía pensar con claridad.

Hizo una pausa, pero deduje que era solo con la intención de encontrar las palabras para el resto de su relato. No tardó en empezar a hablar de nuevo, con una voz débil y cansada:

—Coronel, supongo que sabe usted lo que pensé y por qué estaba tan desesperada. Había visto a Kenneth el martes en casa de los Tollard. Él no se lo contó porque dedujo que yo no se lo había mencionado y no quería que usted empezara a pensar que yo le ocultaba secretos. Nadie más, a excepción de David, sabe que estuve allí. Dijimos que íbamos a comer con los FitzPaine en Manton y, de hecho, David fue allí, pero antes me dejó en casa de los Tollard. Tenía que ver a Kenneth. Llevaba un año en Estados Unidos y acababa de regresar. No quería contárselo al resto de la familia, porque todos hubieran empezado a murmurar y a recordarme cuál es mi obligación. Prefería que no supieran nada.

No veía qué relación podía tener su visita a los Tollard con el caso, pero le recordé que no debía ocultarme ningún hecho que pudiera considerarse relevante.

—Sí, lo sé —dijo ella sin energías—. He tomado una decisión y seguiré adelante cueste lo que cueste. Se preguntará usted por qué David participa en esto. No es fácil de explicar, porque David es un hombre profundamente contradictorio, pero me aprecia y quiere que siga a su lado. Al mismo tiempo, sin embargo, se da cuenta de que es un marido muy difícil. Aun así, en general nos llevamos bien y nos comprendemos el uno al otro. Sabe que le tengo cariño a Kenneth y que haré lo que sea para verlo, así que tiene la sensatez de no montar un escándalo. No soporto ocultar cosas ni fingir, y cuando tengo que hacerlo me siento fatal.

»Bien, el martes hablé con Kenneth y me pidió, no por primera vez, que dejara a David y me fuera con él. Le dije que no podía..., no por una cuestión moral, sino porque soy cobarde. Me produce un intenso pavor la idea de ser pobre... o lo que yo considero pobre, es decir, no poder disfrutar de todas las comodidades ni poder pagar a otros para que se ocupen de todas las cosas molestas ni poder viajar y huir de mí misma. Ya sé que es despreciable, pero esas son las cosas que hacen la vida tolerable. Supongo que no cree que yo esté realmente enamorada de Kenneth. Ahora es rico, lo sé, pero el mundo del teatro es muy incierto y los actores, incluso los de éxito, acaban demasiado a menudo en la más absoluta pobreza.

»Consideraba que teníamos dos posibilidades. Quedarnos en Londres, lo cual significaba que me encontraría constantemente a los amigos de David, o a Eleanor y sus amigos. Me considerarían una sinvergüenza y, si bien desprecio sus opiniones, no puedo enfrentarme a ellos. O podíamos marcharnos al extranjero, como insinuó Kenneth, y, entonces, su carrera se iría al garete y acabaríamos en la miseria. Y, sabe, en caso de marcharme con Kenneth, yo quedaría excluida del testamento de papá. Eso era indudable, así que no podía arriesgarme a perder lo que consideraba que me pertenecía por derecho y que tanto significaba para mí. Comodidades y seguridad... lo son todo para mí. No puedo correr riesgos. Cuando se lo dije a Kenneth, me contestó en un tono bastante amargo que tras la muerte de mi padre, cuando los dos fuéramos demasiado mayores para preocuparnos por lo que opinen los demás, tal vez sí acudiría a él.

»Recordé esas palabras cuando vi la ventana abierta. Ahora, por supuesto, me doy cuenta de que fue una idea absurda, pero no podía pensar. Estaba convencida de que Kenneth le había disparado a mi padre; y eso me convertía a mí también en su asesina, porque yo le había dado a Kenneth la idea de que esa era la única forma que tenía de conseguirme. Cerré los postigos, ya que no pude cerrar la ventana, para que ustedes no supieran que alguien había entrado desde fuera. Cuando vi a Kenneth al día siguiente, pensé que había venido de inmediato a comprobar si yo había cambiado de idea respecto a él. Y no había cambiado de idea, lo cual en cierto modo era la parte más espantosa de todo el asunto. Me había pasado la noche en vela, analizando la situación. Papá estaba muerto, lo cual seguramente me dejaba en una buena posición económica. Por tanto, sería factible que me marchara con Kenneth. Sí, soy una cobarde; no quería arriesgar nada; quería sentirme segura. Y, aun así, no estaba dispuesta a marcharme con él. No era solo por el qué dirán: es terrible sentir que todo el mundo te desprecia, pero siempre podía alejarme de los demás. Era por... por David. —Se le quebró la voz. Le brillaban los ojos y una lágrima le corrió por la mejilla—. Depende tanto de mí... Si fuera un hombre brutal, podría dejarlo. La historia de la locura heredada, por cierto, es mentira. Solo es neurótico, debido a la neurosis de guerra. Pero él no tiene la culpa de eso. ¿No cree que sería terriblemente mezquino por mi parte abandonarlo, cuando soy la única persona que puede ayudarlo?

Dejó caer la cabeza y apoyó la frente en una mano para ocultar la cara mientras se secaba las lágrimas.

Creí entenderla. Si bien había admitido de un modo bastante perverso que la cobardía y la mundanidad eran los motivos por lo que se había negado a huir con Stour, la honraba la determinación de quedarse junto a su esposo y ayudarlo en todo lo que pudiera.

Traté de tranquilizarla y le dije que había aclarado muchas cosas, pero que quería hacerle unas preguntas. Para empezar, ¿qué la había convencido de que Kenneth no era el asesino? ¿Había encontrado alguna pista?

—No —me dijo—. Estamos todos completamente a oscuras. Ojalá pudiera usted llegar al fondo del asunto... Bueno, al menos yo estoy a oscuras; pero a todos nos da mucho miedo averiguar la verdad. No es que tengamos sospechas fundadas, sino que todo esto es un caos absoluto. Kenneth dijo que él no pudo haber sido; estoy convencida de que decía la verdad y supongo que habrá por lo menos media docena de personas que pueden testificar que estuvo en la fiesta de los Tollard toda la tarde. Aunque eso ya lo sabe usted, claro.

Le pregunté si había sospechado en algún momento de sir David. Me miró asombrada.

—¡David! Pero... ¿por qué iba a querer hacerlo? No pensará usted que fue él, ¿verdad? ¡No tenía el más mínimo motivo! Además, si hubiera hecho algo tan terrible, no podría habérmelo ocultado. Yo me habría dado cuenta de que pasaba algo.

Le pregunté si recordaba los movimientos de su esposo aquella tarde.

—Al principio David estaba en la biblioteca, luego salió y regresó al cabo de unos diez minutos. Más tarde me contó que había salido por la puerta principal para tomar un poco el aire.

Sé que lo hace a menudo y supongo que quería alejarse del ruido de los petardos. No soporta las detonaciones. Yo le había pedido a papá que no hubiera petardos y él me había prometido que no los habría, así que me sorprendió oírlos. Supuse que mi padre había decidido, como era habitual en él, que mi susceptibilidad carecía de interés.

—¿Recuerda usted quién se encontraba en la biblioteca cuando entró Witcombe? —le pregunté.

—Desde luego, porque me fijé antes de salir. Creo que estaba intentando averiguar cómo se comportarían y qué clase de alboroto se iba a armar. Me parece que el día de Navidad le dije que no me acordaba. Y era cierto... entonces. No conseguía pensar en nada que no fuera lo que creía que Kenneth había hecho y la forma de protegerlo. Pero ahora estoy segura de que Gordon estaba allí, con Shakespeare y el crucigrama del *Times*.

—¿Shakespeare? —pregunté, pensando que se trataba de un invitado que hasta entonces nadie había mencionado.

—Sí, las obras de Shakespeare —se explicó Dittie con un amago de sonrisa—. Era un crucigrama especial, todas las definiciones estaban sacadas de las obras de teatro. George también estaba allí, como ya sabe. Y David también, pues ya había vuelto. Y cuando volvió estaba bastante tranquilo, impertérrito. Lo cual demostraría que no pudo hacer nada horrendo al salir, ni siquiera haberlo descubierto. Creo que no había nadie más. Patricia y Eleanor se habían dirigido al salón al empezar los petardos y la tía Mildred había ido a buscar sus labores.

—¿La señorita Melbury no había vuelto? —le pregunté.

—No, estoy segura de que no había vuelto.

—¿Y Philip Cheriton? —le pregunté.

—No, no estaba allí. Y Jennifer tampoco.

Le pregunté si recordaba quién estaba en el salón, pero negó con la cabeza.

—Lo crucé sin detenerme. Estaban los niños y varios adultos, pero la verdad es que no me fijé. Creo que no puedo darle ningún detalle más.

Le formulé una última pregunta. ¿Se había hablado en algún momento del nuevo testamento que sir Osmond había hecho o tenía intención de hacer? ¿Creía que su padre le había comentado a alguien el modo en que pretendía repartir su patrimonio?

—Estoy segura de que no se lo había dicho a ninguno de sus hijos. Todos sospechábamos que la señorita Portisham debía de estar informada, pero difícilmente podíamos preguntárselo, claro. Hablábamos mucho del tema. Los demás siempre estaban preocupados por lo que papá les iba a dejar. Yo también, ¡por supuesto! Era tan mala como los demás; peor, tal vez. Pero no, ninguno de nosotros sabía nada y seguimos sin saber nada.

Pensé que decía la verdad. Antes de marcharse, se volvió hacia mí y dijo:

—Me alegra haberme quitado este peso de encima. Usted y su esposa siempre han sido muy amables conmigo. Me alegra que ahora sepa todo esto. Lo he pasado bastante mal, pero en cierto modo es un alivio saber en qué situación estoy. Siempre creí que la muerte de mi padre tal vez cambiara las cosas, y ahora veo que no es así y me doy cuenta de que tengo que quedarme como estoy y aguantar hasta el final. He tomado mi decisión.

¡Pobre Dittie! Tenía un futuro bastante sombrío, unida para siempre a un esposo taciturno y desequilibrado. Pero si conseguía convertirlo en una ocupación, desde luego sería mucho más honorable que una huida con Kenneth Stour.

Intentaba transmitirle esa idea a Dittie cuando oímos a alguien llamar tímidamente a la puerta.

—¡Adelante! —dije.

Apareció la señorita Portisham y enseguida se retiró deshaciéndose en disculpas. Dittie corrió tras ella y la hizo entrar. Llevaba un montón de hojas mecanografiadas y grapadas.

—Espero haber hecho bien al traerle esto, coronel Halstock —dijo.

Por un momento me había olvidado de lo que Kenneth llamaba «los deberes», así que la miré sorprendido.

—Mi relato de los sucesos... del terrible día —se explicó—. Espero que sea lo que me ha pedido. Me he esforzado, como usted pidió, para escribir como si no hubiera ocurrido nada. Me temo que muchas de las cosas que he escrito le parecerán triviales, aunque es difícil juzgarlo, por supuesto. He hecho todo lo posible por escribir solo lo que vi y los detalles en los que me fijé.

Ahora que tenía aquellas páginas pulcramente mecanografiadas entre las manos, no pude evitar la tentación de sentarme a echarles un vistazo para comprobar si contenían algún detalle significativo. Me salté las prolijas explicaciones del principio y lo que parecían los acontecimientos sin importancia de la mañana de Navidad, hasta que me llamó la atención la frase «Sir Osmond me dijo entonces que se iba al estudio». Seguí leyendo, y así fue como llegué al inesperado detalle de la carta anónima. Supongo que se me debió de escapar una repentina exclamación de asombro, pues oí un discreto gritito de sorpresa de la señorita Portisham y solo entonces me di cuenta de que seguía allí, obviamente sin saber si podía marcharse o no.

—Es por esa carta mecanografiada y sin firma que recibió sir Osmond... ¿Cuándo fue? La mañana de Navidad. Podría ser importante. ¿Por qué no hemos sabido nada hasta ahora?

—Lo cierto es que no pensé que fuera importante. Todo es tan... tan raro. Me cuesta mucho, coronel Halstock, saber lo que debo hacer. En circunstancias normales, no le habría mencionado esa carta a nadie, como es lógico, pues evidentemente se trataba de un asunto privado de sir Osmond. Nadie me preguntó por ella, claro, y lo cierto es que no me vino a la mente hasta que empecé a escribir este relato. Fue entonces cuando pensé que podía tener alguna relación con el caso, aunque lógicamente solo es una suposición mía. Espero haber hecho bien al mencionarla ahora. No quisiera tener la sensación de que soy culpable de un abuso de confianza.

Me pregunté qué más habría ocultado aquella joven en aquella caja fuerte secreta que era su mente, pero al parecer no se le ocurría nada aparte de lo que ya había mencionado en el relato. En cuanto a la nota mecanografiada, al parecer la señorita Portisham la había encontrado en la mesa del salón, donde habitualmente se dejaban las cartas y los periódicos, y se la había llevado a sir Osmond. Suponía que la nota se había entregado en mano, porque no tenía sello ni matasellos, pero no sabía quién la había traído. El sobre era normal y corriente. De hecho, se parecía a los que se guardaban en el estudio, los que ella usaba habitualmente para las cartas de negocios de sir Osmond. Después de leer la nota, sir Osmond había estudiado atentamente el sobre, tras lo cual lo había roto y había arrojado los fragmentos a la papelera. La carta la había doblado y se la había guardado en el bolsillo delantero de la chaqueta. La señorita Portisham se había fijado en que estaba mecanografiada en una hoja pequeña de papel blanco, que también se parecía a las que se guardaban en la bandeja de material de escritorio que estaba en la mesa de la máquina de escribir, en el estudio, aunque no estaba segura de que fueran exactamente iguales. Sir Osmond no había dicho nada tras leer la nota, «excepto algo que sonaba como "Hum"».

—¿Cree usted que la escribieron con su máquina? —le pregunté.

—Oh, coronel Halstock, ¡ni siquiera se me había ocurrido pensarlo! Pensé lógicamente que la carta la había traído alguien a Flaxmere, alguien que la había escrito para concertar una cita con sir Osmond. Una nota para acordar una llamada telefónica con sir Osmond, supuse.

—¿Dijo algo de alguna llamada?

—Oh, no, se me ocurrió a mí que podía tratarse de una llamada. Me pareció lo más probable. Desde luego, no llegó ninguna visita.

—Ni tampoco se recibió ninguna llamada, que nosotros sepamos —señalé.

La última vez que la señorita Portisham había usado la máquina de escribir había sido la mañana del día antes de Navidad (martes). Estaba segura de que desde entonces no la había vuelto a tocar, hasta que se la llevó del estudio el día después de Navidad. El martes por la tarde el estudio estaba vacío, pues sir Osmond había salido a dar un paseo con Kit y Enid, y la señorita Portisham había estado muy ocupada en la casa con los preparativos navideños. No le constaba que los demás miembros de la familia escribieran a máquina, a excepción de Jennifer, que en una ocasión le había pedido a la señorita Portisham que le enseñara y practicaba de vez en cuando con la máquina.

—No ha adquirido velocidad, desde luego —explicó la señorita Portisham en un tono condescendiente—, pero conoce el funcionamiento de la máquina, sabe cómo abrirla y volver a poner la tapa. Jamás la habría dejado tal y como la encontramos, es decir, con la tapa mal colocada.

El señor Cheriton sabía escribir a máquina y, en una visita anterior, se la había pedido prestada para trabajar. También sabía colocar la tapa, de eso estaba segura la señorita Portisham. No podía decir si los demás habían usado alguna vez una máquina de escribir.

Tuve la sensación de que debíamos buscar entre los no iniciados, y no entre los mecanógrafos experimentados, al autor de la carta anónima que no había sabido colocar correctamente la tapa. Cualquiera podía abrir la máquina y escribir unas cuantas palabras con las teclas. Le dije a la señorita Portisham que podía retirarse y fui a contarle a Rousdon la última pista. Le pedí que no volviera a tocar la máquina, pero temí que ya fuera demasiado tarde para encontrar posibles huellas dejadas por el mecanógrafo desconocido.

Al recordar que George había dicho muy claramente que sir Osmond esperaba una llamada, lo interrumpí mientras examinaba con expresión sombría algunos documentos de su padre y le pregunté qué sabía exactamente sobre la llamada en cuestión. Admitió sin demasiado entusiasmo que no sabía nada. Dijo que había oído a alguien, probablemente la señorita Portisham, decir que sir Osmond esperaba una llamada de teléfono y que había dado por hecho que así era y, tras un gran esfuerzo de su imaginación por lo general limitada, había asumido que era su padre quien había acordado la llamada. No conseguí que entendiera que al proporcionarnos «información» de esa clase, lo que hacía era confundirnos. Insistió en que había obtenido dicha información de una fuente fiable y, por tanto, «sabía» muy bien lo que decía..., hasta que resultó que lo que sabía era incorrecto.

—Todos cometemos errores —dijo sir George—, pero parece que este lo ha cometido la señorita Portisham, la mujer que siempre tiene razón. Es inútil que me culpe a mí. Sería como si me culpara por apostar mi dinero a un caballo ganador que luego tropieza con sus propias patas. No tengo la culpa.

Pensé que no valía la pena insistir.

16

Los «deberes»

POR EL CORONEL HALSTOCK

Aún no era mediodía; los débiles rayos del sol iluminaban el jardín invernal. La mayoría de los residentes de Flaxmere se habían acercado paseando hasta el estanque para ver qué ocurría. No había ni rastro de Jennifer ni de la señorita Melbury, pero Eleanor, envuelta en pieles, estaba elegantemente sentada en un banco. Sir David se hallaba tras el respaldo, siguiendo la operación con aire sombrío.

—¡Querrán pescar al asesino desaparecido, supongo! —conjeturó cuando pasé tras él.

Patricia, también envuelta en pieles, reñía a los niños junto al borde del estanque mientras Gordon Stickland hacía el tonto dando saltos en el trampolín para divertir a los niños, que brincaban alegremente por todas partes. Carol bajó corriendo por el sendero, con la melena dorada al aire, perseguida por Kit. El niño me informó con un agudo chillido que estaban pescando la barba de Santa Claus. Carol me saludó alegremente. Es una de esas jóvenes que siempre dan la sensación de haberse criado muy bien, aunque uno sepa que nunca ha contado precisamente con mucho dinero. Suele llevar ropa confeccionada a medida, cosa que según mi esposa es difícil hacer bien de forma económica, pero Carol posee una de esas figuras esbeltas y elegantes a las que todo parece sentarles bien. Eximí a Rousdon de la supervisión de los trabajos de búsqueda y paseamos hasta el otro extremo del estanque. Me dijo que aunque llevaban más de una hora rastreando el fondo y habían encontrado una curiosa mezcla de objetos, entre ellos un termo y un carrete de película fotográfica, no habían descubierto nada relacionado con Santa Claus.

Le pedí que enviara a unos de sus hombres a requisar la máquina de escribir de la señorita Portisham y que la examinaran a fondo en busca de huellas, aunque tenía pocas esperanzas de encontrar otras que no fueran las de ella. Le dije también que la señorita Portisham me había dado información sobre la carta mecanografiada, pero no le comenté nada sobre el relato escrito, que había decidido guardarme al tratarse de algo muy poco ortodoxo. Al parecer, el experto en huellas dactilares que había analizado el estudio había decidido ignorar la máquina de escribir para concentrarse en la mesa de sir Osmond, en la ventana y en los demás objetos de esa zona de la estancia.

—Hay algo en todo esto que no me gusta —dijo Rousdon—. Coge la máquina de escribir con la excusa de que tiene que hacer no sé qué, deja sus huellas por toda la tapa con el pretexto de mostrarle a usted cómo debería encajar la tapa y, una vez logrado su propósito, se acuerda de hablarle acerca de la nota manuscrita.

—Pero dado que no ha aparecido, podría no haberme dicho nada —señalé—. Y eso, por cierto, es lo que el asesino supuestamente buscaba en los bolsillos de sir Osmond, así que es poco probable que lleguemos a encontrar la nota.

Rousdon dijo que haría unas cuantas preguntas para averiguar si la carta se entregó en mano en la casa, pero tampoco teníamos muchas esperanzas en ese sentido.

—¡A ver qué le parece! —exclamó—. Alguien podría escribir a sir Osmond y decir que quería comunicarle una información muy importante, pero que tenía que hacerlo en secreto, y pedirle que estuviera en su estudio y dejara la ventana abierta. De ese modo, el desconocido podría entrar sin que nadie lo viera.

Me pareció demasiado rebuscado. ¿Por qué el desconocido no le pidió a sir Osmond que se encontraran fuera de la casa, en lugar de arriesgarse entrando por la ventana? Además, si el asesino ya estaba en la casa —cosa que hacía pensar la pistola de la armería—, ¿por qué iba a adoptar la peligrosa estrategia de salir de la casa y volver a entrar por una ventana? Cierto, sir David había salido de la casa al parecer sin que nadie lo viera, pero no podía estar seguro de que había sido así. Y... ¿quién podía estar seguro de que sir Osmond aceptaría un plan tan descabellado y dejaría la ventana abierta?

Dejé a Rousdon y me alejé del estanque por el sendero de losas que pasaba junto a las ventanas del estudio y conducía al jardín trasero, que estaba rodeado de garajes y demás edificios anexos. Quería hacer una inspección en busca de otros posibles escondrijos, ya que al parecer en el estanque no estábamos obteniendo resultados.

Bingham estaba lavando el Sunbeam en el patio. Apartó la vista del radiador, que en ese momento estaba limpiando, y preguntó:

—¿Han encontrado algo, señor?

El descubrimiento de las cejas ya era de dominio público y

a quienes habían entendido enseguida que estábamos buscando un segundo disfraz de Santa Claus les había faltado tiempo para contárselo a los demás.

—Soy de la opinión, señor, aunque hablo como aficionado, claro, que el disfraz ese ya no está aquí —afirmó Bingham—. No lo encontrará, señor, aunque espero que sí, claro.

Me pregunté si aquel hombre sabría algo y, para ponerlo a prueba, le dije que nadie había tenido demasiadas oportunidades de llevarse nada de Flaxmere.

—Están las camionetas de los repartidores, señor —se aventuró.

—Me cuesta creer que un repartidor no hubiera dicho nada tras haber encontrado en su camioneta un disfraz entero de Santa Claus, menos las cejas —señalé.

—Bueno, puede que no —convino Bingham en tono triste. Se rascó la cabeza mientras pensaba—. Bueno, el día de Navidad estaba Ashmore con su coche, claro. El pobre Ashmore es un buen hombre, señor. Haría lo que fuera por su familia, se lo aseguro, y me sabe muy mal que el pobre pase apuros solo porque ya está un poco anticuado. No le deseo nada malo, aunque ahora yo tenga su trabajo. Pero si alguien le pidiera que se llevara un paquete y no dijera nada... ¿se negaría él, sin saber que estaba haciendo algo malo? A lo mejor lo arrojó al río, desde el puente colgante. Pero bueno, yo no quiero meterme donde no me llaman, señor —se apresuró a añadir—, que me parece que he hablado más de la cuenta. Es que no sé, se me ha ocurrido. No creo que tenga mucho sentido, pero claro, como estamos todos pensando dónde puede haber ido a parar el disfraz ese, pues se me ha ocurrido esa idea.

—No pasa nada por contármelo, aunque sinceramente no creo que tenga mucho sentido. Y será mejor que no se la repita a nadie. Podría considerarse una calumnia, ¿sabe? —No quería que aquel hombre fuera por ahí sembrando sospechas infundadas sobre el pobre Ashmore—. Supongo que no ha visto nada sospechoso, ¿verdad? Que aquella tarde no vio a Ashmore hablando con nadie fuera de la casa...

—¡Qué va, señor! Ashmore estaba en el comedor de los sirvientes con todos los demás, y fue entonces cuando recibimos la noticia de que había pasado algo. Ashmore dijo que él mejor se iba y se fue. Y una cosa le digo, señor, yo nunca diría nada malo de él, se lo juro. Si él ha tenido algo que ver en todo esto, ha sido sin saberlo, se lo digo yo.

Cuando volví a la casa, Parkins estaba tocando el gong para anunciar la comida. Nada más terminar esa importante ceremonia, se me acercó y me dijo:

—La señorita Melbury le manda saludos, señor, y me pide que le entregue esto, que es lo que usted deseaba y que le diga que si quiere hablar con ella, ahora mismo se encuentra sola en la sala de estar. Y discúlpeme, señor —dijo mientras me observaba con una expresión ansiosa en sus ojos llorosos—, ¿supongo que no hay noticias del estanque? Es decir, ¿ninguna novedad que pueda usted contarnos?

Le dije que en aquellos momentos no había nada que pudiera comunicar y entonces, llevado por un impulso repentino, le hice una pregunta. Casi me sorprendí a mí mismo al formularla, pero había estado pensando mucho en Carol y en lo que había estado haciendo la tarde de Navidad, y me había dado cuenta de que era mi propia imaginación la que había completado una de las partes de la escena, para la cual era posible hallar pruebas.

—Parkins, ¿con quién me dijo usted que estaba la señorita Carol en la habitación de la señorita Jennifer la tarde de Navidad? Cuando usted fue a entregarle el mensaje de Ashmore.

Parkins pareció un poco sorprendido.

—Pues... creo que con el señor Cheriton, señor. Pero tal vez me equivoque, señor, porque estaba sentado en el sillón de espaldas a mí y no le vi más que la parte superior de la cabeza y tampoco tenía motivos para fijarme especialmente, señor. No quisiera causar ningún inconveniente si me equivoco en este particular, señor, pero es difícil identificar a un caballero y jurar que es él viéndole solo la coronilla, como se suele decir.

—Tiene razón, Parkins, no se preocupe.

Se marchó entristecido.

El objeto que me había entregado Parkins, junto a los saludos de la señorita Melbury, era un paquete fino de papel marrón. Busqué a la señorita Melbury en la salita de estar y me alegré de que la llamada del gong fuera de ayuda a la hora de acortar nuestra conversación.

—Veo que aún no ha tenido usted tiempo de examinar mi regalito —empezó a decir—. Espero que le resulte útil a la hora de encauzar sus investigaciones por caminos más fructíferos. Por supuesto, no soy una observadora experimentada, pero me congratulo de ser alguien que se fija en lo que ocurre a su alrededor, de modo que me he esforzado por trasladar a esas páginas mis discretas observaciones para que usted pueda extraer sus propias conclusiones. Lógicamente, todo lo que he escrito es confidencial. He sido sincera, como verá. Es más, le diré que la convicción de que mis declaraciones pueden serle de ayuda me ha persuadido todavía más de la necesidad de ser absolutamente sincera. Como es obvio, me he contenido a la hora de incluir mis propias opiniones, pues eso no me corresponde a mí. Pero no podemos evitar tener nuestras propias ideas, que a menudo pueden ser erróneas. Siempre me doy cuenta de que puedo estar equivocada, aunque lo normal es que no lo esté cuando se trata de los motivos o intenciones de aquellos a quienes conozco bien. Lógicamente, cuando lleguemos al desenlace de este terrible asunto no intentaré atribuirme ningún mérito. Prefiero permanecer en un discreto segundo plano, pues los focos no son para una pobre anciana como yo. Para mí, será suficiente recompensa saber en mi fuero interno que he hecho todo lo que buenamente he podido para ayudar.

Apenas supe qué decir tras aquella arenga. La anciana, sentada con elegancia en un sillón de respaldo alto, me pareció muy satisfecha de sí misma y también muy antipática. Era una mujer alta y corpulenta, con una nariz minúscula, un labio superior muy largo y una boca desagradable. Fue una suerte que ni siquiera hubiera abierto el paquete del manuscrito antes de hablar con ella, porque más tarde, una vez leídas sus venenosas insinuaciones y sus acusaciones —tan vagas que no le sería difícil negarlas en el caso de que resultaran erróneas—, no me quedaron ganas de ser cortés con la autora. Pero dado que aún no había leído nada, le di las gracias con un murmullo y me marché.

Había pedido que ese día me sirvieran la comida en la biblioteca con Rousdon, que ya se estaba zampando a grandes bocados unas tartitas de mermelada cuando yo llegué. Me informó de que el estanque había sido un fracaso. Habían registrado también todo el perímetro, pero Rousdon estaba convencido de que nadie podía haber lanzado demasiado lejos un incómodo bulto de aquellas dimensiones, especialmente a oscuras, cuando existía el riesgo de acercarse demasiado al borde resbaladizo. Decidimos entonces registrar a fondo los edificios anexos. Se podía llegar a ellos fácilmente desde el estudio, por el sendero de losas, y si bien Bingham me había dicho que siempre cerraba las puertas del garaje después de guardar el coche, para impedir que alguien pudiera ir a cogerle sus herramientas, había un cobertizo en el que se almacenaba la leña. Me había fijado en que la puerta solo estaba asegurada con un pestillo.

Tras explicarle todo eso a Rousdon, le comenté la sugerencia de Bingham.

—¡Ese Bingham es más listo que el hambre! —comentó Rousdon—. El coche de Ashmore estaba en el patio del garaje, más a mano aún que el cobertizo para cualquiera que quisiera deshacerse de un bulto. Lo de ese coche me preocupa bastante. Puede que sea una coincidencia que Ashmore estuviera aquí, pero a mí me da mala espina. ¡Y eso de que se largara nada más enterarse de que había ocurrido algo...!

—No me creo que el pobre Ashmore accediera a participar en el asesinato de su antiguo amo, aunque estuviera un poco resentido por la forma en que lo habían tratado —señalé.

Sabía vagamente que sir Osmond no había sido demasiado generoso con su antiguo chófer.

—¡Ah! —exclamó Rousdon—. Pero a lo mejor no sabía que se trataba de un asesinato. A lo mejor incluso pensaba que era una especie de broma o algo así. Alguien tendría que ir a ver a ese hombre. En Bristol, ¿verdad? Llamaré y les pediré que vayan a hacer unas cuantas averiguaciones.

Le insistí en que dijera a los agentes de la policía de Bristol que no asustaran a Ashmore. Si estaba implicado y de verdad ignoraba lo que estaba haciendo, a estas alturas estaría hundido. Si algún miembro de la familia estaba relacionado con los hechos, la lealtad que Ashmore sentía hacia todos ellos le habría impedido acudir a la policía. Si la policía lo atosigaba, lo más probable era que insistiera en que no sabía nada. Así que solicitamos que un agente de paisano interrogara con mucho tacto a Ashmore y que la policía se asegurara, en el caso de que finalmente el antiguo chófer no hubiera tenido nada que ver con los hechos, de que su reputación no se viera perjudicada ni pasara a ser de dominio público que «la policía lo estaba vigilando».

Una vez hecho, Rousdon empezó a dudar acerca de la posibilidad de que Ashmore hubiera tenido algo que ver con el plan.

—¡Parece un movimiento arriesgado! —reflexionó—. ¿Podían confiar en que guardara silencio cuando comprendiera en qué clase de asunto se había visto mezclado? Puede que le ofrecieran un buen soborno. En fin, será mejor que empecemos a registrar los edificios anexos mientras esperamos noticias de Bristol.

Se limpió las migas de hojaldre de la boca y me dejó a solas mientras yo terminaba de comer. Me puse a estudiar los «deberes» de la señorita Portisham y de la señorita Melbury. En el caso de esta última, se trataba de una desalentadora colección de hojas de papel de carta, con relieve y membrete de

Flaxmere, repletas por ambas caras de una caligrafía puntiaguda en la que abundaban los borrones y los cambios. Me sorprendió descubrir que hablaba mucho de Eleanor y mientras me devanaba los sesos para descubrir qué significaba eso, si es que significaba algo, me encontré con una de las pocas exposiciones de hechos en todo aquel efusivo discurso: la crónica de una conversación escuchada por casualidad entre Gordon y Eleanor el martes por la tarde, en el estudio de sir Osmond. Las palabras literales carecían de importancia, aunque era obvio que la señorita Melbury pretendía que yo les encontrara algún significado siniestro, pero el hecho de que Gordon estuviera en la misma habitación en que se guardaba la máquina de escribir tal vez sí fuera importante.

Gordon y Eleanor eran, probablemente, las personas menos susceptibles de haber cometido el asesinato. En comparación con los demás, eran también quienes menos perdían con el testamento revisado; y de todos los presentes en Flaxmere, Gordon Stickland —el astuto hombre de negocios— era quien mejor sabía que las modificaciones no eran más que simples propuestas y que podía impedirse su ejecución. Dittie, sin embargo, había declarado poco antes que Gordon estaba ocupado en la sala de estar con Shakespeare durante el momento crucial de la tarde de Navidad. Eleanor había salido al salón. Pero... ¿Eleanor? ¿La amable, insulsa e ingenua Eleanor? No, no encajaba.

Aun así, fui en busca de Gordon Stickland para aclarar las cosas y lo encontré en la sala de estar tratando de estimular a un público aburrido para que participara en otro de los entretenimientos que el *Times* del día después de Navidad había tenido a bien proporcionar a sus lectores para llenar esos dos días en los que no podría agasajarlos con noticias de verdad. Solo la señorita Melbury parecía interesada sobre el orden correcto de precedencia de una extraña lista de personajes distinguidos.

George no dejaba de gruñir.

—Ninguno de nosotros va a conseguir entretener a toda esta pandilla a la vez, así que... ¿para qué esforzarse?

Cuando me dirigí a Gordon y me lo llevé aparte, Eleanor dijo en un tono de lo más dulce:

—Le agradezco muchísimo que se lleve a mi esposo, coronel Halstock. Es realmente aterrador cuando se pone en plan intelectual, como ahora.

—Según la información que me ha llegado —le dije a Gordon cuando nos quedamos a solas en la biblioteca—, estuvo usted en el estudio el martes por la tarde. ¿Por casualidad fue allí para escribir una carta a máquina?

Se echó a reír amablemente.

—¡No, no, coronel! Soy capaz de usar esa máquina con un dedo, eso es cierto, pero no lo hago por diversión. Si quisiera algo mecanografiado, se lo pediría a la admirable amanuense.

Le pregunté si se había fijado en la máquina de escribir, pero no pude sacarle nada sobre ese particular. Nadie más había estado en el estudio, a excepción de Eleanor, que había entrado tras él. Gordon esperaba encontrar a sir Osmond, de hecho había entrado para hablar con él, pero la habitación estaba vacía.

—¿Quiere usted saber por qué quería hablar a solas con sir Osmond? O, mejor dicho, ¿alguien que escuchó parte de lo que dijimos antes de que cerráramos la puerta le ha relatado una conversación incriminatoria? No sé qué le habrán contado, y no recuerdo exactamente qué dijimos, pero desde luego no hablamos de la máquina de escribir: ¡ni de la máquina ni de su seductora dueña! Es una situación un poco embarazosa. No me gustaría que los demás supieran lo que me dispongo a contarle, como supongo que comprenderá. La difunta lady Melbury tenía unas cuantas joyas de lujo, especialmente esmeraldas. Soy un poco experto en la materia y, en una ocasión, sir Osmond me enseñó tales gemas. Creo que ella se las dejó en herencia para que sir Osmond dispusiera de ellas como considerara conveniente y, si bien regaló unas cuantas a sus hijas, aún le quedaban muchas. Yo deseaba ardientemente que Eleanor tuviera esas esmeraldas. Tanto ella como yo les tenemos mucho aprecio y no encontrará a nadie que pueda lucirlas con más estilo. Eso tiene que admitirlo, ¿verdad?

Estuve de acuerdo en que a Eleanor le quedarían estupendamente las esmeraldas y que las esmeraldas lucirían estupendamente en Eleanor, y me pregunté si iba a descubrir que sir Osmond llevaba las gemas en el bolsillo el día de Navidad.

—Le había dicho a Eleanor —prosiguió Gordon— que durante esta visita tenía intención de preguntarle a sir Osmond si estaba dispuesto a cederle las esmeraldas. La cuestión es que yo temía que sir Osmond tuviera pensado cometer alguna tontería con ellas. No sé, tal vez se le hubiera metido en la cabeza la idea de que las esmeraldas quedaban muy bien con el pelo cobrizo. ¡Menudo desperdicio! A esa joven le quedarían mucho mejor los diamantes de imitación de cualquier tienda de bisutería.

»Eleanor no quería que hablara con su padre. Temía que perdiéramos el tesoro para siempre si parecíamos demasiado ansiosos. Eleanor y yo no solemos discutir, pero en esta cuestión no conseguía que se mostrara de acuerdo conmigo. Yo estaba convencido de que si pillaba al anciano de buenas, estaría encantado de cederle las joyas a su hija predilecta. Y por eso fui a buscarlo al estudio en Nochebuena. Creía haber despistado a Eleanor, pero resulta que ella había convertido todo este asunto en una noble causa, por lo que me estaba vigilando y me siguió. Y eso es lo que pasó.

No había mucho más que decir. Las esmeraldas, creía él, se guardaban en la caja fuerte. No las había visto durante su visita y tampoco tuvo ninguna otra oportunidad de hablar sobre ellas con sir Osmond. Solo esperaba que cuando se procediera a la lectura del testamento, el testador hubiera hecho lo correcto con las joyas.

Más tarde procedimos a comprobar los objetos valiosos de la caja fuerte y allí estaban las esmeraldas, en su caja.

Cuando volví a quedarme solo en la biblioteca, concentré mi atención en el pulcro escrito de la señorita Portisham. Era obvio que la joven había hecho un gran esfuerzo para recordar correctamente hasta el último detalle, aunque tuve la sensación de que quizá había recordado demasiados.

Lo primero que me pareció importante fue que, al parecer, se habían encargado dos disfraces de Santa Claus, de los cuales el primero nunca llegó. La descripción de la señorita Portisham sobre la reacción de los familiares en el momento en que se dio la alarma me pareció interesante, pero no anoté ningún detalle en particular hasta que llegué al final del relato. El orden en el que los miembros de la familia habían llegado al estudio o a la biblioteca tal vez pudiera decirnos algo, pensé. Era así: Dittie, Hilda, Witcombe, la señorita Portisham, George, Jennifer... Todos ellos entraron en el estudio. En la biblioteca entraron Eleanor y Gordon, Witcombe (de nuevo, pues al parecer había salido al salón para advertir a los demás) y la señorita Melbury, y Patricia. Luego se produjo una pausa y, en último lugar, «entró atropelladamente» Carol, seguida de Philip Cheriton.

Así que Parkins no le había entregado a Carol el mensaje de Ashmore hasta que todo el mundo se había enterado de la noticia y había corrido a la biblioteca. Eso confirmaba lo que el propio mayordomo había dicho. Por otro lado, Parkins no se equivocaba al pensar que había visto a Philip Cheriton en la habitación de Jenny con Carol. En cualquier caso, existían pocas posibilidades de que se hubiera confundido, pues Cheriton tiene el pelo grueso, negro y alborotado, a diferencia del resto de los hombres de la casa: Witcombe tiene el pelo rubio y perfectamente peinado en ondas, el de sir David es fino y de aspecto polvoriento, Gordon está calvo y George lleva el pelo muy corto.

Mientras me preguntaba qué clase de complot podían haber urdido Carol, Philip y Witcombe, el propio Witcombe asomó la cabeza por la puerta con una expresión interrogante. Sabía que había regresado a Flaxmere temprano aquella mañana, pero al parecer había intentado pasar desapercibido desde entonces y yo no lo había visto. Me dedicó su sonrisita estúpida de siempre.

—¿Puedo pasar, coronel? Me he acordado de algo que me

gustaría contarle. No es nada fácil, sabe usted, pensar en los motivos de las cosas cuando a uno se las sueltan como su amigo el inspector me soltó ayer lo de los pelos en la chaqueta de sir Osmond. Lógicamente, no lo había pensado hasta ese momento: no sabía que había pelos en la chaqueta, así que... ¿cómo iba a explicarlo? Pero esta noche, mientras yacía en el minúsculo catre de la cárcel, he repasado los hechos. ¡Una celda solitaria es un lugar estupendo para pensar! Como es de esperar, cuando le quitaron la chaqueta al pobre difunto, ¡la doblaron! Yo dejé unos cuantos pelillos de conejo en un lado, pero se extendieron por toda la chaqueta. ¡Esos pelos se pegan a todo lo que tocan! Así que ese debe de ser el motivo, ¿verdad?

Le dije con cautela que sí, que tal vez fuera así.

—¡Y hay otra cosa! ¡Todos sabemos lo que está buscando, claro, y yo lo vi!

Sus palabras me dejaron atónito, pero le pedí que me explicara qué había visto exactamente.

—¿Como que qué? ¡Pues un disfraz completo de Santa Claus, idéntico al que yo llevaba!

Estuve a punto de perder la cabeza cuando le oí decir eso. Aquella casa, al parecer, estaba llena de lunáticos que nunca decían lo que sabían hasta que ya era demasiado tarde. Sin embargo, conseguí decirle a aquel chiflado que se explicara mejor.

—Lo vi en el espejo —me dijo—. Al principio no lo entendí; creí que me estaba viendo a mí mismo, aunque me pareció un poco raro. Pensé que debía de tratarse de algún truco científico relacionado con la luz refractada y se me ocurrió que más tarde podíamos convertirlo en un interesante juego. Ángulos, rayos de luz y esas cosas.

No sin dificultad, conseguí llevarlo de nuevo a la cuestión que nos interesaba y le saqué que, tras salir del salón para llevar los regalos a los sirvientes y cruzar el pasillo, pasó junto a un gran espejo que cuelga de la pared, justo enfrente de la puerta del armario situado bajo la escalera. En ese momento vio durante un segundo la imagen reflejada de un Santa Claus, pero la imagen enseguida desapareció «¡por uno de los lados del espejo, ya sabe!».

—Me pareció que era un poco raro, así que retrocedí y lo intenté de nuevo, pero ya no pude ver el reflejo —me explicó—. Desde que volví, sin embargo, he estado experimentando y he descubierto que si una persona se sitúa justo en la puerta del comedor, y uno sale del salón y cruza el pasillo para ir a la puerta de enfrente, cuando está llegando junto al espejo ve la imagen de esa persona.

Llevé a Witcombe al pasillo y me enseñó lo que quería decir. El pasillo está iluminado por la luz que entraba por las altas ventanas de la pared que lo separa del salón. También tiene luces eléctricas, pero si no están encendidas, en general es un pasillo bastante oscuro. Si alguien acechara silenciosamente en la puerta del comedor, al final del pasillo, probablemente resultaría invisible a cualquiera que cruzara el pasillo para ir a las dependencias de los sirvientes. Si el asesino, vestido como un segundo Santa Claus, esperaba allí para asegurarse de que Witcombe saliera del salón antes de entrar él, se olvidó del espejo y este lo delató durante apenas un instante, antes de que se escabullera.

—¿Supongo que no fue usted al comedor —le pregunté a Witcombe— para comprobar si había alguien allí?

—¡Ni se me ocurrió pensar que pudiera haber otro Santa Claus! Estaba convencido de que me había visto a mí mismo, solo que no acababa de entender cómo. Verá, Carol apareció por la otra esquina cuando yo estaba experimentando y ya me olvidé del asunto.

—¿Qué quiere decir con «apareció por la otra esquina»?

—De algún sitio situado detrás de mí, a mi izquierda. La habitación de Jennifer, supongo. Me llamó, me volví para hablar con ella y me olvidé por completo de mi fantasma.

Comenté que, al parecer, se había olvidado de muchas cosas.

—En eso le doy la razón, coronel —admitió en tono cordial—. Me llevé tal impresión al descubrir el cadáver en el estudio que la mente se me quedó en blanco. Y ahora está volviendo todo.

Al parecer, no «había vuelto» ningún otro detalle de importancia, así que regresé en solitario a la biblioteca.

Una vez más, y por desagradable que resultara, las pistas conducían a Carol. En el momento en que Witcombe había descubierto supuestamente al segundo Santa Claus, Carol —quizá después de haber ayudado a ese segundo Santa Claus a vestirse— distrae a Witcombe y salva la situación. Después de entretenerlo hablando durante unos minutos, lo deja seguir su camino hacia el comedor de los sirvientes y luego espera en la habitación de Jenny... ¿Qué? ¿El regreso del asesino? ¿Y quién fue a reunirse con ella en esa habitación? Philip Cheriton, quien —independientemente de lo que supiera o no supiera sobre el testamento— tenía motivos fundados para asesinar a sir Osmond. Tal vez Witcombe, después de todo, hubiera empezado a dejar caer alguna que otra indirecta sobre el nuevo testamento que pretendía redactar sir Osmond; seguramente no las indirectas que deseaba sir Osmond, sino más bien una insinuación a Carol de que iba a salir ganando considerablemente. Pero si ella lo malinterpretó y creyó que su abuelo ya había ejecutado un testamento según el cual ella heredaba veinticinco mil libras y Jenny cincuenta mil, siempre y cuando esta última siguiera soltera, es probable que quisiera convertir a Philip en su cómplice. De un solo tiro, Philip le conseguiría una fortuna a Jenny y, aunque fuera de manera accidental, ayudaría a Carol a obtener otra. No incluirían a Jennifer en su conspiración. Aunque fuera capaz de tamaña maldad, su ingenuidad y su carácter emotivo no encajaban con la personalidad de un asesino. Pero es probable que sospechara algo y si averiguó lo suficiente como para sacar la conclusión de que Philip había apretado el gatillo, eso explicaría que manipulara la pistola para emborronar las huellas de su amado.

La habitación de Jennifer ofrecía una posible vía de escape para sacar de Flaxmere el disfraz de Santa Claus. Puesto que daba al pasillo, desde allí se podía observar con más discreción que desde otros lugares de la casa. Si Philip se puso el disfraz en el armario, donde sin duda ya lo había dejado preparado, cabe la posibilidad de que olvidara las cejas y estas se quedaran allí cuando él volvió a la habitación de Jennifer para cambiarse. Pero también pudo cambiarse en el armario, coger las cosas y llevarlas a la habitación de Jennifer sin darse cuenta de que había olvidado las cejas en un rincón oscuro. Debíamos, pues, inspeccionar el jardín delante de las ventanas de Jennifer en busca de un posible escondrijo.

Había llegado a ese punto de mis especulaciones cuando apareció Kenneth Stour con una voluminosa pila de hojas manuscritas, que dejó caer en la mesa en tres fajos. Cada uno de ellos tenía en la parte superior una hoja en la que aparecía, escrito de su puño y letra, un nombre: Cheriton, señora Wynford y Jennifer Melbury.

—He estado en la habitación de Jennifer durante casi todo el tiempo que ha tardado en escribir su relato —me informó—, para asegurarme de que no recibiera ayuda alguna del joven Cheriton. Pero me parece que no están de humor para ayudarse. ¿Ha notado la frialdad con que se tratan? Apenas se hablan. Lo siento mucho por la pobre Jenny. Philip se ha pasado casi toda la noche despierto trabajando en su relato, creo, y me lo ha entregado nada más llegar yo esta mañana. No dice gran cosa, me temo, excepto lo injusta que ha sido la familia, y lo injusta que sigue siendo, con Dittie. Dittie es inequívocamente honesta y esa no es una cualidad que entiendan la mayoría de los Melbury.

—Me he dado cuenta de que no son muy amigos de la verdad —admití.

—Casi lamento haberles pedido que escribieran esos horrendos relatos —prosiguió Kenneth—. Pero en fin, aquí están. No he tenido tiempo de terminar de leer el de Jennifer y el de la señora Wynford, pero sí he extraído cierta información. El asunto de Santa Claus se planeó la semana antes de Navidad y se encargó un disfraz, que debía llegar por correo el sábado, pero no llegó. Es decir, nadie admite saber si llegó. Puede que llegara, aunque no necesariamente el sábado. No sé si otros habitantes de la casa conocían el plan, aparte de

Jennifer, pero es obvio que la mayoría de los recién llegados no supieron nada hasta el lunes por la mañana, cuando se lo contó la propia Jennifer.

Como quien no quiere la cosa, le pregunté si había averiguado quién estaba en Flaxmere precisamente en aquel momento.

—Sí, he tomado nota del orden en que llegaron: la tía Mildred el viernes; Hilda y Carol en tren el sábado por la mañana, las fue a buscar Ashmore a la estación; George y su familia en coche el sábado por la tarde; Dittie y David en coche el domingo; Eleanor y su familia el lunes por la mañana en tren, también los fue a buscar Ashmore; Cheriton el lunes por la tarde, y Witcombe el martes por la mañana.

Fui pasando las hojas de la historia de Jennifer mientras él hablaba y el nombre de Carol me llamó la atención en la tercera o cuarta página. Jennifer «sabía que Carol también quería hacer unas cuantas compras en Bristol» el lunes por la mañana. Sentí un profundo desagrado por aquella ridícula idea de los deberes que se le había ocurrido a Kenneth, así que cogí todos los papeles, incluidos los relatos de la señorita Melbury y de la señorita Portisham, y se los entregué. Le dije que los cogiera y se marchara a trabajar en ellos.

—Ya va siendo hora de que me marche de Flaxmere —admitió alegremente—. El bueno de George está empezando a preguntarse qué diantres hago aquí y si se olvidan de sus problemas el tiempo suficiente como para empezar a formularse preguntas de verdad, le harán la vida imposible a Dittie. Me voy a casa de los Tollard y analizaré todo esto de forma sistemática. Se me está empezando a ocurrir una idea, pero aún me

quedan unas cuantas lagunas y es posible que necesite pedirle
información.

Pensé que me resultaría más fácil tolerar a Kenneth cuando este hubiera recibido su castigo leyendo la descripción de
su personalidad que había hecho la señorita Melbury, así que
le dije que fuera a Twaybrooks, que se quedara a cenar allí y
que yo hablaría más tarde con él. Se fue a pedirle a Jenny un
maletín para meter todos los manuscritos y luego se marchó.

17

Jennifer

POR EL CORONEL HALSTOCK

Pensé en echar un vistazo a la habitación de Jennifer y ver qué escondrijos me sugería el jardín, al otro lado de las ventanas. Llamé a la puerta y fue la voz de la propia Jenny la que me invitó a pasar. Los papeles que se acumulaban en la mesa y en la papelera que estaba junto a ella, llena de bolas de papel arrugado, me hicieron pensar que no hacía mucho que había terminado sus «deberes» y que muy probablemente Kenneth me los hubiera traído directamente desde su habitación. Jennifer estaba sentada en una silla baja de mimbre junto a la chimenea y, cuando entré, relajó su actitud y su expresión de ansiedad. Adoptó un aire indiferente mientras se reclinaba en su silla casi sin energías. Estaba pálida y cansada, y tenía un aspecto casi vulgar. Su belleza dependía mucho de su juventud, su salud y su habitual vivacidad, pero también —pensé para mis adentros— de sus vestidos frívolos y cautivadores. En ese momento, sin embargo, llevaba uno muy serio y de un color oscuro, cosa que la hacía parecer mayor.

Le dije que quería saber exactamente por qué había cogido la pistola con la que habían disparado a su padre y la había manipulado de una forma tan obvia.

Suspiró y contempló el fuego. Yo también lo miré. Otro elemento para que esa habitación le resultara útil al asesino, me dije: ¡una chimenea en la que destruir una nota incriminatoria! Me acerqué despacio al ventanal que estaba al fondo de la habitación: daba a una terraza bajo la cual se encontraba el jardín de rosas. Jennifer empezó a hablar en un tono que me pareció falsamente animado:

—Fue una tontería por mi parte, pero verá, durante un breve momento pensé que Philip le había disparado a mi padre. No tenía ningún motivo en absoluto para pensar tal cosa. —Se volvió en su silla y me miró con desasosiego—. No me había dicho nada que lo insinuara ni yo había visto nada que pudiera inducirme a pensar que lo había hecho. Pero... en fin, ya sabe usted que Philip y yo queremos casarnos y que mi padre se oponía firmemente, de modo que era todo muy complicado. Cuando vi a mi padre muerto, no puede evitar pensar que de repente era libre. Le agradecería que se acercara y se sentara en la silla de enfrente, porque así podré ver si me cree o no.

Hice lo que me pedía, no sin antes echar un vistazo por las ventanas laterales. Me fijé en el parterre que quedaba al otro lado, con sus tocones de plantas que parecían muertas. Más allá aún se veía el muro de ladrillo rojo que circundaba el jardín de la cocina.

Jennifer se pasó una mano por el pelo rubio y liso, y luego apoyó la barbilla en ella. Me observó fijamente con sus ojos azules de mirada infantil.

—¿Entiende lo que significó para mí ver a mi propio padre muerto de un modo tan horrible y, al mismo tiempo, pensar que ya nada me impedía casarme con Philip?

Admití que era posible, siempre y cuando ella y Philip se hubieran planteado la cuestión en esos términos. Mis palabras parecieron inquietarla un poco.

—En cierto modo, así era —reconoció—. Mi propio padre lo provocó. Dijo que quería que yo permaneciera en Flaxmere mientras él viviera. Así que la cuestión que se nos planteaba era la siguiente: ¿debíamos esperar, tal vez años y años, o debíamos arriesgarnos y casarnos lo antes posible? En realidad, coronel Halstock, ya habíamos decidido casarnos esta misma primavera. Hilda y Carol podrán confirmarlo, pues lo comentamos con ambas.

—Es decir, ¿habían decidido ustedes que nada podía detenerlos en ningún caso, o que nada podría detenerlos en primavera?

—¡No es una forma justa de expresarlo! —protestó ella—. Había algo que sí podía detenernos, tal y como le he dicho: la prohibición de mi padre y el hecho de que no heredaría dinero de él. Pero habíamos decidido que eso no nos detendría. Sin embargo, lo que pensé cuando vi a mi padre muerto fue... ¡Oh, estoy hecha un lío! Usted me ha aturdido con sus horribles preguntas, pero sabe lo que quiero decir.

Jenny abrió mucho los ojos y me observó con una mirada suplicante.

Hice de tripas corazón y me dije que debía llegar al fondo de aquel asunto y que sería injusto para los demás que, por deferencia a la pequeña Jenny, no le hablara a las claras. Así que le insinué que lo que en realidad había sentido ella al ver el cadáver de sir Osmond era que habían desaparecido tanto la oposición de este a su matrimonio con Cheriton como el miedo a las dificultades económicas que pudieran resultar de dicha oposición.

—Supongo que en cierto modo era así, aunque no lo pensé con esas palabras —admitió Jennifer.

—¿Sabía usted que con el último testamento habría heredado una considerable cantidad? —le pregunté.

Arqueó las cejas, un tanto sorprendida.

—No sabía nada a ciencia cierta; nadie lo sabía. No sabemos cuándo hizo el testamento, pero siempre hemos dado por hecho que lo dividiría todo, más o menos, entre nosotros.

—Volviendo a la pistola. Usted creyó que Philip había disparado a su padre porque se daba cuenta de que la muerte de sir Osmond les ponía las cosas mucho más fáciles a ambos. Por tanto, Philip tenía un móvil poderoso. ¿No le parece un poco inconsistente, Jennifer?

—¿Qué quiere decir? —preguntó, indignada—. Es absolutamente cierto, solo que usted hace que todo parezca horrible.

—Lo que quiero decir es lo siguiente: que parece un poco precipitado asumir de inmediato que Philip le disparó a sir Osmond porque salía ganando con su muerte. ¿Tenía usted algún otro motivo para pensar tal cosa?

—Temía que no me creyera —confesó Jenny con tristeza—, pero es totalmente cierto. Ojalá pudiera haberme inventado algo que a usted le pareciera más verosímil, pero siempre he pensado que la policía le da mucha importancia al móvil de un crimen. Se encuentran con un asesinato y en ese momento no hay nada que les indique quién puede haberlo cometido, así que lo primero que hacen es tratar de descubrir quién tenía un móvil para cometer el asesinato. ¿No es así como actúan?

—Es posible. Pero incluso la policía tiene en cuenta el carácter y otros detalles. Principalmente, consideramos los hechos.

—¡Oh! ¡Ya sé que me considera un monstruo por pensar que Philip tal vez sea un asesino! Pero... —Se interrumpió de golpe y se tragó lo que había estado a punto de decir—. Pero es obvio que había un asesino y que, al parecer, era alguien de la casa. Y estaba aterrorizada; tanto que supongo que perdí un poco la cabeza. ¿Se imagina lo espantoso que fue para mí? Creí que Phil de algún modo..., en fin, que había sido él. Y lo primero que pensé fue que debía protegerlo como fuera. Me dije que había sido muy torpe al dejar allí la pistola, que además debía de tener sus huellas, así que la cogí y la manipulé con la esperanza de borrarlas.

Apretó los labios y me miró con una expresión desafiante.

—¿Y no se le ocurrió pensar que eso era muy peligroso? ¿Que tal vez la acusaran a usted del asesinato?

—Yo no lo cometí, así que no pensé que pudiera pasarme nada, sobre todo porque no sabía absolutamente nada. Además, yo había estado en el salón todo el tiempo. Seguro que los demás me habían visto allí.

—Y, en cambio, no habían visto a Philip, cosa que lo perjudicaba. De hecho, ni siquiera usted sabía dónde había estado Philip. ¿Tal vez fue eso lo que la hizo sospechar de él?

—¡No! No fue eso —exclamó Jenny con vehemencia—. Sé dónde estaba. ¡Estoy completamente segura! Tiene una coartada, Carol puede decírselo. ¡Tiene que creer a Carol! Tras aquel primer momento espantoso, supe que no podía haber sido Philip. ¡Oh, tiene que entender que él no pudo hacerlo!

Siguió repitiendo esa clase de afirmaciones, como si quisiera convencerse no solo a sí misma, sino también a alguien más.

—¡Usted no tiene nada contra Philip, absolutamente nada! —prosiguió—. Excepto el detalle, que ni siquiera hemos intentado negar porque es perfectamente obvio, de que se beneficiaría de la muerte de mi padre. ¡Exactamente igual que los demás! ¡Todos esperamos obtener dinero de nuestro padre! ¡No puede creer que lo hiciera Philip! ¡No puede! Oh, ¿qué más puedo decir?

Se le llenaron los ojos de lágrimas y buscó un pañuelo.

Su aflicción parecía real, aunque uno siempre sospecha de las lágrimas femeninas en ocasiones como esta porque le ofrecen a la mujer un conveniente respiro y, por otro lado, pueden lograr que su oponente baje la guardia. Intenté conservar una actitud moderadamente solidaria, que apenas consiguió aplacar mi intenso deseo de seguir con la conversación. Después de mucho sollozar, mucho resoplar y mucho sonarse la nariz, respondió a mi llamamiento a conservar la calma y explicarme cómo se había convencido de la inocencia de Philip.

—Cuando nos hizo usted todas aquellas preguntas, la noche de Navidad —prosiguió Jenny—, no supe qué decir porque no había tenido la oportunidad de hablar con Philip. Pero después de que usted se marchara, me lo explicó todo: que se le había presentado la oportunidad de hablar a solas con Carol y acordar de qué manera podía ayudarnos. Carol se llevaba muy bien con mi padre, siempre que ella tuviera ganas y él estuviera de buen humor, y cuando se propone hacer algo no ceja en su empeño hasta que lo consigue. Yo estaba convencida de que si ella nos ayudaba con los planes para que Philip y yo pudiéramos casarnos, y para que Hilda ocupara mi lugar en Flaxmere, todo saldría a pedir de boca. Y eso es lo que estuvo haciendo Philip toda la tarde. Ni más ni menos.

Le recordé que durante su primera entrevista conmigo había omitido otro detalle que al parecer no guardaba relación alguna con Philip: su visita al comedor de los sirvientes para hablar con Ashmore.

Se animó un poco y me pareció aliviada ante la oportunidad de cambiar de tema y dejar de hablar de Philip.

—No me acordaba de eso. Sí, ocurrió mientras Oliver estaba hablando con mi padre en el estudio. Salí corriendo inmediatamente después de la historia del árbol de Navidad y solo estuve un par de minutos hablando con Ashmore porque me imaginé que en cuanto mi padre le hubiera dicho con exactitud a Oliver qué tenía que hacer, aparecería de nuevo en el salón y probablemente me pediría que organizara juegos o algo para los niños, y se hartaría enseguida si yo no andaba por allí.

Le pregunté en qué momento había vuelto al salón.

—Justo antes de que Oliver saliera de la biblioteca... Bueno, supongo que era Oliver. Ahora es todo tan confuso que resulta difícil saber quién es quién. Pero, en fin, Santa Claus salió de la biblioteca justo después de que yo volviera al salón.

—¿Y qué hay de Ashmore? ¿Por qué vino y por qué hubo una conspiración para negar que había estado aquí?

—¡No era ninguna conspiración! ¡Usted hace que todo suene peor de lo que es! Lo siento, pero cuando usted empezó a interrogarnos a todos, pensé en lo espantoso que sería para Ashmore que usted también lo interrogara solo porque había estado aquí. Él no sabía nada y le aterroriza «tener problemas con la policía», como él dice. Una vez, cuando era joven, tuvo problemas con la policía por algo tan inofensivo como robar en un huerto, pero casi le costó su trabajo. Ashmore siempre cree que si vuelve a tener problemas con la policía, aunque solo sea por aparcar mal el coche, y esa vieja historia sale a la luz, estará acabado. Así que pensé que era mejor no mencionar su presencia aquí; le pedí a Carol que ella tampoco dijera nada, y a Parkins. De hecho, ya lo estábamos manteniendo en secreto, porque no queríamos que mi padre supiera que estaba aquí. Mi padre se hubiera enfurecido, sin duda, porque se le había metido en la cabeza que Ashmore no se había mostrado lo bastante agradecido con él y no se había comportado correctamente. Mi padre siempre interpretaba cualquier detalle que nosotros tuviéramos con Ashmore como una crítica a su propia conducta..., y supongo que en cierto modo así era.

Le pregunté de nuevo qué hacía Ashmore en Flaxmere, detalle que Jenny había olvidado mencionar en aquel torrente de palabras.

—Carol se había compadecido muchísimo de él cuando había ido a recogerlas a ella y a Hilda a la estación —se explicó—. No tenía buen aspecto y parecía preocupado, así que decidimos enviarle una gran cesta de Navidad. Carol fue a Bristol con Patricia el lunes y encargó las cosas. Ashmore se puso contentísimo y vino hasta aquí para darnos las gracias. Parkins me dijo que había llegado, así que salí un momento, le deseé felices fiestas y le pedí que se quedara a tomar el té. Si no cree una palabra de lo que le he dicho y considera que debe preguntárselo a él, adelante. Pero, por favor, hágalo con delicadeza. No es más que un pobre anciano.

Le prometí que tendríamos mucho tacto con Ashmore y le dije, cosa que me preocupaba un poco, que no habíamos podido dar con él. La policía de Bristol había llamado para informar de que habían acudido un par de veces a su casa, pero la esposa solo les había dicho que Ashmore se había marchado aquella mañana sin decir adónde iba ni cuándo volvería. El coche estaba en el garaje. Les había parecido que la esposa estaba preocupada.

—Supongo que habrá ido a ocuparse de sus cosas —aventuró Jenny—. La esposa de Ashmore es muy quejica, no es de extrañar que a veces quiera alejarse de ella. Seguro que esta noche ya habrá regresado. Le juro que él no tiene absolutamente nada que ver con este asunto y no creo que se haya enterado de la muerte de mi padre hasta esta mañana, al ver la noticia en los periódicos. ¿Por qué no le pregunta por él a Carol? Ella no se hace un lío con las cosas como yo; es posible que a ella sí la crea.

Yo ya había decidido hablar tanto con Carol como con Philip antes de que Jenny tuviera ocasión de contarles su conversación conmigo, y se me ocurrió entonces que tal vez fuera buena idea hacerle a Carol unas cuantas preguntas en presencia de Jenny.

La joven captó mis titubeos.

—¿Quiere usted que vaya a buscar a Carol? —sugirió—. Creo que se está arreglando su vestido negro nuevo. ¡Ah! Cree usted que de paso le daré unas cuantas instrucciones, ¿no es cierto? No debe preocuparse por eso. Las dos deseamos contarle la verdad sobre Ashmore.

Jenny tocó el timbre y le dio instrucciones a la doncella

que respondió. Para aligerar un poco la situación, me dirigí a las ventanas laterales y eché un vistazo al jardín desnudo y al muro de ladrillo. Hice unos cuantos comentarios sobre las flores de primavera mientras Jenny se retocaba apresuradamente el maquillaje. Pensé que Jenny seguía sospechando de Philip. Que no confiaba mucho en las explicaciones que él le había dado y que, además, estaba celosa de Carol. Aun así, defendería a Philip hasta el final y manifestaría su fe en él incluso ante las pruebas más acusadoras.

Cuando llegó Carol, me llamó de nuevo la atención el hecho de que aquella joven pareciera mucho menos afectada que los demás por el nerviosismo y la inquietud general que imperaba en la casa. Hacía gala de una gran entereza, la entereza propia de la juventud y de la confianza en uno mismo. ¿O era más bien frialdad mezclada con una siniestra determinación? Eso último parecía absurdo si uno se fijaba en los rasgos sutiles —podría decirse incluso sensuales— y la mirada inocente de la joven.

Nada más ver entrar a su sobrina en la habitación, Jennifer exclamó:

—¡Carol! Ashmore se ha marchado... ¡Ha desaparecido! ¿Qué le habrá ocurrido?

Era obvio que la desaparición del antiguo chófer había alterado a Jennifer más de lo que antes me había demostrado. Carol pareció sorprendida y adoptó una expresión grave. Se volvió hacia mí y me habló en tono acusador:

—¿Qué le ha hecho para que se marche? ¿Cómo sabe que se ha marchado? ¡Implicarlo en esta desagradable historia es muy retorcido!

—¡Piénsenlo bien! —las exhorté a las dos—. Si Ashmore, como dicen ustedes, no tiene ninguna implicación en los acontecimientos y, más aún, ignora lo que en realidad ha sucedido, la culpa es de ustedes por haber hecho una montaña de un grano de arena. Primero la conspiración de silencio, luego el coche que sale de Flaxmere mientras toda la familia insiste en que aquí no ha llegado ningún coche. De no ser porque Parkins me lo confesó todo, Ashmore tendría que haberse sometido a un interrogatorio acerca de los motivos que lo trajeron a Flaxmere en secreto la tarde de Navidad.

—Sí, ahora me doy cuenta de que la culpa es nuestra y que fue una tontería por nuestra parte no contarle que Ashmore había estado aquí —admitió Carol después de meditarlo—. Pero aquella tarde ninguno de nosotros estaba en su sano juicio. Algo espantoso había sucedido y no solo nuestro sentido común se había visto alterado. Pero no discutamos sobre quién tiene la culpa. Si Ashmore ha desaparecido de verdad, seguramente es porque piensa que usted va a por él y no me extrañaría que cometiera alguna locura. Debemos encontrarlo de inmediato. Uno de nosotros debe ir a buscarlo para decirle que no tiene nada que temer. Pero no nos ha dado detalles: ¿por qué se ha marchado?

Le conté lo que sabía.

—Entonces, no me extraña —exclamó indignada—. Si envió a la policía a su casa, es lógico que sintiera pánico...

Señalé que se trataba de agentes de paisano.

—Sin duda, debió de darse cuenta de que eran policías. Tendrían aspecto de policías, aunque fueran vestidos con sus mejores galas, y hablarían como policías.

Conseguí intervenir para decir que, al parecer, Ashmore se había marchado algunas horas antes de que el primer agente de paisano se presentara en su casa.

—¿Está usted seguro? —preguntó Carol—. Me cuesta creerlo. No tiene absolutamente ningún motivo para estar preocupado. A menos que la prensa haya publicado alguna barbaridad. Es posible que así sea. Que algún periodista haya averiguado que Ashmore estuvo aquí.

Me parecía poco probable, pero enviamos a alguien a recoger todos los periódicos que hubiera en la casa y cuando nos los trajeron, examinamos las páginas que hablaban de lo que ya había empezado a llamarse el crimen de Navidad o el crimen de Santa Claus. Abundaban los titulares sensacionalistas, pero la información era escasa, cosa que los reporteros compensaban con prolijas —aunque inexactas— descripciones de la casa y de la familia. No encontramos ninguna referencia a Ashmore, ni tampoco insinuación alguna de que él, o alguien que encajara con su descripción, estuviera relacionado con el crimen o se hallara bajo sospecha.

—Puede que Ashmore lea otros periodicuchos sensacionalistas —insinuó Jenny.

—O quizá, como Jennifer ha sugerido al principio —intervine—, ha ido a ocuparse de algún asunto personal y volverá esta noche.

Las dos mujeres me lanzaron una mirada fría y suspicaz.

—Dudo que piense eso de verdad —me acusó Carol—. Sus hombres le han dicho algo que le hace estar seguro de que tras la desaparición de Ashmore se esconde un motivo importante.

En realidad, la policía de Bristol me había informado de

que, por lo que habían podido averiguar, era inusual que Ashmore saliera, aunque fuera solo durante una hora, sin decirle a su esposa adónde iba y cuándo volvería. Lo hacía así porque era importante para su negocio, que Ashmore atendía con diligencia. Las preguntas formuladas en algunas tabernas de la zona no habían aportado gran cosa. Uno de los taberneros conocía a Ashmore: según había dicho, era «prácticamente abstemio» y llevaba días sin verlo por el bar.

—¡Ya lo tengo! —exclamó Carol de repente—. Si Jenny o yo pudiéramos ir a hacerle una visita a la señora Ashmore, creo que podríamos sacarle algo. Como es lógico, ¡sospecha de sus hombres vestidos de paisano!

Supongo que mi expresión delató lo poco inteligente que me parecía ese plan. Carol me miró y se echó a reír.

—¡Pues claro! Estamos todos bajo sospecha, vigilancia y blablablá, ¡así que no nos va a dejar salir! Bueno, pues acompáñenos usted si quiere: ¡solo tiene que quedarse apartado! O envíe a otro agente con nosotras. ¡Que vaya Jenny, con un agente simpático y paternal!

Lamenté que Kenneth no estuviera cerca. Tal vez la idea de que Carol o Jenny pudieran sacarle algo más a la señora Ashmore no fuera tan descabellada. Empezaba a pensar que Ashmore sabía algo y que era importante encontrarlo. Tuve la sensación de que Jenny creía de verdad en la inocencia de Ashmore, y Carol probablemente también. Tal vez el viejo chófer hubiera descubierto alguna pista por accidente. Sin embargo, no me entusiasmaba dejar a aquellas dos jóvenes sueltas en Bristol, aunque no tuviera una idea clara de las travesuras que podían cometer. Paseé de un lado a otro por la habitación de

Jennifer mientras ellas me observaban con inquietud. Tras tomar una decisión, llamé a Rousdon y mantuve una conversación con él al otro lado de la puerta, en el pasillo.

Decidimos que Bingham llevara a Jennifer a la casa de los Ashmore y que lo siguiera en motocicleta un agente de paisano que debía mantenerse en segundo plano a menos que viera algo inusual o que Jennifer y Bingham no respetaran las instrucciones, que eran las siguientes: ir a la casa, hacer las preguntas y volver inmediatamente a Flaxmere. Bingham —que había ayudado a los agentes que registraban los edificios anexos indicándoles altillos, proporcionándoles escaleras o abriendo puertas cerradas con llave— fue sometido a vigilancia mientras colocaba una manta en el Sunbeam y conducía hasta la puerta principal. El coche también se había registrado.

Jenny se puso un sombrero y un abrigo negros, elegidos entre los artículos que los encargados de algunas de las tiendas más selectas de Bristol habían llevado a Flaxmere esa misma mañana, y luego se marchó en solitario con Bingham. En el asiento trasero del Sunbeam parecía pequeña, frágil y asustada.

18

La historia del señor Ashmore

POR JENNIFER MELBURY

Fue un alivio salir de Flaxmere, donde llevábamos desagradablemente encerrados lo que me habían parecido semanas, aunque en realidad solo había sido desde la tarde del día de Navidad —miércoles— hasta la tarde del viernes. El coronel Halstock se había mostrado bastante antipático, pero ahora que meditaba las cosas con más calma, me daba cuenta de que no había sido más descortés que los demás. Todo el mundo había estado irascible durante esos días espantosos. Oliver debió de pasarlo fatal, porque si bien todos estábamos de acuerdo en que parecía absolutamente descabellado que él hubiera podido dispararle a papá, al principio era lo que parecía. No me extraña que se alegrara de pasar una noche en la cárcel y que se mantuviera alejado de nosotros cuando regresó a Flaxmere.

Luego, cuando todos comprendimos que tenía que haber lo que llamábamos «un segundo Santa Claus», las sospechas aumentaron, porque ninguno de nosotros veía claro de quién podía tratarse. Algunas personas, sobre todo la tía Mildred y Patricia, que no son muy dadas a razonar, querían por supuesto que la asesina fuera la pobre Grace Portisham, aunque todos sabíamos que Hilda estaba hablando con ella en el salón

en el momento en que se había cometido el crimen. A ambas
se les había metido en la cabeza la idea de que sin duda había
perpetrado el crimen inmediatamente después de que Oliver
saliera del estudio. Y es cierto que la señorita Portisham no
se reunió con Hilda hasta un poco más tarde y que nadie recordaba exactamente cuándo había entrado en el salón desde
la biblioteca, donde se había entretenido unos instantes para
recoger los envoltorios de los regalos mientras los demás salía-
mos. Aun así, eso no explicaba que hubiera un segundo Santa
Claus y, de todos modos, yo estaba convencida de que la pobre
Grace sencillamente adoraba a papá y jamás se le pasaría por
la cabeza pegarle un tiro, por mucho que a su muerte fuera
a heredar una gran cantidad de dinero, que era lo que todos
temíamos.

Bingham había dicho que sabía ir a la casa de los Ashmore,
pero cuando entramos en Bristol paró el coche y corrió el panel
de cristal que separaba el asiento delantero del trasero. Pensé
que iba a preguntarme la dirección, pero en lugar de eso dijo:

—Perdone que le haga una sugerencia, señorita, pero si no
le parece demasiado atrevimiento por mi parte, ¿no cree que
sería mejor que yo la dejara en la esquina de la calle de Ashmore y que usted vaya sola hasta la puerta? Así no llamare-
mos tanto la atención en la calle, ya me entiende lo que quiero
decir.

Me pareció una buena idea, porque si alguien veía el lujoso
coche de Flaxmere parado delante de la casa de los Ashmore,
sin duda se organizaría un buen alboroto que daría pie a muchos rumores. Y lo que más deseábamos evitar Carol y yo era,
precisamente, darle protagonismo a Ashmore. El pobre lo de-

testaba y, al parecer, nuestro deseo de protegerlo precisamente de ese protagonismo era lo que había complicado tanto las cosas y había arrojado sospechas sobre él.

Bingham detuvo el coche en una calle transitada, justo antes de la callecita de casas pequeñas, repartidas en dos adustas hileras, en la que vive Ashmore. Al detenernos allí pasábamos bastante desapercibidos, como si yo me dispusiera a entrar en alguna tienda.

Llamé a la puerta de Ashmore y se abrió una rendija.

—¿Quién es? —dijo tras ella una voz hosca.

Dije quién era y la puerta se abrió más. Tras ella se encontraba la señora Ashmore. Siempre había sido una mujer bastante dejada, pero ahora parecía mucho más andrajosa que de costumbre. Tenía los ojos enrojecidos y una mirada esquiva. Me hizo pasar a la salita y de repente caí en la cuenta de que no sabía exactamente qué iba a decirle. No quería que pensara que yo tenía algo que ver con la policía si le preguntaba abiertamente dónde estaba su marido. Sin embargo, ella me ahorró el problema al hablarme con tanta solidaridad como indignación de la muerte de mi padre.

—Estuvimos muy inquietos después de Navidad, supongo que me entiende, porque Ashmore había vuelto a casa el día de Navidad diciendo que sir Osmond había sufrido no sé qué accidente, que es el motivo de que él se marchara a toda prisa sin saber exactamente qué pasaba. Pensábamos que había tenido otro infarto, como el del verano pasado. Ashmore hubiera llamado, de no ser porque pensaba que el propio sir Osmond probablemente descolgaría el teléfono, si se encontraba bien. Porque, claro, nosotros no sospechábamos entonces que el pobre hombre pudiera estar muerto, y más bien pensábamos que tal vez lo considerara una intromisión.

Siguió así un rato, explicándome lo angustiados que estaban, lo que habían hablado, etcétera. Yo le dije que lo sentía muchísimo, que no se me había ocurrido comunicárselo. Luego le pregunté si Ashmore estaba en casa.

—No, no está en casa. ¡Y ese es el problema! —dijo.

Le pregunté si algo iba mal.

—No sé qué debería ir mal ni por qué debería ir mal —estalló—, pero Ashmore está muy inquieto desde ayer por la tarde y esta mañana coge y se marcha sin tomar más que una taza de té. Yo no soy quien para decirle nada a nadie, aunque por mucho que quisiera tampoco podría decir gran cosa, pero por la forma en que se ha despedido de nuestra Ada... Es nuestra hijita enferma, supongo que se acuerda usted, señorita. Siempre está en casa y su padre la quiere con tanta locura que a una se le parte el corazón. Se ha despedido de ella como si creyera que no la iba a ver nunca más y yo le he dicho a mi Ashmore, pensando que se iba a dar un paseo como hace muchas mañanas, le he dicho: «Supongo que vuelves dentro de media hora, ¿verdad?». Me ha mirado de una manera un poco rara y me ha dicho: «Quién sabe». Me ha dicho también: «Pero tú no sabes nada, mujer, y no dirás nada si alguien viene haciendo preguntas, sea quien sea». Y luego se ha ido y no lo he vuelto a ver desde entonces, y yo no sé cómo cree que vamos a pasar sin él, porque en esta casa no entra más dinero que el que gana con el coche, que tampoco es que sea mucho, y yo ya no sé qué decir a la gente que viene a preguntar. ¡Estoy tan angustiada que ya no sé qué pensar!

Hice todo lo posible por sacarle si, en su opinión, existía algún otro motivo que justificara la desaparición de Ashmore, algo que no estuviera relacionado con la muerte de papá. La señora Ashmore al parecer creía que su esposo se había marchado precisamente por eso, aunque no quiso —o no pudo— contarme el motivo exacto. Me dijo que no tenía ninguna razón para irse, nada que tuviera que ver con la familia o con el trabajo. Insistió durante largo tiempo en que no tenía ni la más remota idea de dónde podía estar, pero al final me dijo que la noche anterior, cuando empezó a «ponerse de los nervios», le habló de un sitio, un sitio del que anteriormente ya le había hablado con frecuencia. Lo había visitado durante una excursión cuando era joven y siempre decía que era el sitio más bonito del mundo, pero la señora Ashmore nunca había conseguido que su esposo la llevara allí. A veces incluso habría dudado de su existencia, de no ser porque otras personas también hablaban de ir allí. La señora no sabía qué veía su esposo en aquel lugar, pues él mismo había admitido que no estaba en la costa ni tenía paseo marítimo, sino que solo era un montón de ruinas. La víspera había comentado que le gustaría visitar de nuevo aquel lugar, por última vez; que siempre se había prometido a sí mismo que volvería una vez más. ¿Recordaba por casualidad el nombre? No estaba segura, no se le daba bien recordar nombres, pero Ada tal vez lo supiera. Fue a consultar a su hija enferma y volvió con la información: «Tinnun», dijo.

Teniendo en cuenta que había hablado de ruinas y que Ashmore tenía un acento de Bristol muy marcado, sugerí «Tintern» y me dijo que creía que sí.

—Aunque —insistió— yo no sé si ha ido allí. Para mí no tiene sentido, y debe de costar un ojo de la cara, aunque creo que en verano se organizan viajes.

De repente pareció inquieta, como si no supiera si había hecho bien al contármelo. ¿Qué intenciones tenía yo? Seguro que lo que me había contado no le iba a causar problemas a su esposo, ¿verdad?

Le dije que estaba segurísima de que Ashmore no tenía motivos para huir, pero consideraba que estaba exhausto y en un estado de gran agitación, por lo que seguramente había imaginado cosas que solo estaban en su mente. La señora Ashmore estuvo de acuerdo en que llevaba un tiempo que no era el mismo y que «sufría de los nervios» debido a los problemas de trabajo y la enfermedad que padecía ella, de la cual procedió a darme todos los detalles. Conseguí cambiar de tema y le dije que si Ashmore volvía, o tenía noticias de él, llamara por teléfono a Flaxmere enseguida y preguntara por mí. Le aseguré que haríamos todo lo posible por encontrarlo.

—Pero no enviará a esos policías a buscarlo, ¿verdad, señorita? —me imploró, y le dije que no, aunque tenía dudas acerca de si podría mantener mi promesa.

La señora Ashmore no mencionó la visita de los policías de paisano, excepto para referirse vagamente a «chismosos que vienen a meter las narices en los asuntos de los demás».

Empecé a despedirme y ella quiso saber cómo iba a volver a casa, así que le dije que el coche estaba en la esquina y salió a la calle conmigo. Cuando llegamos a la esquina, vi el coche a unos metros. Bingham estaba sentado al volante. La señora Ashmore le lanzó una mirada cargada de odio y medio echó a correr hacia él. Bingham, al verme, bajó para abrirme la puerta, de modo que la señora Ashmore lo alcanzó cuando estaba en la acera.

—¡Así que eras tú, Bingham! ¡Ya me lo imaginaba! —le chilló con rabia—. Me gustaría saber qué tienes que decir en tu defensa. Primero le quitas el trabajo a mi marido y ahora le quitas la cordura. Tú y tus cuentos chinos, sean los que sean. Habéis conseguido que mi pobre Ashmore, el mejor esposo y padre que pueda haber, huya Dios sabe adónde.

Los transeúntes que pasaban por la acera habían empezado a mirar y a pararse para averiguar qué ocurría. Subí rápidamente al coche. Bingham se comportó muy bien: dijo que lo sentía si a Ashmore le había ocurrido algo, pero que él no sabía nada. No perdió la compostura, sino que le respondió con calma y luego se sentó al volante. Abrí la ventanilla y pregunté qué ocurría.

—¡Pregúntele a él! —gritó—. ¡Pregúntele al señor Bingham! ¡Pregúntele qué le dijo a mi pobre esposo el día después de Navidad! ¡Eso es lo que yo quiero saber!

Me aterraba la idea de verme envuelta en una escena en plena calle y pensé que la pobre mujer había perdido la cordura y le estaba echando la culpa a Bingham porque, sin duda, estaba resentida con él desde que se había quedado con el empleo de su esposo en Flaxmere. Le aseguré que Bingham no tenía nada que ver con ese asunto y le imploré que no se angustiara por ello ni sacara conclusiones precipitadas. Luego le dije a Bingham que arrancara y dejamos a la señora Ashmore de pie en la acera, sacudiendo la cabeza mientras el pelo le caía sobre la cara.

Cuando llegamos a las afueras de Bristol, Bingham paró de nuevo y me dijo que le gustaría explicarme lo que había querido decir la señora Ashmore antes de que llegáramos a Flaxmere. Así que bajé del coche, me senté delante con él y emprendimos de nuevo la marcha.

Me dijo que el día anterior —el día después de Navidad— había tenido que llevar al señor Crewkerne, el abogado, de Twaybrooks a Bristol. Después de dejar al abogado, había decidido pasar por la casa de Ashmore para darle la noticia. Bingham explicó que le pillaba casi de camino y que si bien el coronel Halstock le había dado órdenes estrictas de volver de inmediato a Flaxmere, había considerado que no pasaba nada por parar un momento. Los Ashmore, pensaba él, seguramente no sabían lo que había ocurrido en Flaxmere y creyó conveniente ahorrarles el disgusto de leerlo en la prensa al día siguiente. Bingham dijo que le había «sorprendido» la forma en que Ashmore había encajado la noticia.

—Estaba roto, el pobre, se lo tomó muy a pecho, no se lo puede ni imaginar, señorita. No me sorprendería que hubiera cometido alguna locura.

—Pero ¿por qué? —pregunté—. Por mucho que se entristeciera al conocer la muerte de papá, no veo por qué debería comportarse de esa manera.

—Nunca se sabe lo que es capaz de hacer una persona —dijo Bingham en tono misterioso. Y no conseguí sacarle nada más.

Estaba preocupado por su propia situación. Había desobedecido las órdenes del coronel Halstock porque pensaba que darle la noticia a Ashmore con delicadeza sería un gesto amable, pero ni se le había pasado por la cabeza que su visita pudiera provocar tanto escándalo. Sabía que la policía estaba buscando a Ashmore y si los agentes se enteraban de que él había ido a ver al viejo chófer justo antes de que huyera, se iba a meter en un lío. Consideraría un gran favor por mi parte que se me olvidara mencionar al coronel Halstock que él había estado en casa de Ashmore. Razonó, de forma bastante astuta, que era la muerte de sir Osmond lo que había trastornado al viejo Ashmore: de no haber ido él a visitarlo el día anterior para darle la noticia, Ashmore se habría enterado a través de la prensa, por lo que en realidad su visita no había tenido importancia alguna.

No estaba dispuesta a hacerle promesas a Bingham, pero decidí no implicarlo en toda esta historia dentro de lo posible. Le dije, sin embargo, que en realidad la policía no estaba buscando a Ashmore o, por lo menos, no de la forma que él insinuaba. Solo querían una explicación de por qué había ido a Flaxmere la tarde de Navidad, pero ahora ya sabían que tenía un motivo perfectamente justificado para ello y éramos Carol y yo las que queríamos encontrarlo porque estábamos preocupadas por él, aunque no nos cabía la menor duda de que no había tenido nada que ver con los hechos, que seguramente desconocía.

Bingham respondió que, si no era un atrevimiento por su parte, consideraba que debíamos dejar la búsqueda en manos de la policía, pues ellos sabían cómo proceder en esos casos. Tal vez no fuera buena idea que dos jóvenes damas se vieran implicadas en un asunto tan poco agradable.

No sé muy bien qué estaba insinuando y pensé que había

sido un poco descarado, aunque supongo que el comportamiento de Ashmore era tan extraño que no se podía culpar a nadie por sospechar que el viejo chófer era, al menos, culpable de saber algo.

19

Carol y Oliver

POR EL CORONEL HALSTOCK

Mientras Jennifer iba a Bristol, hablé con Philip Cheriton. Es un hombre bajito, bastante fornido y por lo general un poco descuidado en el vestir, si bien se había mostrado respetuoso con el ambiente de luto de la casa y se había puesto un traje gris en lugar de sus habituales pantalones de franela y sus chaquetas deportivas. Lleva el pelo demasiado largo y tiene el irritante gesto de enrollarse un mechón entre los dedos y luego soltarlo.

Empezó a hablar nada más entrar en la habitación, sin esperar siquiera a que yo tomara la palabra:

—¡Sé que me encuentro en una situación terriblemente incómoda, coronel! Lo que quiero decir es que resulta bastante obvio para todo el mundo que lo sucedido nos facilita mucho las cosas a Jenny y a mí. Lamento no haberle contado toda la historia el miércoles por la tarde, pero dado que yo no estaba implicado en el asunto, creí que a nadie le importaba un comino saber dónde estaba yo aquella tarde. Creí que detendría al culpable en un abrir y cerrar de ojos.

Le dije, en un tono bastante severo, que teníamos pocas posibilidades de resolver el caso a menos que los presentes en la casa nos contaran toda la verdad.

—Sí, sí, claro, ahora me doy cuenta. Y estoy dispuesto a ser sincero. Estaba en la habitación de Jenny, hablando con Carol y tratando de convencerla para que fuera nuestra cómplice. ¡En nuestros planes de fuga, quiero decir!

Lo interrogué al respecto, pero la historia era sencilla. Salió de la biblioteca con los demás, cogió a Clare —la hija pequeña de George— y la paseó a caballito por el salón. Eso le valió una reprimenda de Patricia, que consideró que estaba alterando demasiado a la niña, y habló con ella durante un rato o, mejor dicho, escuchó para contentarla su disertación sobre la forma adecuada de tratar a los niños. Vio a Santa Claus salir por la puerta del fondo y a Carol correr tras él; entonces Santa Claus volvió con los petardos y él se quedó con los niños mientras los hacían estallar. Terminado el asunto de los petardos, y después de haber ayudado a Kit a poner en marcha su tren, Philip buscó a Carol, pensando que tal vez aquel fuera el momento de charlar tranquilamente con ella. No la encontró y se le ocurrió que tal vez no hubiera regresado al salón, así que decidió ir a ver qué estaba haciendo. El lugar en el que parecía más lógico buscarla era la habitación de Jenny, pues estaba muy cerca de la puerta del salón por la que la había visto salir.

Y allí la encontró, un poco alterada.

En ese punto de su relato, se interrumpió.

—¡Santo cielo! ¿Qué acabo de decir? ¡No sé por qué lo he dicho! Carol estaba bien, y se sentó la mar de tranquila a escuchar mis planes. Hablamos de lo que podíamos hacer, de cómo conseguir que su madre se instalara aquí, y fue entonces cuando entró Parkins, con aire muy solemne. Nos comunicó el mensaje de Ashmore y nos dijo algo bastante confuso sobre cierto incidente en el estudio, cosa que nos hizo dirigirnos de inmediato hacia allí para ver qué había ocurrido.

—Y cuando descubrieron ustedes qué había ocurrido, ¿se dieron cuenta de que la necesidad de fugarse, con sus desagradables consecuencias económicas, había desaparecido? —insinué.

—Lógicamente, no tardé mucho en darme cuenta de que Jenny y yo estábamos ahora en una posición más cómoda, pero antes de eso pensé en otras muchas cosas. Por ejemplo, que iba a ser espantoso para la familia. El asesinato resulta siempre tan sórdido. Es una de esas cosas que creemos que nunca van a ocurrir en nuestra familia. Para Jenny también sería un mazazo. De hecho, nada más entrar en la biblioteca me di cuenta de que parecía estupefacta.

Le dije que, en mi opinión, aún no había aclarado por qué no me había contado la verdad durante aquella tarde, cuando les había pedido a todos y cada uno de ellos que me explicaran con detalle sus movimientos.

—Si le soy sincero, en el momento en que procedió usted a hacer preguntas yo ya había empezado a plantearme, supongo que como todos los demás, quién había cometido el crimen y cómo. Me había mantenido bastante apartado de los demás, en la habitación de Jenny, pero solo Carol podía confirmar que yo había estado realmente allí. Era obvio que usted sospechaba de todos nosotros y supuse que también sospecharía de mí si le decía que en el momento de los hechos no estaba con los demás. Sin embargo, pensé que con el jaleo de los niños correteando de un lado para otro en el salón, el ruido de los petardos y el ir y venir de familiares entre el salón y la sala de estar, nadie se habría dado cuenta de que en realidad yo no estaba allí. Suena poco consistente, lo sé —terminó en un tono de disculpa—. Pero así fue.

—La parte menos consistente —señalé— es que la señorita Wynford tal vez lo delatara a usted, aunque de forma no intencionada. ¿Cómo podía usted estar seguro de que no iba a contar la verdad?

—Usted siempre pone el dedo en la llaga, ¿verdad? —comentó Cheriton, en un tono de falsa queja—. Debo admitir, supongo, que le pedí a Carol que no dijera que habíamos salido del salón, cosa que aparentemente aceptó. Pobrecilla, en realidad poco podía hacer excepto aceptar, pues no le di oportunidad de discutir y fue lo bastante lista como para comprender que nuestros relatos debían encajar fuera como fuera.

No parecía percatarse de que habían estado cometiendo perjurio y obstaculizando la labor de la policía, y todo —según su historia— porque creían que sonaba mejor decir que estaban en el salón y no en la habitación de Jenny. No era una buena historia, pero tampoco tenía nada tangible en contra de Cheriton excepto su falta de sinceridad.

Mientras, Rousdon había proseguido su búsqueda en el jardín cercado de la cocina, que estaba junto al comedor de los sirvientes y llegaba casi hasta las ventanas de uno de los lados de la habitación de Jenny. Se entraba por una verja situada en el muro, pero también desde la casa, gracias a una puerta que se hallaba cerca de la cocina. Constaba de un cobertizo de jardín y otros edificios anexos, pero dado que los usaban los jardineros, no parecían buenos escondrijos. En ninguno de ellos se había encontrado nada.

Rousdon había inspeccionado también el resto de los jardines de la casa y había descubierto que desde las ventanas de Jennifer no se podía llegar directamente al patio del garaje. Había que rodear la parte delantera de la casa y seguir el sendero hasta el otro lado, a menos que uno cruzara el jardín de la cocina y luego rodeara la parte posterior de la casa. Por tanto, si alguien tenía que llevar el disfraz de Santa Claus hasta el coche de Ashmore, en el patio del garaje, la ventana del estudio era una salida más práctica que las ventanas de la habitación de Jennifer.

El inspector estaba convencido de que sus hombres habían examinado a fondo todos los posibles escondrijos de los lugares a los que podía accederse fácilmente desde la casa, por lo que estaba considerando de nuevo la idea de que Ashmore se hubiera llevado el disfraz de Santa Claus en su coche. Esa posibilidad parecía implicar a Jenny y a Carol, pues no conseguimos averiguar si alguien más —a excepción del personal de servicio— estaba enterado de la presencia de Ashmore. Philip Cheriton, pensé, tal vez lo hubiera sabido por Jennifer, pero era poco probable que lo contara.

Rousdon también se había cerciorado de que no hubiera ninguna otra máquina de escribir en la casa excepto la de la señorita Portisham; y dicha máquina, como ya nos temíamos, no proporcionó pista alguna acerca de la persona que la utilizó el martes por la tarde, o tal vez antes.

Por sugerencia mía, también había hecho algunas pesquisas acerca de los paquetes entregados en Flaxmere antes de Navidad. Habían llegado en una camioneta de reparto y se había usado el sendero de la parte posterior de la casa porque era el acceso más cómodo. La oficina de correos pondría en marcha su propia investigación, pero no tenían muchas esperanzas de poder confirmarnos que en Flaxmere se hubiera entregado una caja de Dawson's que contenía un disfraz de Santa Claus y, en el caso de que así hubiera sido, qué día la había entregado el cartero y a quién. Durante esos días se habían repartido muchos paquetes y la oficina de correos había contratado a muchos carteros temporales, que no conocían las casas ni a sus residentes, por lo que era difícil que pudieran darnos información concreta a menos que hubiera ocurrido algo inusual con el paquete antes de que ellos lo entregaran.

Jennifer volvió de Bristol mientras nosotros repasábamos la situación, por lo que envié a buscar a Carol para que escuchara lo que Jennifer tuviera que contarnos.

Nos dijo que la señora Ashmore no había sido muy clara en sus declaraciones, pero que sí estaba segura de que su esposo se había marchado temprano por la mañana, mucho antes de que se presentara el primer agente de paisano. Insistió en que la señora Ashmore estaba muy preocupada y, si bien la mujer no encontraba explicación alguna a la huida de su esposo, era evidente que pensaba que se había marchado para siempre.

En cuanto Jennifer terminó su relato, Carol intervino y lo hizo en tono rabioso:

—¡Tienen que encontrarlo! ¡Es terrible! ¡La culpa es nuestra! ¡Tienen que encontrarlo enseguida!

Mientras Jennifer nos relataba la entrevista, yo había observado atentamente a Carol. Había escuchado con impaciencia, mordisqueándose el labio sin perder de vista a Jennifer ni un segundo.

—Estoy de acuerdo en que debemos encontrarlo —le dije muy serio—. Tenemos que averiguar el motivo de su huida.

—El único motivo —exclamó Carol con vehemencia— es que no sabe lo que está haciendo. Mamá y yo nos dimos cuenta de que estaba al borde de una crisis nerviosa cuando nos recogió en la estación el sábado. Y luego, el día de Navidad, Jenny sabe en qué estado se encontraba.

Todos nos volvimos hacia Jenny.

—Sí —dijo—, es difícil de explicar, pero estaba tan increíblemente agradecido por una simple cesta de Navidad... Me pareció tan..., no sé, tan desagradable que alguien pudiera sentirse tan ridículamente agradecido por algo así y por el hecho de que lo invitaran a tomar el té que me sentí... avergonzada. El pobre hombre estaba casi... llorando. Se lo conté a Carol más tarde.

—¡Escúcheme! —anunció Carol—. Se lo contaré todo, hasta el último detalle de tan abyecta historia, si nos permite usted ir en busca de Ashmore. Creo que tiene intenciones de quitarse la vida: tal vez estemos a tiempo de salvarlo si vamos a buscarlo de inmediato.

—¿Pueden ustedes decirnos adónde tenemos que ir a buscarlo? —le pregunté.

—¡Yo sí! —respondió Jenny.

A continuación nos contó una rocambolesca historia según la cual la señora Ashmore creía que su esposo se había dirigido a Tintern. Sonaba bastante improbable.

—¿Lo ve? ¡Eso demuestra que está medio loco! —exclamó Carol—. Y si usted envía a sus policías a buscarlo, vayan de paisano o no, será la gota que colmará el vaso. Escúcheme bien: ¡le contaré absolutamente todo lo que sé y tal vez entonces me crea usted!

Nos sentamos a escuchar esta extraordinaria confesión. Jennifer parecía inquieta y la sorprendí mirándome con una expresión interrogante, pero le indiqué con una seña que guardara silencio.

—Para empezar —dijo Carol—, en ningún momento fui a la habitación de Jenny a buscar mi bolso. Seguí a Oliver Witcombe cuando salió del salón porque pensé que vería a Ashmore en el comedor de los sirvientes y que tal vez preguntara quién era al darse cuenta de que no tenía regalo para él. Temía que después se lo contara a mi abuelo. No sería de extrañar, porque es bastante metomentodo. Así que corrí tras él y lo alcancé cuando estaba en el pasillo admirándose en el espejo, aunque apenas había luz. Le hablé de Ashmore y le dije que mi abuelo tal vez no aprobara su presencia aquí, pues no lo había invitado. Le pedí que guardara silencio. Oliver adoptó una actitud remilgada e hizo un comentario desagradable. Dijo que no era muy inteligente contradecir los deseos de sir Osmond. Ya estaba harta y le dije que lo único que tenía que hacer era fingir que no había visto a Ashmore en el comedor de los sirvientes, a no ser que quisiera comportarse como un canalla. Oliver se puso muy serio, me cogió por el brazo y me llevó a la habitación de Jenny. Luego se despegó la barba y se quitó el gorro rojo, pero obviamente se olvidó de las mejillas pintadas con colorete y de las cejas blancas, cosa que le daba un aspecto de lo más ridículo. Me soltó un solemne sermón sobre la importancia de no irritar a mi abuelo. Me dijo que mi abuelo me apreciaba mucho e insinuó que, si me comportaba bien, seguramente me dejaría mucho dinero en su testamento. Le dije que me parecía inmoral ser amable con alguien en vida solo para heredar mucho dinero a su muerte. Luego se puso un poco sentimental y dijo que él también me apreciaba mucho y que no le gustaba verme desperdiciar mis oportunidades. Dijo que debía ser sincera conmigo misma y admitir que para mí era muy importante tener dinero suficiente para proseguir con mis estudios; me dio a entender que yo estaba siendo orgullosa porque no creía lo que decía. Dijo que sabía de qué estaba hablando, aunque no le había dicho ni una palabra a nadie y que a mí solo me lo había dicho porque me apreciaba. ¡Fue repugnante!

»Siguió hablando un buen rato y solo riéndome de él conseguí quitármelo de encima. Por supuesto, no sé si realmente sabía algo. Si sabía algo, si todo lo que dijo era cierto, estoy convencida de que me estaba haciendo la pelota por el dinero.

»Más tarde, cuando me enteré de la muerte del abuelo, me sentí fatal por lo que había ocurrido. Sin embargo, no pensé en ningún momento que Oliver tuviera algo que ver con los hechos, pues lo había visto dirigirse al comedor de los sirvientes. Por otro lado, Oliver pudo haberle disparado a mi abuelo en el estudio justo después de la ceremonia del árbol de Navidad, pero todo el mundo parecía pensar que el asesinato se había cometido más tarde..., mientras estallaban los petardos.

»Cuando usted empezó a hacer preguntas, Oliver se me acercó y me dio a entender que él quedaría en una posición bastante incómoda si yo hablaba acerca de nuestra conversación. Dijo que daría pie a toda clase de preguntas desagradables y que había sido muy mala suerte que me dijera todas esas cosas precisamente en aquel instante. Jenny yo no queríamos que Ashmore se viera implicado, así que le pedí a Oliver que no dijera nada sobre él y le prometí que si él guardaba silencio sobre esa cuestión, yo no diría nada sobre los comentarios que me había hecho. Lógicamente, por un lado no quería que me interrogaran sobre dichos comentarios y, por el otro, no creía que el incidente de Ashmore tuviera para usted la menor importancia.

»Eso es todo, creo, excepto que después de que Oliver se marchara al comedor de los sirvientes, llegó Philip. Vi a Oliver entrar por la puerta que está al fondo del pasillo, pero luego regresé a la habitación de Jenny porque estaba muy alterada y necesitaba serenarme. Philip entró en la habitación y, tras decirme que quería hablar conmigo a solas, aprovechó la oportunidad para hablarme de sus planes con Jenny y pedirme ayuda, pero supongo que todo eso ya lo sabe.

»Hay una cosa más. Le conté una mentira cuando dije que sabía que Oliver estaba hablando conmigo cuando estallaron los petardos porque los oí. Verá, sé que Oliver había salido del estudio porque lo vi desde el salón y lo seguí, pero no oímos los petardos cuando estábamos en la habitación de Jennifer. Me hallaba en una situación delicada porque no quería confesar que estábamos en mi habitación; hubiera dado demasiado la sensación de que manteníamos una conversación privada. Así que me inventé lo de que habíamos oído un petardo. Lo siento. Pero ahora sí que le he contado toda la verdad y supongo que Oliver tendrá que corroborarlo. Si con ello se mete en un lío, yo no puedo evitarlo. He hecho lo que he podido por él, que es más de lo que se merece. Ahora es mucho más importante hacer algo por el pobre Ashmore y me enfurece pensar que si empecé a contarle mentiras a usted y le hice pensar que había algo sospechoso en Ashmore, fue en parte para ocultar los repugnantes sentimientos de Oliver.

Rousdon nos había dejado a mitad de la conversación para atender una llamada en el estudio. Yo había estado observando a Jennifer. Por la forma en que escuchaba el relato de Carol, con ansiedad y cierto desagrado, era evidente que la historia también era nueva para ella. Me maravillaba la capacidad de aquellas jóvenes para mentir o tergiversar con cualquier excusa y luego venirme con otra historia y esperar, la mar de tranquilas, que las creyera.

Carol se puso en pie y nos miró a todos.

—Y ahora, ¿me deja ir en busca de Ashmore? Si hay algo que pueda contarnos, estoy segura de que me será más fácil obtenerlo a mí que a sus policías. Y estoy convencida de que puedo encontrarlo. Lo presiento. Le aseguro que es una situación desesperada y gravísima. Y no servirá de nada enviar a alguien que no haya visto jamás a Ashmore. Las descripciones son inútiles. Incluso usted sabe que jamás se reconoce a nadie a partir de las descripciones policiales: estatura media, complexión normal y blablablá. En el caso de que consiga alguna fotografía de él, será de hace diez años por lo menos y ahora el pobre tiene un aspecto horrible: está hecho un guiñapo, no se parece en nada al Ashmore de hace unos años.

No hay nadie como Carol para abrumarlo a uno con argumentos sólidos que la lleven a conseguir lo que sea que se ha propuesto. Les dije a Jennifer y a ella que podían retirarse, de forma que yo pudiera comentar la situación con Rousdon.

—¡Puedo marcharme de inmediato! —afirmó antes de salir—. Si no quiere enviar a Bingham, yo conduciré el Sunbeam, o el coche de George.

—Nadie se va a marchar esta noche —ordené—. Es absurdo partir en plena oscuridad en busca de un posible caso de amnesia en el Valle de Wye. Haré lo que considere más adecuado, pero debo pedirles que no protagonicen ningún intento rocambolesco de huida. Tomaré todas las precauciones necesarias para impedirlo.

Rousdon llegó poco más tarde para comentarme el extraño informe que le había facilitado por teléfono el hombre que había seguido el Sunbeam en el que iban Jennifer y Bingham. Mientras Carol contaba su historia, en mi mente había ido cobrando forma una nueva imagen del asesino. Se trataba de la primera solución en la que parecían encajar todos los datos que teníamos hasta el momento. Se la expuse a Rousdon y, tras pedirle que confirmara unos cuantos detalles, regresé a Twaybrooks. Deseé que los «deberes» me proporcionaran los eslabones que faltaban en aquella nueva cadena de pruebas. Si Kenneth de verdad había dedicado la tarde a examinar a fondo aquella maraña de manuscritos, era probable que tuviera las respuestas a mis preguntas.

Había hecho muy bien su trabajo. Tan bien, en realidad, que me pareció injusto dejarlo a oscuras y le conté todo lo necesario para que él mismo pudiera encajar las piezas de la historia.

El resultado de nuestras deliberaciones fue que aquella misma noche llamé a Flaxmere y, después de hablar un rato con

Rousdon, le dije a Carol que estuviera lista para partir a las ocho de la mañana, hora a la que Kenneth pasaría a recogerla en su propio coche. También pedí que un agente de paisano viajara con ellos, en el asiento trasero del coche, aunque eso no se lo dije a Carol.

—¡Oh, gracias! ¡Gracias! —exclamó ella en voz baja—. Ojalá lleguemos a tiempo.

20

Excursión a Tintern

POR KENNETH STOUR

El hogar de los Tollard, que me acogía en calidad de huésped, se empleó a fondo y con gran estilo (esa es la expresión exacta) para arrancarme de la cama, alimentarme y meterme en mi coche a las siete y media de la mañana del sábado. Era una jornada lúgubre, poco luminosa, húmeda y fría. En la entrada del camino que conduce a Flaxmere recogí al agente de paisano, que se instaló con aire ceñudo en un rincón del asiento trasero.

—¡No sabía que fuera un coche descapotable, señor! —murmuró con tristeza mientras se tapaba con la manta.

Carol esperaba en los escalones de la casa cuando llegué a lo alto del empinado sendero. Me alegró ver que llevaba su abrigo de pieles. Miró al desdichado pasajero.

—¿Viene con nosotros? —me preguntó en voz baja.

Al responder yo afirmativamente, Carol volvió a entrar en la casa y regresó al poco con un viejo abrigo de piel, enorme, que lanzó al pasajero sin demasiados miramientos.

—¡Lo necesitará! —le dijo.

Mientras descendíamos de nuevo por el camino, me dijo:

—¿Quién es?

—Un agente —le respondí—. Y puesto que lo preguntas,

es obvio que ha logrado su objetivo de parecer un hombre normal y corriente.

—Ya lo sabía, solo lo he preguntado para asegurarme. Me sorprendió que el coronel me permitiera ir contigo, pero ahora ya lo entiendo. En fin, no le tengo en cuenta lo del abrigo. Es de George, a veces se lo cojo prestado. Hoy me he puesto el de Jenny. Bueno, hay algo que debería decirte, aunque en vista de que ya hemos partido, no sé si sirve de mucho.

Me contó entonces lo que Jennifer no le había dicho al coronel Halstock a su regreso de Bristol, pero sí le había contado a ella más tarde: las acusaciones que la señora Ashmore le había lanzado a Bingham y las explicaciones que Bingham le había dado a Jennifer. Gracias al hombre encargado de seguir el coche de Flaxmere, Rousdon había sabido que la señora Ashmore se había puesto a gritarle reproches a Bingham y que este había detenido el vehículo durante el camino de vuelta a Flaxmere para hablar con Jennifer, que se había sentado en el asiento delantero. Sin embargo, consideré que la información adicional podía resultar útil, así que detuve el coche en la cabina telefónica más próxima y llamé al coronel. Carol se indignó bastante por el retraso.

—Casi preferiría no habértelo contado —dijo—, pero prometí contarle al coronel todo lo que supiera y después de eso accedió a dejarme ir en busca de Ashmore, así que pensé que era un trato y que no estaba bien ocultarle esta información. Aunque quien tendría que habérsela comunicado es Jennifer, claro.

—Parece que tu conversión a la religión de contar la verdad es bastante repentina, ¿no?

—He llegado a la conclusión de que es lo mejor —respondió en tono altivo—. La verdad es que nos metimos en un buen lío al tratar de seleccionar lo que contábamos..., aunque teníamos motivos perfectamente válidos.

—Por cierto, no creo que al coronel le guste la idea del trato, creo que será mejor que no se lo menciones.

—¡Oh, por supuesto que no! Pero parece que tú sabes muchas cosas. No serás policía, ¿verdad? Lo dudo mucho, a menos que en realidad no seas Kenneth Stour, sino alguien que se está haciendo pasar por él.

Le aseguré que realmente era yo y que no había entrado en la policía, sino que había estado haciendo lo que yo consideraba trabajo de oficina para el coronel. Y que lo había hecho por simple amabilidad, pues nos conocíamos desde hacía años.

Estábamos ya en la carretera de Gloucester, circulando lo más rápido que nos permitía el señor Belisha.[1] Yo había decidido que ir por carretera sería más práctico que confiar en el ferri de Beachley, del cual no tenía muy buenas referencias, pero las señales que limitaban la velocidad a cincuenta kilómetros por hora deprimían a Carol.

—¿De verdad tienes que hacerles caso a todas? Es que no vamos a llegar nunca. Si estás trabajando para la policía en un asunto de vida o muerte, ¿no se te permite ir más rápido?

---

1. Leslie-Hore Belisha (1893-1957), abogado, militar y político británico. En el Reino Unido, su nombre todavía se asocia con las «balizas belisha» de color ámbar que se instalaron en los pasos de peatones mientras era ministro de Transporte. *(N. de la T.)*

—Que nos paren y me obliguen a dar mi nombre, dirección, etcétera, nos retrasará aún más que las señales de cincuenta —afirmé.

Seguimos en silencio durante un rato. Yo estaba pensando en la solución que poco a poco había ido elaborando en el estudio del coronel en Twaybrooks durante la tarde anterior, con la ayuda de la pila de deberes. El coronel y la policía deambulaban por un laberinto de pistas; seguían primero una, luego otra, pero no eran capaces de ver cuáles conducían al objetivo y cuáles acababan en un callejón sin salida. Yo, que no debía preocuparme de esos detalles engañosos, conseguí volver mentalmente al principio y me formulé una serie de preguntas para averiguar quién, en las distintas etapas del caso, tenía los conocimientos necesarios o la oportunidad necesaria. Eso me llevó a preguntarme quién, en las etapas posteriores del caso, se había esforzado por dejar un rastro falso. Si un único nombre era la respuesta a todas las preguntas del primer bloque y a algunas del segundo bloque, habríamos resuelto el caso.

Cuando el coronel llegó a casa el viernes por la tarde, ya le había preparado un pequeño esquema, en el cual encajaban perfectamente los hechos que yo ignoraba y que él me contó en ese momento. El coronel creía haber llegado él solito a mi conclusión y se mostró muy satisfecho. Me pareció perfecto, porque aún quedaba mucho por hacer y, sin duda, el coronel pondría mucho más entusiasmo a la hora de averiguar los últimos detalles si creía que la idea había sido suya. Teníamos un caso muy complicado, pero todo dependía del posible éxito de un par de experimentos que yo debía llevar a cabo esta mañana, así que no podía evitar sentirme inquieto.

El mercado de animales vivos, los compradores y el tráfico empezaban a abarrotar las calles a medida que nos acercábamos, pero conseguimos cruzar Gloucester y coger la carretera de Chepstow antes de las nueve.

—¿Te importaría que condujera yo? —preguntó Carol de repente—. Nunca he llevado este coche, pero soy buena conductora y tengo mucha práctica.

—No me importa en absoluto; si lo haces muy mal, siempre puedo volver a conducir yo. Pero... ¿no crees que eso nos retrasaría un poco? Creía que tenías prisa.

—Y así es —admitió—, pero a los cinco minutos de salir ya sabía que difícilmente voy a conducir más despacio que tú. Además, no soporto estar sin hacer nada. Estoy muy angustiada. ¡Conducir me tranquilizaría muchísimo!

Lo más sorprendente era que parecía bastante tranquila. Nadie hubiera dicho que estaba pasando por un calvario de nervios, a no ser —quizá— por el tono un poco agudo. Eso me convenció de que era sincera, no de que sencillamente se moría de ganas de sentarse al volante de un coche potente. Así pues, nos cambiamos de sitio. Capté un atisbo de pánico en la expresión gélida de nuestro acompañante, pero lo tranquilicé con un gesto de asentimiento. Carol conducía con mucha elegancia. Conducir es un placer y Carol apreciaba todos los elementos de la conducción y les sacaba el máximo partido con una habilidad asombrosa. Me acomodé en el asiento del pasajero, aliviado. Durante un rato se concentró en la tarea, pero luego preguntó de repente:

—¿Puedes decirme exactamente por qué me ha dejado venir el coronel? Ya sé que no ha sido exactamente un trato.

—Y, a cambio, ¿tú puedes decirme por qué estás tan preocupada por Ashmore y por qué consideras tan necesario encontrarlo? No estoy insinuando que no hayas dicho toda la verdad, solo que a lo mejor yo no lo sé todo.

—La verdad es que no hay ningún motivo concreto —dijo Carol despacio—. Aparte de lo que ya he contado, no hay nada que pueda ayudarte a entenderlo. Es solo que cuando supe que se había marchado, me asaltó el temor de que hubiera ocurrido algo espantoso. Llevaba desde el sábado preocupada por Ashmore, cuando mamá y yo lo vimos por última vez. Tenía un aspecto horrible, como si hubiera perdido el control. Verás, en Flaxmere tenía un buen empleo y no está acostumbrado a la precaria vida que lleva desde que se marchó. Ahora que las cosas le van mal, no ha podido soportar la presión. Todos los días leemos en la prensa que han recuperado de algún río el cadáver de alguien y la explicación es siempre la misma: «Suicidio motivado por enajenación mental transitoria». Y detrás de esa explicación siempre encontramos la misma historia: un hombre angustiado por una mala racha y por su situación precaria, que finalmente pierde el control por algo tan absurdo como la insinuación de que solo porque se marchó de Flaxmere justo después del asesinato de mi abuelo, tiene que estar implicado.

Su explicación sonaba verosímil. Lo único que me sorprendía era que alguien tan joven como Carol pudiera comprender tan bien los hechos sórdidos.

—Le enviamos una cesta de Navidad, que le permitiría comer bien y tener una sensación temporal de comodidad, pero en realidad eso no ayudaba mucho. No habíamos hecho nada que pudiera aliviar sus principales preocupaciones. Eso me angustiaba y no quería fallarle aún más. Pero dudo que el coronel crea mi punto de vista.

—Yo no —le dije—. El verdadero motivo de que estés aquí es que nosotros creemos que Ashmore puede contarnos algo importante y tú nos eres útil para identificarlo, tranquilizarlo y persuadirlo de que nos cuente lo que pueda.

—No será algo indigno, ¿verdad? —me preguntó enseguida.

—Estoy seguro de que no. Creo que lo que en definitiva le hizo perder el control, como tú lo has expresado, fue un acto de maldad cometido por alguien a quien tengo muchas ganas de desenmascarar más allá de toda duda.

Una vez en Chepstow, empezamos a hacer preguntas. Rousdon había enviado información e instrucciones la noche anterior y la policía local había seguido el rastro de un hombre que podría ser Ashmore. Al parecer, el hombre había bajado de un tren el viernes por la tarde y había preguntado cómo llegar a Tintern. Un amable maletero se había apiadado de él al verlo en tan lamentables condiciones y lo había convencido para que tomara una taza de té y un bocadillo, con la intención de invitarlo. Sin embargo, el hombre había sacado dinero y había insistido en pagar, alegando que el dinero ya no le servía para nada. Al maletero «no le había gustado su aspecto», pero parecía un hombre honesto, si bien un poco aturdido, así que le había dado las indicaciones requeridas. No se habían tenido más noticias del sujeto en cuestión.

—¿Han encontrado ustedes... Se ha encontrado... algo en el río? —le preguntó Carol al sargento que nos había proporcionado la información.

—¿Se refiere usted a algún cadáver, señorita? ¡No! Aunque, claro está, no suben enseguida a la superficie. No es que yo tenga mucha experiencia, pero esta no es la clase de río a la que suelen arrojarse.

Circulamos despacio por el Valle de Wye. Los árboles, desnudos y empapados, se aferraban a las laderas de las colinas por encima del río caudaloso y turbio que descendía en nuestra dirección. Finalmente doblamos una curva y nos hallamos ante las reliquias oscuras y ruinosas de la abadía, situada en una explanada verde a orillas del río. Creo que, por irrazonable que resulte, todos esperábamos descubrir algo en cuanto vimos las ruinas, pero allí el valle seguía tan tristemente solitario como durante todo el trayecto. Así pues, seguimos avanzando. Yo me había sentado de nuevo al volante, de manera que a Carol le resultara más fácil bajar del coche para preguntar a los caminantes que encontrábamos de vez en cuando, aunque siempre sin éxito.

Tras doblar una curva, Carol, que estaba observando los prados pantanosos, exclamó:

—¡Frena, frena! ¡Creo que es él! Allí abajo, sí. ¡Para! Pero no grites ni hagas nada inesperado. Quédate aquí para que él no se mueva —dijo mientras señalaba a nuestro pasajero con un movimiento brusco de la cabeza— y yo iré a hablar con Ashmore.

La vimos pasar por encima de una cancela y echar a andar por la hierba cenagosa hasta la orilla del río, donde se alzaba una figura inmóvil que parecía el tocón de un árbol.

Nibley, nuestro agente de policía, estaba inquieto, así que cruzó la carretera para seguir a Carol y se quedó junto a la cancela. Se ocultó tras un seto, de modo que ella no pudiera verlo. La vimos acercarse despacio a la figura, que cobró vida con un movimiento brusco y se precipitó torpemente hacia el río. Carol lo cogió de un brazo y tiró de él con todas sus fuerzas, mientras Nibley saltaba la cancela y corría por el prado empapado. Yo lo seguí, pero los perdí de vista a ambos hasta saltar la cancela. Seguían allí los tres: Nibley estaba en mitad del terreno pantanoso y los otros dos forcejeando al borde mismo de la tumultuosa corriente. Antes de que yo llegara, Nibley ya los había puesto a salvo a los dos. Ashmore se mostraba pasivo, sin fuerzas. Temblaba visiblemente y tenía una mirada feroz.

—¡Déjenme marchar! —suplicó en un tono bastante amable—. Ustedes no lo entienden. No deben retenerme. Tendría que haberlo hecho ayer, pero no fui capaz.

Carol estaba sin aliento debido al forcejeo. Se había puesto pálida y parecía asustada, pero se plantó delante de Ashmore y le habló despacio, con voz clara:

—Ashmore, ¿es que no me conoces? Soy Carol Wynford, la señorita Carol. Sí, claro que te acuerdas de mí. Escúchame bien: se ha producido un terrible error. No tienes de qué preocuparte, todo va bien. No era necesario que huyeras, nadie te va a hacer nada.

—Ah, señorita, usted no lo entiende. Yo no tuve la culpa, pero no se puede huir de la policía. Usted no lo entiende.

—Por supuesto que lo entiendo —insistió Carol—. Y quiero decirte que lamento mucho lo que ha sucedido y que estés tan preocupado, pero ya está todo aclarado y podemos volver a casa.

—¡Me estarán esperando allí! —insistió el anciano.

—No, nadie te está esperando. No tienes que preocuparte absolutamente por nada.

No parecía muy convencido, pero nos observó con una mirada más despierta, aunque también sorprendida.

—Tengo los pies fríos de tanto estar en la hierba mojada. Volvamos a la carretera —propuso Carol en tono práctico.

Ashmore, guiado suavemente por Nibley, nos acompañó hacia la cancela del prado. Recordé entonces el termo de café mezclado con algo más estimulante que me había preparado la cocinera de los Tollard, así que me adelanté hasta el coche y serví un poco en una taza.

Instalamos al pobre hombre, que no dejaba de temblar, en el asiento delantero del coche y lo convencimos de que se bebiera el mejunje.

—Yo diría —propuso Nibley— que lo mejor es que volvamos cuanto antes a Chepstow y vayamos al mejor hotel, donde podrán ofrecernos una habitación, una chimenea y algo de comer.

Carol se sentó junto a él. Nibley había sido tan discreto y, al mismo tiempo, tan útil en los momentos adecuados, que Carol lo veía ahora con menos desagrado. Mientras descendíamos de nuevo hacia el valle, tuve la sensación de que charlaban con cierta confianza.

Fue Carol quien entró en el hotel para hacer las gestiones necesarias. Ashmore contempló el edificio, no muy convencido.

—Es un lugar decente —le dije—. Y a todos nos irá bien tomar algo para entrar en calor.

—Yo apenas bebo —dijo con voz débil—, pero creo que ahora mismo me sentaría bien un trago.

Encandilados o intimidados por Carol —no sé cuál de las opciones—, los responsables del hotel nos llevaron discretamente a una habitación en la que ardía un buen fuego, prometieron que nadie nos molestaría y nos enviaron, en un espacio de tiempo sorprendentemente breve, sopa para Ashmore, bollos y bebidas. Ashmore comió con dificultad y bebió un poco de brandi. Nibley y yo nos apartamos un poco para que Carol pudiera abordarlo.

—Y ahora, Ashmore, ¿puedes contarme qué te dijeron para que huyeras de esta manera? Quiero enmendar el error, pero no podré hacerlo hasta saber cómo empezó todo.

—Es un poco raro, señorita, porque yo no debería contarlo, y porque no había mala intención, de eso no tengo dudas...

—Estoy convencida de que deberías contármelo ahora. Tenemos que saberlo.

—En fin, señorita, supongo que tiene usted razón. Estoy un poco mareado y no sé qué pensar, pero si usted dice que no pasa nada... Verá, señorita, Bingham... Es un joven muy listo, eso no se puede negar... Bingham, decía, vino a verme a mi casa la tarde del... ¿Cuándo fue? ¿Qué día es hoy?

—Sábado por la mañana —le dijo Carol—. Y creo que tú llegaste a Tintern ayer por la tarde. Es decir, el viernes.

—Eso es. Tinnun. Quería ver otra vez este sitio, pero ya no es lo que era antes. Y ya no me acordaba de cómo era el río. Es más fácil decirlo que hacerlo. Fui al puente colgante antes de venir aquí, pero no me atreví. Eso sí que está realmente alto, señorita.

—Y entonces viniste aquí el viernes por la tarde —le recordó Carol—. Bien, ¿cuándo fue Bingham a tu casa?

—Sería el jueves por la tarde. Sí, eso es. Me dijo que no se lo contara a nadie, que había desobedecido órdenes para ir a verme, pero que creía que yo estaría ansioso por saber qué había pasado en Flaxmere. Me dijo que a sir Osmond le habían pegado un tiro en la cabeza; asesinado. ¿Y ahora me va a decir, señorita, que es un error?

—No, me temo que eso es cierto, pero tiene que haber un error en alguna parte. Cuéntame el resto.

—Lo siento muchísimo, señorita. Mal final para un hombre como sir Osmond. Bingham me contó que le había disparado alguien disfrazado, así que no sabían quién había sido. No lo entendí muy bien, pero parece que la ropa que llevaba ese hombre, fuera quien fuera, estaba en mi coche. Alguien la había metido dentro cuando el coche estaba en el jardín trasero de Flaxmere, dice Bingham, para que yo me la llevara y nadie la encontrara, pero la policía, me dijo Bingham, lo sabía y me estaban buscando. ¿Me creerían cuando les dijera que no sabía nada? «¡Me juego el pellejo a que no!», dijo Bingham, perdóneme usted por repetir la expresión, señorita. Me angustié mucho, claro, pero le dije a Bingham: «En el coche no hay nada», le dije, «porque esta mañana lo he cogido y no he visto nada, y si las cosas estuvieran ahí, que me extraña mucho, ¿cómo lo saben?». «Lo saben», dijo Bingham. «La policía lo sabe todo. Buscan huellas dactilares y de todo. No me sorprendería que estuvieran vigilando cuando el hombre, fuera quien fuese, vino la noche de Navidad a tu garaje para recuperar las cosas. A ver», me dijo, «¿registraste el coche aquella tarde cuando volviste a casa?» Pues claro que no, señorita, ni siquiera se me ocurrió mirar detrás.

—Pero... ¿de verdad crees que las cosas estaban allí? —le preguntó Carol a Ashmore cuando este terminó de hablar.

Me apresuré a intervenir:

—Estoy bastante seguro de que nunca estuvieron en el coche. De hecho, las han encontrado en un lugar que no tiene nada que ver.

Pensé que estaba justificada esa audaz conjetura acerca de lo que esperaba que a esas alturas ya fuera una realidad. Carol me miró, sobresaltada, pero no dijo nada.

—Bueno, Bingham parecía saberlo —respondió Ashmore con incertidumbre—. Estaba seguro, y me dijo que yo estaba perdido a menos que huyera para siempre. «Para la policía, ayudar a un asesino es casi lo mismo que cometer el asesinato», me dijo, «¿quién se va a creer que te llevaste las cosas de Flaxmere aquella tarde, pero que no sabías nada?» Bueno, señorita, estaba muy asustado, pero esperé esa noche y la policía no vino. Bingham me había dicho que a lo mejor no venían enseguida, que observan y esperan aunque tú nunca los ves, y que llegan cuando es el momento. No pude soportarlo más y hui sin decirle nada a mi mujer, porque pensé que eso era lo mejor para ella.

—Está preocupada por tu huida —dijo Carol—, pero se encuentra bien, y Ada también. Tenemos que llevarte con ellas lo antes posible. Es absolutamente cierto que las cosas no estuvieron jamás en tu coche. Nadie lo piensa, así que no tienes nada que temer.

Mientras Carol pedía prestadas un par de gruesas mantas a los responsables del hotel, quienes parecían pensar que habíamos encontrado a un ancestro desaparecido mucho tiempo atrás, y yo subía la capota del coche —y me arrepentía de no haberme llevado para el viaje la aburrida pero cómoda berlina de George—, Nibley se dirigió al teléfono y puso una conferencia al inspector Rousdon. Eran las once y media. Acomodamos al pobre Ashmore en el asiento delantero y, tras envolverlo con las mantas como si fuera el bebé de una nativa americana, volvimos a toda prisa a Flaxmere.

21

Fin de la búsqueda

POR EL CORONEL HALSTOCK

El funeral se ofició el sábado por la mañana. El cortejo salió por la puerta privada del jardín y se dirigió al pequeño cementerio situado al fondo, de modo que los familiares no tuvieran que abandonar sus dominios. La iglesia estaba considerablemente abarrotada de aldeanos y personal de servicio. Varios periodistas con iniciativa, que no habían podido averiguar a qué hora se oficiaban las exequias, pero sí el día y el sitio, llegaron lo bastante pronto como para presenciar la ceremonia. Hubo un pequeño altercado entre un fotógrafo que se encaramó a la tapia del cementerio para sacar unas cuantas fotos de la familia, y uno de los guardabosques de sir Osmond, que lo obligó a bajar. A excepción de ese incidente, el funeral transcurrió de forma tranquila. En cuanto el cortejo abandonó el camino de acceso a la casa, un escuadrón de policías —liderado por Rousdon— puso en marcha un segundo registro, bastante más exhaustivo, de los edificios anexos situados en el patio del garaje. En esta ocasión, los agentes no contaron con la ayuda de Bingham, que había asistido al funeral, pero encontraron lo que llevaban buscando tanto tiempo: el disfraz, enrollado dentro de un saco de arpillera, estaba perfectamente escondido dentro de una pila de tarugos de madera.

—¡Esto sí que es una sorpresa! —dijo el agente Mere—. ¡Ya habíamos mirado en esa pila! ¡No esperaba encontrar aquí ni una rata muerta, menos aún un disfraz de Santa Claus!

Resultó que en el primer registro Bingham había sido de gran ayuda durante aquella parte. Había dicho que, por lo que él sabía, aquella pila de leña llevaba allí por lo menos un mes exactamente igual que estaba, pero que de todas formas era mejor que echaran un vistazo. Él mismo había empezado a apartar los tarugos de madera, pero a media tarea se había producido una distracción, recordaba Mere. A Bingham se le había ocurrido que debían mirar tras las pesadas cajas de patatas que se hallaban en otro rincón, y Mere se había alejado para ayudar a los demás agentes en la tarea de apartarlas. Bingham había seguido retirando los tarugos de madera en solitario, pero aún no había llegado hasta el fondo de la pila cuando Mere volvió, así que habían terminado la tarea entre los dos. Bingham había dicho después que no era necesario volver a colocar los tarugos de madera como estaban, así que se quedaron como los había dejado el chófer durante la búsqueda.

Rousdon llevó su premio al «cuarto oscuro» que estaba al fondo de la casa: la lechería en desuso que los médicos habían utilizado como depósito de cadáveres. Tras examinarlo, descubrió que el disfraz estaba completo a excepción de las cejas postizas. De hecho, estaba más que completo, pues oculta en una manga encontró una hoja de papel doblada con un texto escrito a máquina:

```
Si desea escuchar cierta información
confidencial sobre ciertos miembros de
su familia, vaya al estudio de las 15:30
a las 16.30 de la tarde del día de Na-
vidad y la escuchará de
                            Un buen amigo
```

—¡Un buen amigo! ¡Para que creyera que lo conocía! —comentó Rousdon cuando me la mostró—. Obviamente, el asesino recuperó esta nota trampa del bolsillo de sir Osmond y luego le entró miedo de que alguien lo sorprendiera con ella encima antes de poder destruirla, ¡así que la metió en el disfraz!

Recibí esa noticia al volver del funeral, mientras la familia se reunía en la biblioteca para escuchar la lectura del testamento de labios de Crewkerne. Ninguno de ellos estaba enterado aún del hallazgo del disfraz. Me los imaginé a todos sentados en el borde de sus sillas, mientras el miope Crewkerne pegaba la cara al documento y luego levantaba la cabeza para su público desde lo alto de su larga nariz.

Una vez aplacados los nervios, y mientras varios de los Melbury se congratulaban y comentaban que podía haber sido peor, George —que era uno de los albaceas— y Crewkerne mantuvieron una breve conversación con la señorita Portisham en el estudio. Se emocionó mucho al saber que iba a recibir mil libras.

—¡La verdad es que no me lo esperaba! Sir Osmond es... fue muy considerado al tener ese detalle conmigo. Les aseguro que no me lo esperaba, aunque Harry Bingham decía que sin duda iba a heredar algo. Tal vez no debería mencionar ese tema, y la verdad es que yo no le hice demasiado caso, pero desde luego ese dinero nos vendrá muy bien porque debo decirles que Harry Bingham y yo estamos prometidos. Supongo que ya no necesitará usted mis servicios, sir George. Lógicamente, nada puede compensarme por la muerte de sir Osmond y creo que jamás tendré otro jefe tan atento como él, pero me alegra saber que se acordó de mí. Si hay algo más que pueda hacer en lo relativo a los papeles de sir Osmond, para mí será un placer..., es decir, será una obra de amor —dijo. Se ruborizó, un poco confusa, pero enseguida prosiguió—: Sin embargo, lo dejó todo tan bien ordenado que no creo que tenga usted ninguna dificultad. Siempre fue muy estricto: decía que nunca había que guardar nada hasta que el tema estuviera perfectamente resuelto. ¡Qué metódico era! ¡Lo lamento muchísimo, sir George!

Y se marchó en mitad de un revuelo de faldas.

—He dicho algunas cosas desagradables sobre esa joven —comentó George—, pero... ¡santo cielo! La compadezco..., ¡si es que está usted en lo cierto, coronel!

George y Crewkerne volvieron a reunirse con los demás en la biblioteca y, mientras George se detenía un momento con la puerta que comunicaba ambas estancias medio abierta y me preguntaba algo sobre mis planes, oí la voz venenosa de la señorita Melbury. Estaba diciendo que sir Osmond era mezquino y que siempre lo había sido, pero ponerla a ella a la misma altura que su mayordomo y su chófer, y un poco por debajo de su secretaria..., ¡eso era intolerable! ¡No pensaba tocar ni un penique de ese dinero!

Yo también compadecí a la señorita Portisham. Nunca me había caído mejor que cuando, después de parlotear con entusiasmo y agradecimiento sobre su herencia, le había dirigido aquellos absurdos comentarios a George y luego había salido corriendo a contárselo a su prometido. No me gustaba el plan que íbamos a poner en práctica, pero si lo habíamos hecho era porque en opinión de Rousdon nos aportaría pruebas de las que en ese momento carecíamos. De haber sabido que íbamos a obtener esa información de otro modo, no habría aceptado su plan.

Me dirigí al salón y estuve hojeando un periódico hasta que llegó la señorita Portisham, aproximadamente un cuarto de hora más tarde, por la puerta del fondo. Por el rabillo del ojo la vi vacilar un instante, echar un vistazo a su alrededor y luego dirigirse lentamente hacia mí. Parecía inquieta.

—¿Puedo hablar un momento con usted, coronel Halstock? No... no sé muy bien qué hacer. Es todo muy triste. Yo... me sentía muy feliz; es decir, aún estamos todos terriblemente apenados, por supuesto, pero estaba muy contenta después de recibir ese dinero caído del cielo. La cuestión, coronel Halstock, es que Harry Bingham dice que tiene que tratarse de un error. Se ha puesto de una manera que... me ha dado miedo. Pero dice que tengo que hablar con el señor Crewkerne antes de que se marche. No quiero entrar a buscarlo, ya que aún está hablando con sir George y los demás, creo. Pero Harry dice que debo hablar con él antes de que se vaya porque cree que no han leído el testamento correcto. Está convencido de que sir Osmond redactó otro y me dejó..., en fin, mucho más dinero del que ha dicho el señor Crewkerne. Quiero dejar claro que yo estoy más que satisfecha y que pensaba que Harry se pondría muy contento, pero se lo ha tomado muy mal. He pensado que tal vez pueda usted aconsejarme, coronel Halstock.

Le pregunté si Bingham le había hablado de los motivos por los que creía en la existencia de otro testamento.

—Bueno, no exactamente, pero parece muy seguro. Creo, coronel Halstock, que sir Osmond tal vez habló con él del tema. No era inusual que sir Osmond le hablara de los negocios que tenía entre manos, aunque siempre de un modo genérico, por supuesto. Como es lógico, Harry consideraba confidencial todo lo que sir Osmond le decía y no lo comentaba con nadie. Me acaba de pedir que no diga ni una sola palabra de todo esto a nadie, excepto al señor Crewkerne, porque es absolutamente confidencial, pero a mí me ha parecido correcto consultárselo a usted, coronel Halstock. Espero haber obrado bien. Da la sensación de que soy una desagradecida, pero le aseguro que no se trata en absoluto de eso.

Le dije a la joven que, en mi opinión, Bingham estaba equivocado e incluso le comenté que sir Osmond tenía pensado revisar su testamento, pero que no había llegado a hacerlo. Le prometí que hablaría con Crewkerne y le recomendé que se quedara en su habitación hasta que yo enviara a alguien a buscarla.

Entonces se oyó el timbre del teléfono. Por instinto, la señorita Portisham se dirigió al estudio para contestar, pero le dije que no se molestara porque creía que la llamada era para mí, así que se dirigió a su habitación. Me reuní con Rousdon en el estudio, donde estaba escuchando un informe telefónico de Nibley.

Al terminar, fuimos en busca de Bingham y lo encontramos en su propio piso, sobre el garaje. Entramos sigilosamente, primero Rousdon y después yo, y lo vimos sentado en un sillón, mordiéndose las uñas y poniendo unas muecas horribles. En realidad lo vimos así apenas un segundo, porque enseguida se puso en pie de un salto y se volvió hacia nosotros. Dos agentes se le acercaron y lo esposaron, mientras Rousdon lo acusaba del asesinato de sir Osmond y le leía sus derechos.

—¡Es una mentira asquerosa! —nos escupió Bingham—. Una mentira asquerosa, y puedo demostrarlo. ¡Tengo una coartada, todo el mundo me vio en el comedor de los sirvientes! ¡No pueden manipular eso! Ah, pero ya sé por qué lo hacen, claro que lo sé. ¡Quieren engañar a esa pobre chica y robarle lo que le pertenece! ¡Pero yo los desenmascararé! ¡No pueden hacerme callar! Quieren asustarme, ¿verdad? ¡Pruebas! ¡Les daré pruebas!

Se lo llevaron y enseguida procedimos a registrar sus aposentos. Durante un buen rato creímos que no íbamos a encontrar nada, pero el agente Mere, molesto por la forma en que Bingham lo había engañado con la pila de tarugos de madera, estaba decidido a recuperar su fama de agente meticuloso y no pensaba dejar ni un rincón sin registrar. Su diligencia se vio recompensada con el hallazgo de una bolita de papel arrugado y mojado en el dedo de uno de los guantes de conducir de Bingham. Resultó ser otra nota escrita por sir Osmond en la que detallaba las modificaciones del testamento. Al parecer, se trataba de un borrador anterior al que Witcombe había robado. Las distintas partes —octavas, sextas, cuartas— estaban mezcladas y tachadas, pero la frase «Grace Portisham – 10.000 libras, pongamos 1/16» se leía claramente y aparecía subrayada. Supusimos que sir Osmond había escrito aquella nota en el coche, pero después la había arrugado y la había arrojado al suelo, donde Bingham la había encontrado. Resultaba sorprendente que el chófer hubiera considerado que aquel borrador era una prueba definitiva de la existencia de una cláusula en el testamento con ese propósito, pero también cabía la posibilidad de que sir Osmond le hubiera hablado a Bingham del testamento e incluso hubiera añadido que pensaba dejarle a la señorita Portisham una cantidad respetable.

Obviamente, Bingham no había sido capaz de destruir aquella prueba irrefutable —o así lo creía él— de su oportunidad de casarse con una rica heredera, y sin duda se regodeaba al notarla junto al dedo cada vez que conducía.

Después de que Bingham y los policías que lo escoltaban abandonaran la casa, me dispuse a comunicar a la familia que nuestras pesquisas habían concluido. Por sus expresiones de consternación, en algunos casos, y de rabia e inquietud en otros, era obvio que a aquellas alturas todos habían examinado ya los retoques que sir Osmond tenía pensados para su testamento. Solo Jennifer se mostraba indiferente. Estaba holgazaneando en un enorme sillón, junto a la puerta. Había dejado caer la cabeza hacia atrás, como si no tuviera fuerzas, y contemplaba el techo con aire triste.

Les comuniqué la noticia y la observé mientras se incorporaba. Se inclinó hacia delante y se aferró al sillón cuando empecé a hablar. Se quedó literalmente boquiabierta por la sorpresa, pero luego se relajó, aliviada. Eché un vistazo a mi alrededor y vi cómo la enorme perplejidad iba dejando paso a distintos grados de alivio en el resto de las caras.

—¡Santo cielo! ¡Bingham! —exclamó George.

—¡Jamás me he fiado de ese hombre! —anunció la señorita Melbury—. Pero claro, el pobre Osmond no era precisamente sensato. —Me miró desde el otro lado de la habitación con expresión altiva—. Supongo que debemos darle las gracias, coronel Halstock, por mitigar al fin esa espantosa angustia que nos provocaba a todos el hecho de que el asesino siguiera en libertad. Es una suerte que aún sigamos vivos. ¡Y pensar que ese asesino andaba suelto en una casa llena de niños y mujeres indefensas!

—Vamos, tía Mildred, no seas tan exagerada —protestó George—. Que yo estaba aquí, y Cheriton, y los demás hombres...

Jenny se puso en pie y se dirigió en silencio a la puerta. La abrí y, mientras lo hacía, vi al joven Cheriton pasear inquieto al otro lado del salón. Cuando Jenny llegó a la puerta, se movió con tanta rapidez que no pude evitar verla correr hacia él y lanzarse directamente a sus brazos.

Epílogo

POR EL CORONEL HALSTOCK

Se me ha pedido que ponga por escrito las preguntas que Kenneth Stour había formulado, con la ayuda de «los deberes», el viernes por la tarde, y las respuestas que identificaban al asesino de sir Osmond Melbury. Le agradezco a Kenneth que haya expuesto las pruebas de forma ordenada, de manera que confirmen las conclusiones a las que yo había llegado. Nótese que varios nombres responden a algunas de las preguntas, pero solo uno responde a todas ellas.

DATOS

1. ¿Quién sabía, en aquel momento, que sir Osmond había ido a ver a Crewkerne para comentar los detalles de un nuevo testamento?
   Bingham, que lo llevó en coche.

2. ¿Quién conocía el plan de Santa Claus por lo menos el sábado antes de Navidad?
   Bingham, que se lo comentó a la señorita Portisham, y al saberlo renunció a su plan anterior de pasar el día con ella.

OPORTUNIDAD

1. ¿Quién estaba en condiciones de interceptar el primer disfraz de Santa Claus si llegaba el sábado por la mañana, como estaba previsto, o un día más tarde?
    Bingham. Pudo interceptar el paquete en la puerta posterior.

2. ¿Quién podía informarse discretamente de los planes para la actuación de Santa Claus, cosa que le permitiría saber de inmediato que se había encargado un segundo disfraz?
    Bingham, a través de la señorita Portisham.

3. ¿Quién tuvo la oportunidad de usar la máquina de escribir el martes por la tarde?
    Bingham, que estaba preparando las luces del árbol de Navidad en la biblioteca, al lado del estudio.

4. ¿Quién tuvo la oportunidad de robarle un guante a Witcombe y dejarlo en la biblioteca?
    Bingham, cuando ayudó a trasladar el cadáver al piso de arriba el martes a la hora de comer.
    Era la única persona que no tenía motivos para dejar el guante en la biblioteca; lo hizo solo para decir que lo había encontrado allí.

5. ¿Quién tuvo la oportunidad de sacar de la casa el disfraz de Santa Claus después del crimen?
    Bingham, envuelto en la manta que se llevó el martes por la tarde, antes de acompañar al coronel Halstock a Bristol.

INTENTOS DE DEJAR UN RASTRO FALSO

1. ¿Quién intentó alejar de Flaxmere la búsqueda del disfraz insinuando que se lo había llevado Ashmore?
   Bingham.

2. ¿Quién trató de impedir el hallazgo del disfraz durante el primer registro de los edificios anexos?
   Bingham, al ofrecerse amablemente a ayudar a la policía.

3. ¿Quién intentó implicar a Ashmore, asustándolo para que huyera e incluso pensara en suicidarse?
   Bingham.

Hasta el sábado no estuvimos seguros de que las dos últimas preguntas y respuestas tenían fundamento, pero ya disponíamos de ciertas pruebas circunstanciales antes incluso de que apareciera el disfraz y de que Ashmore contara su historia. En cuanto al hecho de que Bingham conociera el contenido del testamento de sir Osmond, existía la posibilidad de que el propio sir Osmond se lo hubiera comentado a su secretaria, tal y como pensaba el resto de la familia. En ese caso, hubiera resultado difícil considerar a la señorita Portisham totalmente inocente de complicidad en el crimen. El relato escrito de los sucesos del día Navidad, en el cual delataba accidentalmente a Bingham, daba a entender que ella era inocente y me alegra decir que con el paso de los días se ha confirmado.

Bingham había sido descartado como sospechoso porque tenía una coartada. Las pruebas confirmaban claramente que había llegado al comedor de los sirvientes antes que Witcombe y, teniendo en cuenta que Witcombe había ido directamente allí, parecía improbable que Bingham hubiera cometido el asesinato. Pero más tarde descubrimos que Witcombe se había entretenido por el camino y que incluso había ido a la habitación de Jenny, lo cual dejaba al asesino el camino despejado para recorrer el pasillo hasta el armario que está debajo de la escalera y, desde allí, al comedor de los sirvientes. Las falsedades de Philip, Witcombe y Carol habían alterado todas las pruebas relativas a la cronología y le habían proporcionado a Bingham una cómoda coartada. La nube de sospechas creadas por los actos impulsivos había ocultado, durante un tiempo, el hecho de que la coartada de Bingham se desmoronaba al salir a la luz la verdad.

Bingham había animado a la señorita Portisham a abandonar la biblioteca después de que todo el mundo se marchara, tras la ceremonia de las luces del árbol de Navidad, y nadie sabía cuánto tiempo había permanecido allí. En el caso de que Witcombe hubiera ido directamente al comedor de los sirvientes y la llegada tardía de Bingham hubiera planteado preguntas, no le habría costado mucho buscarse una coartada diciendo que había estado muy ocupado con las luces eléctricas.

Creo que Bingham confiaba en que la falsa pista de la ventana abierta causara un gran revuelo y no poca confusión ante la idea de que un intruso se hubiera colado en la casa, lo cual pretendía aprovechar para sacar el disfraz de la mansión y, tal vez, arrojarlo a algún lugar en el que supuestamente el asesino se hubiera deshecho de él.

Bingham es un hombrecillo engreído. Estaba convencido de que la señorita Portisham caería rendida a sus pies en cualquier momento, por lo que el muy astuto se abstuvo de proponerle matrimonio antes del asesinato, pero se apresuró a hacerlo inmediatamente después, antes de que se hiciera público que se había convertido en una rica heredera, como él esperaba. Obviamente, estaba convencido de que ella no lo rechazaría cuando recibiera la afortunada noticia de la herencia.

Se excedió un poco cuando, en su afán por evitar el hallazgo del disfraz de Santa Claus, desvió las sospechas hacia Ashmore y luego, para asegurarse de que esas sospechas no llegaran a despejarse jamás, trató de manipular al pobre hombre para que se suicidara. Si en algún momento yo había sentido compasión por Bingham, se esfumó por completo al conocer ese repugnante ardid.

Cuando resultó evidente que todos los miembros de la familia Melbury, además de Philip e incluso Witcombe, habían desembuchado por fin la verdad y no tenían ninguna implicación en el caso, me sentí como si yo mismo hubiera dejado de ser sospechoso de un espantoso crimen. Incluso la extraña historia de Gordon Stickland y las esmeraldas era cierta: Eleanor consiguió finalmente las gemas, que le quedaban estupendamente.

El convencimiento de Kenneth de que Witcombe jamás habría asistido a la reunión navideña de los Melbury de no ser porque ocultaba algún motivo siniestro, resultó ser falso. Kenneth me contó que durante mucho tiempo había sospechado que Witcombe estaba chantajeando de algún modo a sir Osmond, pero no encontramos prueba alguna de ello y creo, simplemente, que el pobre Witcombe estaba tan satisfecho de sí mismo que no se daba cuenta de lo impopular que era. En algún momento me he preguntado si tal vez Witcombe había descubierto anteriormente que sir Osmond favorecía a Carol y, por tanto, había decidido dejar de cortejar a Jenny para concentrarse en Carol. Sin embargo, no he conseguido probar nada en ese sentido.

Hilda es, tal vez, la única de entre todos los hijos de sir Osmond que lo echa sinceramente de menos y llora su muerte, aunque tanto ella como su hija disfrutan con sobriedad de su recién adquirida opulencia. Carol retomará en otoño sus estudios de arquitectura.

En cuanto a Dittie, creo que se quedará junto a su esposo hasta la muerte de este, por lo que admiro su valentía y su humanidad. Creo que ha hecho las paces consigo misma y que ahora será más feliz porque ya no espera que nadie la libere de sus ataduras. Se ha dado cuenta de que es ella misma quien las mantiene apretadas, pero también sabe que podría cortarlas si quisiera. Sobre las notas de sir Osmond para el nuevo testamento, me comentó lo siguiente: «Tenía razón; eso era lo que me merecía; tal vez ni siquiera eso. Carol se lo merece mucho más y le daría un mejor uso que yo. Pero dice que ella y Hilda ya tienen suficiente y no quiere aceptar nada. Insiste en que papá solo escribió esas notas movido por el rencor, pero que en realidad no pensaba cambiar el testamento. No me entristece su decisión. Carol es generosa: le habría resultado muy fácil hacerme sentir incómoda por el dinero, aunque no negaré que me alegro de tenerlo. Voy a hacer el esfuerzo de darle un uso sensato, porque creo que es lo justo para Carol».

George se ha instalado en Flaxmere y la señorita Melbury en Dower House, junto a las puertas de la finca. Le encanta presidir reuniones de cotilleos en las que cuenta que siempre había intuido que esos encuentros navideños tarde o temprano darían problemas y que siempre advertía a su hermano de que no hablara tanto de temas privados. Como es lógico, ella se dio cuenta enseguida, cuando se produjo el «espantoso incidente», de que «ningún miembro de la familia» tenía nada que ver con el asunto; de hecho, ella fue lo bastante perspicaz como para comprender enseguida quién era el culpable. De no haber sido por las oportunas indirectas que había dejado caer, tal vez el asesino no hubiera pagado jamás por sus actos.

Entre los Melbury existe un acuerdo tácito según el cual en Navidad no va a haber más reuniones familiares en Flaxmere.

FIN

Esta nueva edición de *El asesinato de Santa Claus*,
de Mavis Doriel Hay, se terminó de imprimir en
Grafica Veneta S.p.A. (Italia) en octubre de 2023.

Para la composición del texto se ha utilizado la tipografía FF Celeste,
diseñada por Chris Burke en 1994 para la fundición FontFont.

Duomo ediciones es una empresa comprometida con el medio
ambiente. El papel utilizado para la impresión de este libro
procede de bosques gestionados sosteniblemente.

PEFC/18-31-226

Este libro está impreso con el sol. La energía que ha hecho posible
su impresión procede exclusivamente de paneles solares.
Grafica Veneta es la primera imprenta en
el mundo que no utiliza carbón.